AF541474

# बोलता लिहाफ

(हिन्दी के वरिष्ठ कथाकारों
द्वारा चयनित श्रेष्ठ कहानियाँ)

# बोलता लिहाफ

(हिन्दी के वरिष्ठ कथाकारों द्वारा चयनित श्रेष्ठ कहानियाँ)

संपादक

मृणाल पाण्डे    विष्णु नागर

राजकमल प्रकाशन

ISBN : 978-81-267-1125-3

**मूल्य** : ₹595



**पहला संस्करण** : 2007
**दूसरी आवृत्ति** : 2022

**प्रकाशक** : राजकमल प्रकाशन प्रा.लि.
1-बी, नेताजी सुभाष मार्ग, दरियागंज
नई दिल्ली-110 002

**शाखाएँ** : अशोक राजपथ, साइंस कॉलेज के सामने, पटना-800 006
पहली मंजिल, दरबारी बिल्डिंग, महात्मा गांधी मार्ग, प्रयागराज-211 001

वेबसाइट : www.rajkamalprakashan.com
ई-मेल : info@rajkamalprakashan.com

**मुद्रक** : बी.के. ऑफसेट
नवीन शाहदरा, दिल्ली-110 032

BOLTA LIHAPH
*Edited by* Mrinal Pandey, Vishnu Nagar

# क्रम

# ज़िन्दगी का असली बाँकपन

कथा-सम्राट् प्रेमचन्द का एक चित्र है, जो हम सभी स्कूली जमाने से देखते आ रहे हैं। उस चित्र में कुछ है, जो हम सभी को पहले का देखा हुआ-सा प्रतीत होता है। कई रहस्य, कई अनकही कहानियाँ, एक तरह की थकानभरी उत्सुकता उस चेहरे में है। किसने ली थी यह तस्वीर, जिसमें कथाकार की आँखों में छिपा विस्मय और विषाद झब्बेदार मूँछों में छिपी कौतुकपूर्ण मुस्कान समेत आज भी साफ पढ़ा जा सकता है ?

प्रेमचन्द की यह छवि कहानीकारों और कहानी कहने की कला के कई राज खोलती है। उनकी दृष्टि में एक कथाकार की वह अन्तर्मुखी विचारमग्नता है, जो जीवन की विडम्बनाओं को बहुत करीब से देखती-परखती रही है। जीवन के जटिल विरोधाभासों को कहानी कला की मदद से टटोलते हुए एक महान् कथाकार जिन अर्द्धसत्यों और अधूरे जवाबों तक पहुँचता है, वे उसकी आगे आनेवाली कई कहानियों के लिए जमीन तैयार करते हैं। बिना रहस्यमयता के, बिना उत्सुकतापूर्ण–'फिर क्या हुआ ?' के, बिना अधूरे उत्तरों की शृंखला के, एक अविस्मरणीय कहानी नहीं कही जा सकती, आत्मकथ्य; स्मृतिचित्र या आत्मकथात्मक फंतासी के टुकड़े भर तैयार किए जा सकते हैं।

'कादम्बिनी' पत्रिका के 'कथा-प्रतिमान' स्तम्भ के अन्तर्गत प्रकाशित इस संकलन में प्रस्तुत तमाम कहानियों को पढ़ने से ही नहीं, इन कहानियों के चयनकर्ता (जो खुद वरिष्ठ और सशक्त कथाकार हैं) द्वारा चयनित कहानियों पर टिप्पणी से भी उपरोक्त तथ्य दोबारा प्रमाणित होते हैं। संकलित कहानियों की कमानी एक लम्बा कालखंड मापती है और उसमें देशी-विदेशी सभी कई लेखकों की कहानियाँ हैं पर चयनकर्ताओं की जौहरी दृष्टि ने कहानी-कला

के इतिहास के महासागर से 'दो बाँके' (भगवतीचरण वर्मा), 'उसने कहा था' (गुलेरी), 'बोलता लिहाफ़ (पारम्परिक जापानी कहानी) जैसे जो पुराने रत्न सहज ही खोज निकाले हैं, उनमें भी वही विशिष्टताएँ हैं, जो अपेक्षया अधुनातन और विदेशी कथाकारों की रचनाओं में ! प्रेमचन्द की रचनाओं का गहरा विडम्बनाबोध, उनकी सहज करुणा और जीवन की सनातन रहस्यमयता के प्रति गहरा आदरभाव भीष्म साहनी, यशपाल, गुलेरी, भगवतीचरण वर्मा, प्रीतमसिंह पंछी और भुवनेश्वर ही नहीं बाँटते, यहूदी (इज़ाक बेबल), अमेरिकी (स्टीन बैक), स्लाव (जीरो मूका और चापेक), अफ्रीकी (बेन ओकरी) और इतालवी (रॉबर्टो ब्राको) लेखकों की रचनाएँ भी उन्हें उभारती और रेखांकित करती चलती हैं।

विश्व के सभी बड़े कहानीकार अपने निजी और राष्ट्रीय जीवन में भारी उतार-चढ़ाव झेल चुके हैं। भीष्म साहनी और यशपाल ने विभाजन की त्रासदी को करीब से जिया था, तो ओकरी, चापेक तथा स्टीन बैक ने भी अकाल, तानाशाही और विस्थापन का दर्द झेला है। गुलेरी विश्वयुद्ध के चश्मदीद गवाह रहे हैं, तो विद्यासागर नौटियाल भारतीय स्वतन्त्रता आन्दोलन के उत्थान-पतन के चरम क्षणों के ! इसलिए उन सभी की कहानी-कला का मर्म है मानव जीवन के मूल्यों को लेकर एक सतत् दुविधा और विस्मय का भाव पर यह दुविधा और यह विस्मय मनुष्य जीवन की असारता या क्षुद्रता के प्रति खीझ से नहीं उपजते। यह सामान्य मनुष्यों की जिन्दगी में यदा-कदा हठात् झलक उठनेवाली महानता और दार्शनिक गहराई को लेकर कथाकार के मन-मस्तिष्क में लगातार एक गहरी हलचल मचाए रखते हैं।

और शायद यही वजह है कि अपनी कहानियों में किस्सागो प्रेमचन्द, गुलेरी, भुवनेश्वर, यशपाल अथवा भगवतीचरण वर्मा कालक्रम के परे आज भी हमें उतने ही टटके और अन्तरंग प्रतीत होते हैं, जितने अपने समवयस समकालीन पाठकों के लिए रहे होंगे। तो इस बिन्दु पर आकर हमें कुछ-कुछ समझ में आने लगता है कि सफल कथा लेखन का प्रतिमान क्या है ? चित्र में खड़े प्रेमचन्द जब वे नहीं लिख रहे हैं, दरअसल बाहर नहीं, स्वयं अपने भीतर झाँक रहे हैं, वे उन तमाम दुविधाओं, रहस्यों और अन्तरंग झलकियों को स्वयं अपनी बुद्धि, अपने चेतन-अवचेतन मन की कसौटी पर कस

रहे हैं और उन्हें देखते-देखते इत्मीनान हो जाता है कि एक और अविस्मरणीय अद्‌भुत कहानी अब बस लिखी ही जानेवाली है।

विश्व के समर्थ कहानीकारों और उनके समृद्ध रचना संसार को पाठकों तक ले जाने का 'कादम्बिनी' का यह विनम्र प्रयास आशा है, सुधी पाठकों और साहित्य के रचयिताओं, को एक समान सरस और प्रेरणादायक लगेगा। शमशेर बहादुर सिंह द्वारा एक लेखिका (सुभद्रा कुमारी चौहान) के प्रसंग में कहे गए शब्द उधार लें, तो इन कथाओं में भी : ...'छल नहीं है, बनावट नहीं है, दिखावा नहीं है, न प्रशंसा की माँग है। सिर्फ उमंग है, और दर्द है, एक गहरी संवेदना है, जिन्दगी का असली बाँकपन है। उसमें अगर कला है तो यही सब है। कला का तो मूल और सूद जो कुछ भी है, केवल उधार लिया गया है अपनी और समाज की भरी-पूरी जिन्दगी से।'...

**—मृणाल पाण्डे**

# इन कहानियों के पीछे

जब 'कादम्बिनी' की संपादक के रूप में मृणाल जी कार्यभार सँभालेंगी, यह तय हो गया तो हमने कुछ नए स्तम्भ शुरू करने पर विचार किया। एक ऐसा स्तम्भ शुरू करने का इरादा भी बना जिसमें हिन्दी के वरिष्ठ और प्रतिष्ठित कथाकार विश्व-साहित्य अथवा भारतीय साहित्य से कोई एक ऐसी कहानी प्रस्तुत करें जिसने उन्हें अपने जीवन में सबसे ज्यादा प्रभावित किया हो और वे पाठकों को यह बताएँ कि क्यों वे इस कहानी से इतने प्रभावित हैं ? सबसे पहले इसके लिए वरिष्ठ कथाकार निर्मल वर्मा से सम्पर्क किया गया और उन्होंने तत्परता से सहयोग दिया। उनके कारण चेक कथाकार कारेल चापेक की अविस्मरणीय कहानी 'टिकटों का संग्रह' से इस स्तम्भ की शुरुआत हुई और प्रसन्नता की बात है कि तब से जिन भी वरिष्ठ कथाकारों से सम्पर्क किया गया, उन्होंने सहयोग दिया और उनकी नजर में जो भी श्रेष्ठतम कहानी थी, उसे उन्होंने इस स्तम्भ के लिए भेजा। भीष्म जी जैसे अप्रतिम कथाकार आज हमारे बीच नहीं हैं जिनका मैं यहाँ विशेष रूप से उल्लेख करना चाहूँगा। मैंने उनसे टेलीफोन पर जब इस स्तम्भ के लिए सहयोग देने का आग्रह किया तो उस समय वे काफी बीमार थे और उन्हें बात करने में भी दिक्कत हो रही थी। उन्होंने कहा कि अभी मैं इस स्थिति में नहीं हूँ कि कुछ कर सकूँ, लेकिन इसके तीसरे दिन ही डाक से एक लिफाफा आया जिसके अन्दर भीष्म जी द्वारा प्रस्तुत एक लोककथा 'बोलता लिहाफ' थी। मैं इस बात को कभी भूल नहीं सकूँगा। बिज्जी (विजयदान देथा) को ये विचार इतना ज्यादा पसन्द आया कि उन्होंने प्रस्ताव किया कि वे इस स्तम्भ के लिए दुनिया के महानतम कहानीकारों की कहानियाँ अपनी टिप्पणी के साथ निरन्तर देना चाहेंगे। विष्णु प्रभाकर जी ने अपनी निरन्तर अस्वस्थता के बावजूद सहयोग देने में जरा भी विलम्ब नहीं किया। कृष्णा सोबती

जी ने भी बहुत उत्साह से सहयोग दिया। नौटियाल जी ने इस स्तम्भ के लिए पत्र-पत्रिकाओं के अपने खजाने को टटोला और सालभर बाद उन्हें मधुरेश जी की मदद से जीरो भूका की अविस्मरणीय कहानी 'जड़ें' मिली, पुराने जर्जर पन्नों पर 1956 में छपी। हृदयेश जी को चालीस वर्ष पहले पढ़ी हुई प्रीतमसिंह पंछी की कहानी 'मनुष्य का बेटा' याद आई और उसे ढूँढ़कर उन्होंने भेजा। राजेन्द्र जी से जब इस स्तम्भ के लिए अपनी प्रिय कहानी देने के लिए कहा गया तो सैकड़ों कहानियाँ उनकी स्मृति की स्क्रीन पर जलने-बुझने लगीं और आत्मसंघर्ष के बाद उन्होंने भुवनेश्वर की क्लासिक कहानी 'भेड़िये' का चयन किया। जिन वरिष्ठ कथाकारों का यहाँ उल्लेख नहीं है उन्होंने भी अपनी तमाम व्यस्तताओं के बीच समय निकालकर, बहुत सोच-समझकर, किसी पत्रिका के पुराने जर्जर पन्नों को टटोलते हुए एक कहानी तलाश करके दी और उस पर टिप्पणी लिखी। भीष्म जी ने जरूर कोई टिप्पणी नहीं लिखी। उनका कहना था कि यह लोककथा अपने आप में इतनी स्पष्ट है कि यह किसी टिप्पणी की मोहताज नहीं।

हमारे वरिष्ठ कथाकारों के इस सहयोग का ही प्रतिफल है कि 'कथा-प्रतिमान' 'कादम्बिनी' के सबसे लोकप्रिय और प्रतिष्ठित स्तम्भों में से है। इस स्तम्भ की प्रशंसा हमारे पाठकों ने कई बार की है जिससे साबित होता है कि उनमें अच्छी रचनाएँ पढ़ने की जबरदस्त भूख है। 'कादम्बिनी' का प्रयास है कि उसके पाठकों में यह भूख और जागे।

'कादम्बिनी' में प्रकाशित इन महत्त्वपूर्ण कहानियों का यह पहला संग्रह आपके सामने प्रस्तुत है। यहाँ मार्च, 2003 से जून, 2004 के बीच प्रकाशित सोलह कहानियाँ संकलित हैं। आशा है कि ये कहानियाँ न केवल उन पाठकों तक पहुँचेंगी जो 'कादम्बिनी' में इनमें से कुछ या सभी कहानियों को नहीं पढ़ पाए हैं बल्कि इस पुस्तक से वे पाठक भी प्रसन्न होंगे जिनका आग्रह था कि ऐसी कहानियाँ एक साथ पुस्तकाकार रूप में प्रकाशित होनी चाहिए।

मैं 'कादम्बिनी' के अपने सहयोगियों का आभारी हूँ जिनकी मदद के बिना यह स्तम्भ इस रूप में प्रस्तुत करना सम्भव नहीं होता।

**—विष्णु नागर**

# कहानियाँ

# समग्रता में आज भी मैं इस कहानी से अभिभूत हूँ

*कोई कहानी किसी को क्यों इस तरह अभिभूत कर देती है कि वह उसे कभी नहीं भूल पाता, यह बताना लगभग असम्भव है। फिर भी जब मेरे सामने यह प्रश्न आया कि वह कौन-सी कहानी है, जिसने मुझे सबसे अधिक प्रभावित किया तो सहसा एक नाम मेरे मानस-पटल पर उभर आया। न जाने क्यों 'साँप' कहानी के स्मरण मात्र से ही वह अपनी समस्त समग्रता में मुझे जकड़ लेती है। न कथानक, न नायक-नायिका, बस वातावरण ही वहाँ सब कुछ है और वह भी एक निर्मम, ठंडी तटस्थता से परिव्याप्त है। जैसी इस कहानी के स्त्री-मात्र की आँखें सपनों के पार से देखती हैं उसी तरह इस कहानी के वास्तविक अर्थ के लिए शब्दों के पार देखना होगा। यह यौन-प्रतीकों की कहानी है। इसे यौन-पिपासा या पर-पीड़न, कामुकता कुछ भी कह सकते हैं। अपनी सूक्ष्मातिसूक्ष्म निर्मम तटस्थता के कारण यह कहानी अत्यन्त सार्थक और प्रभावशाली हो उठी है। निश्चय ही कथ्य महत्त्वपूर्ण होता है लेकिन उतने ही महत्त्वपूर्ण हैं कहानी के वे तत्त्व जो उसे कहानी बनाते हैं—उसकी सम्प्रेषणीयता, उसकी भाषा। क्या कहानी में प्रयुक्त भाषा पाठक तक वह कुछ सम्प्रेषित करने में समर्थ है, जो कि लेखक कहना चाहता है ? कुछ भी तो व्यर्थ नहीं, पात्र तक व्यर्थ नहीं। एक परेशान 'जीव-शास्त्री,' एक लम्बी बेजान नारी, एक नर साँप और एक चूहा यही तो रूपायित करते हैं कहानी को, पर बेचारा 'जीव-शास्त्री !' लेकिन यह अत्यन्त सशक्त कहानी क्या केवल इतना कुछ ही कहती है ? भक्षक और भक्ष्य के सूक्ष्माति-सूक्ष्म सम्बन्धों, 'जीव-शास्त्री' और बेजान महिला के संवेगों-आवेगों के उतार-चढ़ाव को उकेरने में लेखक को अद्भुत सफलता मिली है। भक्षक, भक्ष्य को इस तरह मोहाविष्ट कर देता है कि वह भय मुक्त होकर मृत्यु का वरण करता है। ऐसे, जैसे स्वर्ग के द्वार में प्रवेश कर रहा हो। दर्शक को दुख इसलिए होता है कि वह उससे तादात्म्य कर लेता है। भक्षक और भक्ष्य को क्या शोषक और शोषित की संज्ञा नहीं दी जा सकती ? प्रतिक्रिया क्या मोहांध शोषित की प्रतिक्रिया नहीं हो सकती ? बन्धुआ मजदूर मोहांध ही तो होते हैं। धर्म-संस्कार, विधि-विधान सब मोहाविष्ट करते हैं और हम शहीद बन जाते हैं।*

*कहानी का 'जीव-शास्त्री' कहता है, 'ज्ञान के लिए वह हजारों जीवों की हत्या कर सकता है लेकिन आनन्द के लिए एक कीड़ा मारना भी उसके लिए मुश्किल है।'*

*यहीं प्रश्न उठता है कि आनन्द की परिभाषा क्या है ? क्या यौन-तृप्ति मात्र आनन्द है ? राजनेता जब अपने नेतृत्व के लिए हत्याएँ करवा देता है, तो उसे क्या कहेंगे ? युद्ध में वीरगति पाना तो आनन्द से भी बढ़कर पुण्य माना जाता है। धनी व्यक्ति, दानी बनने की लालसा में भूख को शाश्वत बनाए रखना चाहता है। तर्क से न जाने कितने महान आदर्शों की सृष्टि की जा सकती है।*

*पहली बार जब यह कहानी पढ़ी थी तो प्रभाव की सघनता ने तो मुझे जकड़ ही लिया था पर साथ ही अनेक प्रश्न भी मस्तिष्क में उभर आए थे। साँप क्या मात्र ज्ञान या यौन-पिपासा का प्रतीक है ? क्या वह शोषण और अन्धी सत्ता का प्रतीक नहीं है ? मरनेवाला कब शहीद बन जाता है, कब साधन का भक्ष्य मात्र होकर रह जाता है, कब शोषित-शापित हो रहता है ? वह लम्बी बेजान नारी ऐसे ही अनेक प्रश्नों को जन्म देकर लोप हो जाती है और 'जीव-शास्त्री' उसकी तलाश में भटकता रहता है, अनुत्तरित प्रश्न की तरह। प्रश्नाकुलता, आवेगों-संवेगों के सूक्ष्म अंकन, चित्रमयता, तटस्थता, निर्मम सघन प्रभावान्विति, अपनी इस समग्रता में यह कहानी आज भी मुझे आवेष्टित किए है। बहुत-सी कहानियों ने बहुत-से कारणों से मुझे अभिभूत किया है लेकिन इसकी जैसी समग्र अनुभूति कहीं नहीं सम्भव हुई। निश्चय ही मैं जितना कुछ पढ़ सका, उतने में ही।*

**—विष्णु प्रभाकर**

फरवरी, 2004

# साँप

*❒ जान स्टीन बैक*

झुटपुटे का-सा समय था। डॉक्टर फिलिप्स ने झटके से घुमाकर झोला कन्धे पर लादा और बाढ़ के पानी से भर जानेवाली पोखर-जैसी जगह से चल पड़ा। पहले पत्थर के ढोंके पर चढ़कर कुछ रास्ता पार किया और फिर रबर के बूटों से छप-छप करता सड़क पर निकल आया। मोंटेरी की मछलियाँ और दूसरी खाद्य-सामग्री को टीन के डिब्बों में भरनेवाली सड़क पर उसकी अपनी छोटी-सी पेशेवर प्रयोगशाला थी। वहाँ तक आते-आते सड़क की बत्तियाँ जल चुकी थीं। दबा-भिंचा-सा छोटा-सा मकान था—इसका कुछ हिस्सा खाड़ी के पानी के ऊपर लट्ठों के खम्भे और पुल लगाकर बना था और कुछ जमीन पर था। बड़े-बड़े लहरदार-लोहे की चादरों के बने मछलीवाले, गँधाते गोदामों ने इसे दोनों ओर से बुरी तरह घेर और भींच रखा था।

काठ की सीढ़ियाँ चढ़कर डॉ. फिलिप्स ने दरवाजा खोला। सफेद चूहे अपने पिंजरे में तार के ऊपर-नीचे जोर-जोर से उछल-कूद मचाने लगे और छोटे-छोटे बाड़ों में बन्द कैदी बिल्लियाँ दूध के लिए म्याऊँ-म्याऊँ करने लगीं। डॉ. फिलिप्स ने अपनी चीर-फाड़ की मेज पर तेज चौंधा डालनेवाली रोशनी जला दी और उस लिसलिसे झोले को धम्म से धरती पर पटक दिया। फिर वह खिड़की के पास रखे शीशे के पिंजरों के पास आया और झाँककर देखने लगा। इनमें अमेरिकन साँप बन्द थे।

साँप एक-दूसरे में गुँथे हुए कोनों में आराम कर रहे थे लेकिन सबके सिर अलग-अलग साफ दिखाई देते थे। धूमिल आँखें किसी ओर भी देखती नहीं लगती थीं लेकिन जैसे ही नौजवान डॉक्टर पिंजरे पर झुका कि सिरे पर काली और पीछे से सुर्ख गहरी जीभें बाहर लपलपा उठीं और धीरे-धीरे ऊपर-नीचे हिलने लगीं। जब साँपों ने उस व्यक्ति को पहचान लिया तो जीभें भीतर कर लीं।

डॉ. फिलिप्स ने चमड़े का कोट एक तरफ फेंका और टीन की अँगीठी पर पानी की केतली चढ़ाई, फिर गिलासभर मटर उसमें छोड़ दी, अब वह फर्श पर

पड़े उस झोले को खड़ा-खड़ा घूरता रहा। डॉक्टर दुबला-पतला नौजवान था। उसकी आँखें चुंधियाई, छोटी और खोई-खोई थीं जैसी अक्सर अण्वीक्षण-यन्त्र के द्वारा बहुत अधिक देखते रहनेवालों की हो जाती हैं। उसके छोटी खूबसूरत-सी दाढ़ी थी। गहरी-गहरी साँसों-सी सिसकारी भरती हुई भाप की धारी चिमनी में जा रही थी और अँगीठी से गरमाहट का भभका आ रहा था। मकान के नीचे छोटी-छोटी लहरें हौले-हौले खम्भों को सहला रही थीं। कमरे में चारों ओर लकड़ी के खानों में एक के ऊपर एक अजीबोगरीब इमर्तबान सजे थे। इनमें समुद्रीय वस्तुओं और जीवों के नमूने ढँके रखे थे। यह प्रयोगशाला भी थी इन्हीं सबके लिए।

डॉ. फिलिप्स ने बगल का दरवाजा खोलकर सोनेवाले कमरे में प्रवेश किया। इसमें चारों ओर किताबों की लाइनें लगी थीं। एक फौजी खाट पड़ी थी। पढ़ने के लिए रोशनी और एक गैरआरामदेह किस्म की लकड़ी की कुर्सी रखी थी। उसने अपने रबर के बूट खींच-खींचकर उतारे और भेड़ की खालों के स्लीपर पहन लिए। जब वह बगलवाले कमरे में वापस लौटा तो केतली का पानी सनसनाने लगा था।

उसने झोला उठाकर मेज पर सफेद रोशनी के नीचे रखा और उसमें से दो दर्जन साधारण तारक-मछलियाँ उलटकर बाहर निकलीं। इन्हें उसने मेज पर फैला दिया। फिर उसकी खोई-खोई आँखें पिंजरों में बन्द उछल-कूद मचाते चूहों की ओर मुड़ीं। कागज के एक थैले से अनाज के दाने निकालकर उसने खानेवाले तसलों में डाले। चूहे फौरन ही एक-दूसरे को खूँदते तारों से नीचे की ओर दौड़े और खाने पर टूट पड़े। काँच की एक अलमारी पर केकड़े और जेली मछली के बीच दूध की बोतल रखी थी। डॉक्टर फिलिप्स ने झुककर दूध उठाया और बिल्लियों के पिंजरे की ओर बढ़ा लेकिन डिब्बों को दूध से भरने से पहले ही उसने हाथ बढ़ाकर आहिस्ता से एक बड़ी, लम्बे-लम्बे हाथ-पाँवोंवाली मरगिल्ली-सी, चितकबरी बिल्ली को पकड़कर बाहर निकाल लिया। पल भर उसे हाथ से थपथपाया और फिर उसे काले पुते हुए बक्से में डाल दिया। ढक्कन बन्द करके कुंडी चढ़ा दी। इसके बाद एक हैंडिल घुमा दिया। अब उस मारनेवाले डिब्बे में गैस भरने लगी। काले डिब्बे में हलकी-हलकी उछल-कूद होती रही और वह तसलों को दूध से भरता रहा। एक बिल्ली उसके हाथ से सटकर कमान-जैसी दुहरी हो गई तो वह मुस्कुरा पड़ा। उसने उसकी गर्दन प्यार से सहला दी।

डिब्बे में अब शान्ति हो गई थी। उसने हैंडिल को उलटा घुमा दिया। जरूर उस रंध्रहीन डिब्बे में डटकर गैस भरी होगी।

अँगीठी पर मटरभरे गिलास के चारों ओर पानी बुरी तरह खौल रहा था। डॉ. फिलिप्स ने एक संडसी से पकड़कर गिलास बाहर निकाला और उसे खोलकर मटर काँच की एक तश्तरी में उलट लिए। खाते-खाते वह मेज पर रखी उन तारक-मछलियों को देखता रहा। किरणों के बीच में दूधिया द्रव की छोटी-छोटी बूँदें पसीज-पसीजकर निकल आई थीं। उसने फटकने की तरह बची हुई मटर एक तरफ फेंक दी और जब सब फैल गईं तो तश्तरी धोनेवाले नाँद में रखकर अपनी औजारोंवाली अलमारी की ओर बढ़ा। यहाँ से उसने एक अण्वीक्षण-यन्त्र और काँच की तश्तरियों की एक गड्डी निकाली। नल द्वारा एक-एक करके इन सारी तश्तरियों को समुद्री पानी से भरा और तारक-मछलियों के पास एक लाइन में उन्हें सजा दिया। अपनी घड़ी निकाली और घनी उमड़ती सफेद रोशनी के नीचे मेज पर रख दिया। फर्श के नीचे लहरें उसमें भरती हुई-सी खम्भों को सहला रही थीं। उसने एक दराज से आँख में दवा डालनेवाली काँच की एक पिचकारी निकाली और एक तारक-मछली के ऊपर झुक गया।

ठीक उसी समय लकड़ी की सीढ़ियों पर लपकती, दबे कदमों की आवाज के साथ-साथ दरवाजे पर एक तेज दस्तक सुनाई दी। दरवाजा खोलने जाते हुए नौजवान के चेहरे पर झुँझलाहट की हलकी तल्खी झलक उठी। दरवाजे पर एक पतली-दुबली लम्बी-सी स्त्री खड़ी थी। यह भँवर-काला सूट पहने थी और उसके सीधे-सीधे बाल काले चपटे माथे पर नीचे तक उतर आए थे। जो अब इस तरह अस्त-व्यस्त थे मानो आँधी में उड़ते रहे हों। तेज रोशनी में उसकी काली-काली आँखें चमक रही थीं।

उसने मुलायम, रुँधी-सी आवाज में पूछा, "मैं भीतर आ जाऊँ न ? आपसे कुछ बातें करना चाहती हूँ।"

"इस समय तो मैं बहुत व्यस्त हूँ।" उसने बेमन से कहा, "मुझे तो सारे काम वक्त पर ही करने पड़ते हैं।" लेकिन वह दरवाजे से हटकर खड़ा हो गया था। लम्बी स्त्री तिरछी होकर भीतर आ गई।

"आपको जब तक मुझसे बात करने की फुरसत नहीं मिलेगी, मैं चुपचाप बैठी रहूँगी।"

उसने दरवाजा बन्द कर लिया और सोने के कमरे से उस गैर-आरामदेह कुर्सी को उठा लाया, "देखिए", उसने माफी माँगते हुए कहा, "कार्य की प्रक्रिया शुरू हो गई है और मुझे उसमें लगना है।" न जाने कितने आदमी यों ही चले आते हैं और दुनियाभर के सवाल पूछते हैं। साधारण नासमझ लोगों को सारी कार्य-प्रणाली समझाने के लिए उसके पास अलग से कोई साधन या सुविधा नहीं

है। उनसे तो वह बिना सोचे बोल देता है कि आप यहाँ बैठिए, दो मिनट बाद मैं आपकी बातें सुनूँगा।

वह लम्बी स्त्री मेज के ऊपर झुक आई। आँख में दवा डालने की पिचकारी से डॉक्टर ने तारक-मछलियों की किरणों के बीचोबीच से द्रव इकट्ठा किया और पिच्च से पानी के एक प्याले में छोड़ दिया। उसके बाद उसने कुछ दूधिया द्रव सूँघा और फिर पिचकारी से पानी को धीरे-धीरे हिलाया। अब उसने अपना वही व्याख्यान-भाषण जल्दी-जल्दी बोलना शुरू किया।

''जब ये तारक-मछलियाँ अपने पूर्ण विकसित यौवन पर आ चुकती हैं तो हलके ज्वार का खुला विस्तार पाकर इनके शरीर से वीर्य-कीटाणु और डिम्ब निकलने लगते हैं। कुछ पूर्ण यौवनवाली तारक-मछलियों के नमूने चुनकर और उन्हें पानी से बाहर निकालकर मैं उन्हें हलके ज्वार की सारी अवस्था और वातावरण में यहाँ रखता हूँ। अब मैंने वीर्य और डिम्बों को मिला दिया है। इस घोल में से थोड़ा-थोड़ा लेकर अब मैं इन सबको परीक्षण-गिलासों में रखूँगा। दस मिनट बाद पहले गिलासवालों को सफेद कपूर डालकर मार डालूँगा, फिर बीस मिनट बाद दूसरे वर्ग को मारूँगा और फिर इसी तरह हर बीस मिनट बाद नए वर्ग को मारता जाऊँगा। इससे मैं सारी प्रक्रिया को अलग-अलग अवस्थाओं में पकड़ सकूँगा और इस सारी प्रक्रिया-माला को माइक्रोस्कोप की काँच की स्लाइडों पर जमाकर जैविक अध्ययन के लिए तैयार कर लूँगा,'' वह रुक गया, ''आप इस पहले वर्ग को अण्वीक्षण-यन्त्र से देखेंगी ?''

''नहीं, शुक्रिया।'' तेजी से वह उसकी ओर घूमा। ''लोग तो हमेशा गिलासों में देखने को उधार खाए रहते हैं।'' वह मेज की तरफ बिलकुल न देखकर-देख रही थी, खुद उसकी तरफ। उसकी काली-काली आँखें थीं तो उसकी दिशा में लेकिन लगता था उसे देख नहीं रहीं। उसने महसूस किया। ''अरे ! इस स्त्री की आँखों के तारे तो शेष पुतलियों की तरह ही काले-काले हैं—पुतलियों और तारों के बीच में किसी भी रंग की कोई लाइन नहीं है।'' डॉ. फिलिप्स उसके इस जवाब से झल्ला उठा। यों उसे सवालों का जवाब देने से बड़ी ऊब होती थी क्योंकि इससे हाथ के काम में दिलचस्पी कम हो जाती थी और इसी से उसे हमेशा बड़ी कोफ्त होती थी। अब उसके मन में हुआ कि किसी तरह इस स्त्री को उकसाया जाए।

''पहले दस मिनट राह देखने के दौरान ही मुझे एक काम और भी करना है। कुछ लोग इसे देखना पसन्द नहीं करते। अच्छा हो जब तक मैं इसे खत्म करूँ, आप कुछ देर के लिए उस कमरे में चली जाएँ।''

"नहीं," उसने अपनी उसी मुलायम और सपाट लहजे में कहा, "आपकी जो इच्छा हो, सो कीजिए। मैंने कहा न, आपको मुझसे बात करने की फुरसत होने तक मैं राह देखूँगी।" उसके हाथ पास-पास उसकी गोद में रखे थे। वह बड़े आराम और इत्मीनान से बैठी थी। उसकी आँखें जरूर चमकीली थीं लेकिन बाकी सब कुछ ऐसा था मानो बेजान हो। डॉक्टर ने मन ही मन कहा, 'देखने से लगता है कि बहुत ही धीमी रफ्तार से मांसपेशियाँ परिवर्तन की स्थिति में हैं, इतनी धीमी जितनी मेंढ़क की होती हैं।' स्त्री को उसकी इस मुर्दनी से झंझोड़ने की प्रबल इच्छा ने उसे फिर आविष्ट कर लिया।

उसने लकड़ी का एक पालना जैसा लाकर मेज पर रखा, चीर-फाड़ करने का चाकू और कैंची पिचकनेवाली नली में लगी पोली-सुई सँवारकर रखी। फिर मारनेवाले डिब्बे से उसने उस बेजान मुर्दा बिल्ली को निकाला और पालने पर रखकर उसकी टाँगों को इधर-उधर लगे हुकों से बाँध दिया। कनखियों से उसने स्त्री को देखा। उसमें कतई कोई हरकत नहीं थी। वह उसी तरह अब भी आराम से बैठी थी।

रोशनी में बिल्ली मानो दाँत निकालकर चिढ़ा रही थी। उसकी सुर्ख जीभ नुकीले दाँतों के बीच दबी थी। सधे हुए कुशल हाथों से डॉ. फिलिप्स ने गले के पास से उसकी खाल काट डाली। चाकू से चीरा-फाड़ी करते हुए उसने हृदय से और भागों तक रक्त ले जानेवाली नली को बाहर निकाल लिया। अपने अचूक और बेझिझक हाथों से फुफ्फुस में सुई रखकर आँतों से उसे कसकर बाँध दिया। "यह मसालेदार है," उसने समझाया, "बाद में मैं इंजेक्शन की सहायता से इसके सारे स्नायु-मंडल में पीला द्रव पहुँचाऊँगा, लाल द्रव हृदय की धमनियों में दूँगा। इससे रक्त-प्रवाह का विश्लेषण किया जा सकेगा, जैसा कि प्राणिशास्त्र की कक्षाओं में..."

उसने फिर उस स्त्री की तरफ घूमकर देखा। उसकी आँखों पर जैसे धूल की एक पर्त फैली थी। वह भावनाहीन निगाहों से बिल्ली के कटे हुए गले की तरफ देखे जा रही थी। खून एक बूँद भी नहीं गिरा, कटाई बहुत ही साफ हुई थी। डॉक्टर फिलिप्स ने घड़ी देखी, "पहले वर्ग का समय पूरा हो गया।" उसने सफेद कपूर के कुछ चौकोर चिकने टुकड़े पहलेवाले परीक्षण-गिलास में डालकर हिलाए।

स्त्री की उपस्थिति उसके मन में तनाव पैदा कर रही थी। अपने पिंजरे में चूहे फिर तार पर जा चढ़े थे और धीरे-धीरे चूँ-चूँ कर रहे थे। मकान के नीचे की लहरें–खम्भों पर हलके-हलके थपेड़े मार रही थीं।

नौजवान डॉक्टर के शरीर में शीत की एक झुरझुरी-सी आई। उसने अँगीठी में कुछ कोयले डाले और आकर बैठ गया। उसने कहा, "अब बीस मिनट तक

मुझे कुछ नहीं करना।" उसने देखा, स्त्री के निचले होंठ और चिबुक के सिरे के बीच की ठोड़ी कितनी जरा-सी है। लगा जैसे वह धीरे-धीरे जागी हो, मानो चेतना के किसी गहरे कुएँ से निकलकर बाहर आ रही हो। सिर ऊँचा उठा, काली-काली धूसर आँखें एक बार कमरे में चारों ओर घूमीं फिर डॉक्टर पर आकर टिक गईं।

"मैं तो राह देख रही थी," वह बोली। हाथ यों ही गोद में पास-पास रखे रहे।

"आपके पास साँप होंगे ?"

"किसलिए ? जी हाँ, हैं। मेरे पास करीब दो दर्जन अमेरिकन साँप हैं। उनका जहर सूँतकर मैं विषनाशक प्रयोगशालाओं में भेज देता हूँ।"

वह लगातार उसे देखे जा रही थी लेकिन उसकी आँखें जैसे उस पर केन्द्रित नहीं हो पा रही थीं। लगता था जैसे वे उसके चारों ओर एक बड़े दायरे में देख रही हैं, इस तरह उसे चारों ओर से घेरे हुए हैं, "आपके पास नर-साँप होगा ? मेरा मतलब अमेरिकन नर-साँप ?"

"देखिए, इत्तफाक ही है। मेरा खयाल है मेरे पास होगा। एक दिन सुबह-सुबह आया तो देखा कि एक बड़ा-सा साँप एक छोटी नागिन के साथ ऊँ-ऊँ...के साथ सहवास कर रहा था। देखिए, मुझे ठीक पता है कि मेरे पास नर-साँप है।"

"है कहाँ वह ?"

"देखिए, उस खिड़की के पास काँच के पिंजरे के ठीक नीचे।"

उसका सिर धीमे-से उधर घूम गया लेकिन उसके दोनों शान्त हाथ यों ही निश्चल पड़े रहे। वह फिर उसकी ओर घूमी, "देख सकती हूँ न ?"

उठकर वह खिड़की के पास रखे काँच के केस के पास आ गया। रेतीले तले पर एक-दूसरे में गुँथा साँपों को गुट्ठल पड़ा था लेकिन उनके सिर अलग-अलग साफ दीखते थे। जीभें बाहर निकल आईं और एक क्षण तक लपलपाती रहीं। फिर कम्पन के लिए हवा को टटोलती हुई-सी ऊपर-नीचे लहराती रहीं। डॉक्टर फिलिप्स ने घबराकर सिर घुमाया। स्त्री उसके पास ही खड़ी थी। वह कुर्सी से कब उठ आई, डॉक्टर को पता ही नहीं लगा। उसे तो सिर्फ खम्भों के बीच में पानी की छपक-छपक सुनाई दी थी या कि जाली पर चूहों का दौड़ना सुनाई दिया था ?

स्त्री ने धीरे से पूछा, "जिस नर-साँप के बारे में आप बता रहे थे, वह कौन-सा है ?"

उसने एक पिंजरे के एक कोने में अकेले पड़े मोटे-से भूरे-भूरे नाग की ओर इशारा किया। वो बोला, "होगा करीब पाँच फीट लम्बा। टैक्सास प्रान्त का है।

हमारे प्रशान्त सागर के किनारोंवाले साँप अक्सर छोटे होते हैं। यह सारे के सारे चूहे हड़प जाते हैं। जब मुझे दूसरे साँपों को खिलाना होता है तो बाहर निकाल लेता हूँ।"

स्त्री झुककर उसके भोंडे सूखे-सूखे भोंथरे सिर को घूरती रही। दुहरी जीभ निकल आई और काफी देर थरथराती हुई झूलती रही, "अच्छा, आपको यकीन है कि यह साँप ही है, साँपिन नहीं ?"

"ये अमेरिकन साँप होते बड़े मजेदार हैं," वह स्निग्ध स्वर में बोला, "इसके बारे में जो भी सामान्य सिद्धान्त निकालिए, गलत निकलता है। अमेरिकन साँपों के बारे में निश्चयपूर्वक तो मैं भी नहीं बता पाऊँगा लेकिन जी हाँ, यह विश्वास दिलाता हूँ कि यह नर-साँप ही है।"

उसकी निगाहें उस चपटे-से सिर से नहीं हिलीं, "आप इसे मेरे हाथ बेचेंगे ?"

"बेचूँगा ?" वह चीख-सा पड़ा, "आपके हाथों बेचूँगा ?"

"आप तो नमूने की चीजें बेचते हैं। क्यों, बेचते हैं न ?"

"ओह हाँ, जी हाँ, बेचता हूँ, बेचता तो हूँ।"

"कितने का है ? पाँच डॉलर का ? दस ?"

"अरे, पाँच से ज्यादा का नहीं है। लेकिन आपको क्या इन अमेरिकन साँपों के बारे में जानकारी है ? कहीं आपको काट-वाट न ले।"

पलभर वह उसे देखती रही, "मैं इसे साथ नहीं ले जाना चाहती, मैं तो इसे यहीं रहने दूँगी। लेकिन चाहती हूँ, यह मेरा होकर रहे। चाहती हूँ कि मैं यहाँ आकर इसे देखूँ, खिलाऊँ और मानूँ कि यह मेरा है।" उसने एक छोटा-सा बटुआ खोलकर पाँच डॉलर का नोट निकाल लिया, "लीजिए यह, अब यह मेरा हुआ।"

डॉक्टर फिलिप्स को अब डर लगने लगा, "उसे देखने तो आप बिना इसे खरीदे भी आ सकती हैं।"

"मैं चाहती हूँ, यह मेरा हो।"

"ओह गॉड !" डॉक्टर चिल्ला उठा, "बातों में मुझे तो समय का भी खयाल नहीं रहा।" वह मेज की ओर लपका, "तीन मिनट पूरे हो चुके। खैर, कोई खास नुकसान नहीं हुआ होगा।" उसने सफेद कपूर के टुकड़े दूसरे परीक्षण-गिलास में घोले और फिर जैसे वह खुद-ब-खुद वापस साँपों के पिंजरे के पास खिंच गया। स्त्री अभी भी उसी साँप को घूरे जा रही थी।

स्त्री ने पूछा, "खाता क्या है यह ?"

"मैं तो इसे सफेद चूहे खिलाता हूँ। उस तरफवाले पिंजरे के चूहे।"

"इसे आप दूसरे पिंजरे में रखेंगे ? मैं इसे खिलाना चाहती हूँ।"

"लेकिन इस समय इसे खाने की जरूरत ही नहीं है। अपने इस हफ्ते का चूहा यह हजरत पहले ही खा चुके हैं। कभी-कभी तो ये लोग तीन-तीन, चार-चार महीनों तक कुछ नहीं खाते। मेरे पास एक साँप था, उसने एक साल से ऊपर तक कुछ भी नहीं खाया।"

अपने उसी धीमे उतार-चढ़ाव-हीन लहजे में स्त्री ने पूछा, "आप मुझे चूहा बेचेंगे ?"

डॉक्टर ने कन्धे झटके, "आप अपने साँप को खाते देखना चाहती हैं ? अच्छी बात है। मैं दिखाता हूँ आपको। एक चूहे का दाम पच्चीस सेंट होगा। एक तरफ से देखें तो साँप का चूहे को खाना साँडों की लड़ाई से भी ज्यादा मजेदार दृश्य है और दूसरी तरफ से देखें तो यह सिर्फ साँप के भोजन करने का एक तरीका है।" उसके लहजे में कड़वाहट आ गई थी। प्राकृतिक कार्य-कलाप को जो लोग खेल और क्रीड़ा बना डालते हैं, उनसे उसे नफरत थी। वह खिलाड़ी नहीं, जीव-शास्त्री था। ज्ञान के लिए वह हजारों जीवों की हत्या कर सकता है लेकिन आनन्द के लिए एक कीड़ा मारना भी उसके लिए मुश्किल है, यह उसके दिमाग में पहले से ही एकदम साफ था।

स्त्री ने धीरे-धीरे अपना सिर उसकी ओर घुमाया और उसके पतले-पतले होंठों पर मुस्कुराहट झलक उठी, "मैं अपने साँप को खिलाना चाहती हूँ।" वह बोली, "मैं इसे दूसरे पिंजरे में रखूँगी।" उसने पिंजरे का ऊपर का ढक्कन खोल लिया था और इससे पहले कि डॉक्टर जाने कि वह क्या कर रही है, उसने अपना हाथ भीतर डाल दिया। डॉक्टर एकदम छलाँग लगाकर उसके पास पहुँचा और झट उसे पीछे खींच लिया। ढक्कन धड़ से गिरकर बन्द हो गया।

"आपको अक्ल है या नहीं ?" उसने गुस्से से पूछा, "हो सकता है वह आपको जान से न मारता, आपकी तबीयत जरूर अच्छी तरह दुरुस्त कर देता। फिर मेरी लाख कोशिशों के बाद भी आपको तारे नजर आते रहते।"

वह निरुद्विग्न शान्तभाव से बोली, "तो फिर आप ही इसे दूसरे पिंजरे में रख दीजिए।"

डॉ. फिलिप्स को जैसे किसी ने झकझोर डाला। उसे महसूस हुआ कि जो आँखें किसी को भी देखती नहीं लग रही हैं, वह उन्हें सीधे देखने से कतरा रहा है। उसे लगा कि पिंजरे में चूहा डालना निहायत ही गलत है, जैसे इसमें कोई घोर पाप है लेकिन ऐसा सब उसे क्यों लगा, वह खुद नहीं जान पाया। जब भी किसी ऐरे-गैरे ने चाहा है, उसने पिंजरे में चूहे डाले हैं लेकिन आज रात, इस विशेष इच्छा

ने उसे इतना अस्वस्थ और असन्तुलित बना डाला है कि मन खराब हो गया है। वह खुद अपने लिए इस सारी बात को समझने की कोशिश करता रहा।

"यों इसे देखना है तो बड़ा अच्छा," वह बोला, "इससे आपको पता चलेगा कि साँप कैसे अपना काम करता है। इससे यह भी लगता है कि आपके दिल में अमेरिकन साँपों के लिए इज्जत है लेकिन एक बात और भी है, साँप किस तरह अपने शिकार को मारता है, इसे लेकर हजारों लोगों के अजब-अजब खौफनाक खयालात होते हैं। मुझे लगता है इसका कारण चूहे के साथ अपना तादात्म्य कर लेना है। उस समय चूहा व्यक्ति का अपना प्रतिबिम्ब हो जाता है लेकिन एक बार आप इसे अपनी आँखों से देख लें, तो सारी चीजें बड़ी ही निरपेक्ष और तटस्थ लगेंगी। चूहा केवल शुद्ध चूहा रह जाता है और सारा खौफ हवा हो जाता है।"

उसने दीवार पर लगी एक लम्बी-सी छड़ी उठा ली, इसमें एक सरकनेवाला चमड़े का फन्दा लगा था। जाल खोलकर उसने फन्दा बड़े साँप के सिर पर डालकर खींचा और गाँठ को कस दिया। एक कर्णभेदी खड़खड़ाहट सारे कमरे में भर गई। जब उसने साँप को उठाकर खानेवाले पिंजरे में डाला तो छड़ी की मूठ पर साँप का मोटा-सा शरीर बुरी तरह लिपट गया था। कुछ देर तो उस पिंजरे में वह हमला करने को तैयार तना खड़ा रहा लेकिन फिर धीरे-धीरे उसकी फुँफकारें बन्द हो गईं। साँप रेंगता हुआ कोने में सरक गया और अपने शरीर को हिन्दी अंक चार की शक्ल में डालकर चुपचाप लेट गया।

"देखा आपने ?" नौजवान डॉक्टर ने समझाया, "ये साँप काफी पालतू हैं। मेरे पास तो ये काफी दिनों से हैं। मेरा खयाल है कि अगर मैं चाहूँ तो इन्हें ही अपना कार्य-क्षेत्र बना सकता हूँ लेकिन जो भी इन अमेरिकन साँपों को अपना कार्य-क्षेत्र बनाता है, देर-सबेर इनके दाँतों का शिकार हो जाता है और इस तरह तकदीर के साथ खिलवाड़ करने का मेरा कतई इरादा नहीं है।" उसने स्त्री को नजर भरकर देखा। पिंजरे में चूहा डालना उसे अच्छा नहीं लग रहा था—जैसे बड़ी वितृष्णा हो रही हो। स्त्री अब नए पिंजरे के सामने जा पहुँची थी। उसकी काली-काली आँखें फिर से साँप के पथरीले सिर को टकटकी लगाए देखे जा रही थीं। बोली, "चूहा डालिए न भीतर।"

बड़े बेमन से वह चूहों के पिंजरे की ओर बढ़ा। जाने क्यों, उसे चूहे पर बड़ा तरस आ रहा था। इस तरह तो उसने पहले कभी भी महसूस नहीं किया। तार की जाली के पीछे अपनी ओर उछलते सफेद-सफेद शरीरोंवाले चूहों के खचपच-खचपच करते ढेर को उसकी आँखें टटोलती-सी देखती रहीं। "कौन-सा है ?" उसने मन ही मन कहा, 'इनमें से कौन-रा चूहा है ?' अचानक गुस्से से वह स्त्री

की तरफ घूम पड़ा, "आप कहें तो चूहे की बजाय एक बिल्ली न रख दूँ भीतर ? तब आप देखेंगी कि सचमुच की लड़ाई क्या होती है। बिल्ली, हो सकता है, जीत भी जाए लेकिन अगर वह जीत गई तो हो सकता है साँप का काम तमाम कर डाले। आप चाहें तो मैं आपके हाथ एक बिल्ली बेच सकता हूँ।"

स्त्री ने उसकी ओर मुड़कर देखा तक नहीं, "एक चूहा रख दीजिए भीतर," वह बोली, "मैं तो इसे खाना खिलाना चाहती हूँ।"

डॉक्टर ने चूहों का पिंजरा खोला और अपना हाथ भीतर ठूँस दिया। उँगलियों की पकड़ में एक पूँछ आ गई तो उसने एक लाल-लाल आँखोंवाले गोल-मटोल चूहे को खींचकर ऊपर उठा लिया। पहले तो वह उसकी उँगलियों को काटने की कोशिश में छटपटाया, पर फिर हारकर चारों हाथ-पाँव फैलाकर चुपचाप बेजान की तरह पूँछ से लटका रहा। डॉक्टर तेजी से कमरा पार करके आया, खानेवाले पिंजरे का ढक्कन खोला और चूहे को फर्श पर साँप के ऊपर फेंक दिया।

"लीजिए, देखिए अब," उसने लगभग चीखकर कहा। चूहा पाँवों के बल गिरा, चारों तरफ घूमा और अपनी सुर्ख नंगी पूँछ की तरफ सूँ-सूँ करता रहा। फिर नथुने फुलाकर सूँघते हुए से निहायत तटस्थ भाव से रेत पर दौड़ लगाने लगा। कमरे में एकदम स्तब्धता छाई थी। डॉ. फिलिप्स की समझ में नहीं आया कि नीचे के खम्भों में पानी ही उसाँसें ले रहा है या स्त्री की साँसें गहरी-गहरी चलने लगी हैं। एक कनखी से उसने देखा, स्त्री का शरीर ऐंठ और तन-सा गया है।

बहुत ही आहिस्ते और धीरे-धीरे साँप आगे सरका। जीभ बाहर और भीतर लपलपाने लगी। सारी हरकत इतनी नामालूम, आहिस्ता और धीरे-धीरे हो रही थी कि लगता ही नहीं था कि साँप के भीतर कोई हरकत हो भी रही है। पिंजरे के दूसरे सिरे पर चूहा आत्माभिमान से तना हुआ-सा बैठ गया और सिर झुकाकर अपनी छाती के मुलायम, महीन-महीन बालों को चाटने लगा था। अपनी गर्दन को दृढ़तापूर्वक रोमन अक्षर 'एस' की शक्ल में रखे हुए साँप आगे सरक रहा था।

चुप्पी नौजवान के सिर पर मानो धक-धक बज रही थी। उसे लगा, जैसे खून उसके शरीर में सन्नाने लगा है। उसने ऊँचे स्वर में कहा, "देखिए, साँप हमला करने के लिए सिर के मरोड़ को हमेशा तैयार रखता है। ये अमेरिकन साँप बड़े ही चौकन्ने होते हैं। कहना चाहिए, बड़े ही डरपोक जीव होते हैं। यह सारी कार्रवाई बेहद नाजुक होती है। जैसी कुशलता और चतुराई से सर्जन अपना काम करता है, ठीक उसी तरह साँप का भोजन भी बड़ी कुशलता और सावधानी से होता है। सर्जन जानता है कि किस जगह कौन औजार काम आएगा—वहाँ वह इस या उस औजार को प्रयोग करने का जोखिम नहीं उठा सकता।"

अब तक साँप पिंजरे के बीचोबीच सरक आया था। चूहे ने सिर उठाया, साँप को देखा और फिर उसी तटस्थता और इत्मीनान से अपनी छाती को चाटने लगा।

"दुनिया की यह सबसे खूबसूरत और आकर्षक चीज है," नौजवान ने बताया। खून उसकी नसों में बजने लगा था, "साथ ही यह दुनिया की सबसे खौफनाक चीज भी है।"

साँप अब पास आ गया था। अब उसका सिर रेत से कुछ इंच ऊँचा उठ आया था। दूरी का अन्दाज लगाता हुआ सिर घात लगाए हुए आगे-पीछे झूम रहा था। डॉ. फिलिप्स ने फिर स्त्री की ओर निगाहें घुमाईं। उत्तेजना और भय से वह सिहर उठा। वह भी झूम रही थी—ज्यादा नहीं लेकिन बहुत ही हलके-हलके बेमालूम-सी।

चूहे ने फिर सिर उठाया और साँप को देखा। वह चारों पाँवों के बल गिरा और यों ही सिर साँप की तरफ किए-किए पीछे सरका—कि तभी खट...एक बिजली-सी कौंधी। कुछ भी देख पाना असम्भव था। जैसे किसी अदृश्य झपाटे के नीचे आ गया हो, चूहा इस तरह चिचिया उठा। साँप तेजी से फिर अपने उसी पहलेवाले कोने में लौट आया और फिर वहीं लेट गया—हाँ, उसकी जीभ अभी भी लगातार लपलपा रही थी।

"कमाल है।" डॉ. फिलिप्स चिल्ला उठा, "ठीक कन्धों की हड्डियों के बीचोबीच चोट की है। दाँत करीब-करीब दिल तक पहुँच गए होंगे।"

छोटी-सफेद धौंकनी की तरह चूहा अभी भी खड़ा-खड़ा हाँफ रहा था। सहसा वह एकदम ऊपर उछला और एक करवट के बल गिर पड़ा। एक सेकंड उसके पाँव ऐंठन से हवा में छटपटाते रहे और प्राण-पखेरू उड़ गए। स्त्री ने मुक्ति की साँस छोड़कर बदन ढीला किया, जैसे नींद में शरीर ढीला छोड़ दिया हो।

"क्यों ?" इस बार नौजवान ने पूछा, "यह मानसिक उद्वेग के सागर में गहरे स्नान करने जैसा ही लगता है न ?" स्त्री ने अपनी धुँधली-धुँधली आँखें उसकी ओर घुमाईं, "अब क्या यह इसे खा जाएगा ?" उसने सवाल किया।

"बिलकुल खाएगा। केवल खिलवाड़ के लिए तो इसने इसे नहीं मारा। मारा इसलिए है कि भूखा था।" स्त्री के मुँह के सिरों पर फिर हलकी-सी ऐंठन आई। वह फिर साँप को देखने लगी, "मैं इसे खाते हुए देखना चाहती हूँ।"

साँप फिर अपना कोना छोड़कर बाहर निकल आया। अब उसकी गर्दन में वह हमला करनेवाली मरोड़न नहीं थी लेकिन वह जैसे फूँक-फूँककर उधर सरक रहा था—मान लो अगर चूहा हमला कर भी दे तो वह उछलकर पीछे आ जाए।

अपनी भोंथरी नाक से उसने चूहे को कोंचा और फिर पीछे सिमट आया। उसे सन्तोष हो गया कि चूहा मर गया है। फिर सिर से लेकर पूँछ तक साँप ने उसके शरीर को अपनी ठोड़ी से सहलाया। लगा, जैसे वह शरीर का जायजा लेता हुआ प्यार से उसे चूम रहा हो ! आखिरकार उसने अपना मुँह खोला और अपने जबड़ों के सिरों पर जीभ फिराई।

डॉ. फिलिप्स अपनी सारी इच्छा-शक्ति लगाकर उस स्त्री की ओर जाने से अपने ध्यान को रोके था। उसने मन-ही-मन कहा, "अगर यह भी अपना मुँह खोले होगी तो मेरा भी दिमाग खराब हो जाएगा। मुझे डर लगने लगेगा।" अपनी निगाहें उधर से हटाए रखने में उसे कैसे सफलता मिली, वह वही जानता था। साँप ने अपना जबड़ा चूहे के सिर पर अड़ाया और रुक-रुककर धीरे-धीरे लकवे के झटकों की तरह चूहे को निगलने लगा। जबड़े फँसे तो सारा गला आगे सिमट आया। जबड़ों ने फिर दुबारा अपनी पकड़ ठीक की।

घूमकर डॉक्टर फिलिप्स अपनी काम करने की मेज पर लौट आया। तल्खी से बोला, "आपके कारण मेरी प्रक्रिया-माला की एक कड़ी यों ही निकल गई न ? अब यह सारा सैट कभी पूरा नहीं होगा।" एक परीक्षण गिलास को उसने कम शक्तिवाले अण्वीक्षण-यन्त्र के नीचे रखकर उसे देखा। फिर झल्लाकर उसने सारी तश्तरियों के पदार्थ को बर्तन धोने की नाँद में उलट दिया। लहरें अब कम हो गई थीं, इसलिए अब फर्श के पार से सीला-सीला भभका भी आ पा रहा था। नौजवान डॉक्टर ने अपने पाँवों के पास ही एक कमानीवाले दरवाजे का पल्ला उठाया और सारी तारक-मछलियाँ नीचे समुद्र के काले-काले पानी में उलट दीं। पालने की सूली पर बढ़ी रोशनी में उपहास से मुँह बिराती, दाँत चमकाती हुई बिल्ली के पास जाकर वह कुछ देर रुका। नली द्वारा प्रविष्ट होनेवाले द्रव के कारण उसका शरीर फूलकर कुप्पा हो गया था। उसने नलकी बन्द की, सुई निकाली और नस को कसकर बाँध दिया।

"आप थोड़ी-सी कॉफी पिएँगी क्या ?" उसने पूछा।

"नहीं, धन्यवाद। मुझे अभी जल्दी ही चले जाना है।"

साँप के पिंजरे के पास वह खड़ी थी। डॉक्टर उसके पास आ गया। चूहा निगला जा चुका था–बस, साँप के मुँह के बाहर उसकी एक इंच लाल-लाल पूँछ इस तरह निकली हुई थी मानो किसी को चिढ़ाने को जीभ निकाल रखी हो। गले ने फिर भीतर की तरफ साँस खींची और पूँछ भी गायब हो गई। जबड़े अपने-अपने खानों में सटकर बैठ गए और वह बड़ा साँप अलसाया-सा रेंगकर कोने में आ गया। बड़ा-सा चार का अंक बनाया और रेत पर अपना सिर डालकर सो गया।

"इसे तो अब नींद आ गई," स्त्री ने कहा, "अब मैं जा रही हूँ लेकिन मैं थोड़े-थोड़े समय बाद आकर अपने साँप को खाना खिलाया करूँगी। चूहों के पैसे दे दूँगी लेकिन इसे जी-भरकर खिलाना चाहती हूँ और फिर किसी समय अपने साथ ले जाऊँगी।" एक क्षण को अपने धूसर-धूमिल सपनों से उसकी आँखें पार निकल आईं, "याद रखिए, यह मेरा है। इसका जहर मत निकालिए। मेरी इच्छा है, जहर इसमें ही रहे। अच्छा, नमस्कार।" तेजी से वह दरवाजे की तरफ बढ़ी और बाहर चली गई। डॉक्टर ने उसके जाते कदमों की आवाज को सीढ़ियों पर सुना लेकिन फिर नीचे के फर्श पर उसके चलने की आवाज सुनाई नहीं दी।

डॉ. फिलिप्स ने घुमाकर एक कुर्सी अपनी ओर की और साँप के पिंजरे के सामने ही बैठ गया। उस निश्चल साँप की ओर निगाहें टिकाए हुए वह अपने विचारों की गुत्थी सुलझाने की कोशिश करता रहा। मन-ही-मन बोला, 'मनोवैज्ञानिक यौन-प्रतीकों के बारे में मैंने इतना कुछ पढ़ा है लेकिन वह सब इसे समझने में मदद करता नहीं लगता। शायद मैं सबसे बहुत ज्यादा अलग पड़ गया हूँ। हो सकता है, मैं इस साँप को मार डालूँ। काश, मैं जान पाता ! लेकिन इस सबको जानने के लिए मैं प्रार्थना करने किसी भगवान के पास नहीं जाऊँगा।'

हफ्तों वह उसके लौटने की राह देखता रहा। उसने निश्चय किया, 'इस बार जब वह आएगी तो मैं उसे अकेला छोड़ बाहर चला जाऊँगा। उस कमबख्त को दुबारा देखूँगा ही नहीं।'

मगर वह फिर कभी वापस नहीं आई। वह अब भी बस्ती में बाहर घूमने जाता तो महीनों उसे तलाश करता। कई बार तो किसी भी लम्बी-सी स्त्री को वही समझकर उसके पीछे हो लेता लेकिन वह स्त्री उसे फिर कभी दिखाई नहीं दी।

*(अनुवाद : राजेन्द्र यादव)*

## सीधी-सादी तथा मार्मिक कहानी

*यह कहानी भीष्मजी ने लिखी है। उनके अनुसार "वास्तव में यह एक जापानी कहानी है, जो मैंने सम्भवतः अपने भाई (बलराज साहनी) के मुँह से सुनी थी।"*

*भीष्मजी से जब हमने इस स्तम्भ के लिए अपनी पसन्द की श्रेष्ठ कहानी भेजने का आग्रह किया तो उन्हें यह कहानी याद आई, "जिसे मैं वर्षों से भुलाए नहीं भूल पाया था।"*

*हमने उनसे आग्रह किया था कि वे इस कहानी के साथ अपनी एक टिप्पणी भी भेजें मगर उनका कहना था कि यह कहानी इतनी सीधी-सादी तथा मार्मिक है कि अलग से यह किसी व्याख्या की माँग नहीं करती।*

जुलाई, 2003

**—सम्पादक**

# बोलता लिहाफ

❐ *भीष्म साहनी*

गहरी रात गए एक सौदागर, घोड़ा-गाड़ी पर बैठकर एक पड़ाव से दूसरे पड़ाव पर जा रहा था। बला की सरदी पड़ रही थी और वह ठिठुर रहा था।

कुछ समय बाद एक सराय के बाहर घोड़ा-गाड़ी रुकी। ठंड इतनी ज्यादा थी कि मुसाफिर ने उसी पड़ाव पर रात काटने का फैसला किया।

पर सराय के अन्दर जाने पर पता चला कि सराय के सभी कमरे खचाखच भरे हैं और सराय का मालिक उसे कहीं पर भी ठहराने की स्थिति में नहीं है, पर अब यात्री जाए तो जाए कहाँ ? तभी सराय के मालिक ने सुझाव दिया, "हाँ, ऊपरवाली छत पर जहाँ सराय का सामान पड़ा रहता है, वहाँ मैं तुम्हारे लिए रात काटने का बन्दोबस्त कर सकता हूँ।" और वह उसे ऊपरवाली छत पर एक छोटे-से कमरे में ले गया। बिछौने के लिए और तो कुछ नहीं था, एक फटा-पुराना लिहाफ पड़ा था, वही देते हुए बोला, "आज रात इसी में काट लो, कल कोई बेहतर इन्तजाम कर दूँगा।"

थका-माँदा सौदागर वहीं पसर गया। वह कुछ ही देर तक सो पाया होगा कि उसकी नींद टूट गई और उसे लगा—जैसे कमरे में कोई बातें कर रहा है, आवाजें बच्चों की थीं। एक बच्चा दूसरे से कह रहा था, "भैया, क्या आपको बहुत ठंड लग रही है ?" कुछ देर बाद, इसके उत्तर में, दूसरा बच्चा कहता, "क्या तुम्हें भी बहुत ठंड लग रही है ?"

अजीब चौंकानेवाला अनुभव था। पहले तो सौदागर ने सोचा, बाहर कहीं से आवाजें आई होंगी और फिर से अपने को ढाँपकर सोने की चेष्टा करने लगा पर कुछ ही देर बाद फिर से वही दो बच्चों की आवाजें सुनाई पड़ने लगीं।

"भैया, क्या आपको बहुत ठंड लग रही है ?"

"और तुम्हें भी बहुत ठंड लग रही है ?"

दो-तीन बार जब ऐसा अनुभव हुआ तो सौदागर उठ बैठा और ध्यान से सुनने की कोशिश करने लगा।

आवाजें उसी के लिहाफ में से आ रही थीं, जो वह ओढ़े हुए था।

उसके बाद वह मुसाफिर सो नहीं पाया। जब नींद गहराने लगती तो बच्चों की आवाजें जगा देतीं। वह परेशान हो उठा, पर करे तो क्या करे ! सौदागर को इस बात का भी डर लगने लगा था कि सराय के मालिक ने कोई जादुई ओढ़नी उसे जान-बूझकर न दे दी हो। उसने रात बड़ी परेशानी से काटी।

दूसरे दिन प्रातः वह बौखलाया हुआ सराय के मालिक के पास गया।

''तुमने मेरे साथ धोखा किया है। ऐसा लिहाफ मुझे दिया कि मैं रातभर सो नहीं पाया। रातभर जागता रहा।'' और उसने अपना अनुभव कह सुनाया।

उसकी कैफियत सुनकर खुद सराय का मालिक हैरान रह गया। उसे भी मालूम नहीं था कि लिहाफ में से आवाजें आती हैं। उसने वह लिहाफ एक कबाड़ी की दुकान पर से खरीदकर यहाँ पटक दिया था।

उस रोज बहुत बोलने-झगड़ने के बाद सौदागर ने तो अपनी राह ली और अगले पड़ाव की ओर निकल गया। पर सराय के मालिक ने यह जानने के लिए कि बोलता लिहाफ उसके पास कैसे पहुँच गया, वह उसी दोपहर, लिहाफ उठाए उस कबाड़ी की दुकान पर जा पहुँचा।

''यह कैसा लिहाफ तुमने मेरे मत्थे मढ़ दिया ! इसे ओढ़कर तो कोई सो ही नहीं सकता। इसमें से आवाजें आती हैं।''

कबाड़ी लिहाफ का भेद जानता था।

''हाँ, मैं जानता हूँ, आवाजें आती थीं पर मैंने सोचा, तुम अपनी सराय में ले जाओगे तो आवाजें आनी बन्द हो जाएँगी।''

फिर कबाड़ी बोला, ''यह लिहाफ दो छोटे-छोटे बच्चों का था। इनमें वे सिकुड़े एक-दूसरे से चिपटे पड़े रहते थे। दोनों एक टूटी-फूटी कोठरी में रहते थे। उनके माँ-बाप उन्हें छोड़कर कहीं चले गए थे, फिर लौटकर नहीं आए। दोनों बच्चे जैसे-तैसे अपने दिन बिता रहे थे कि एक दिन कोठरी का मालिक पहुँच गया। वह डराने-धमकाने और कोठरी का किराया तलब करने लगा। और फिर यह लिहाफ बगल में दबा लिया और दोनों बच्चों को कोठरी से धकेलकर बाहर निकाल दिया।...बच्चों से उनका एकमात्र सहारा लिहाफ तो छिन गया पर उनकी आवाजें लिहाफ को छोड़ नहीं पाईं।''

# पीड़ित मानवीय सत्य उद्घाटित

*विश्वविख्यात चेक लेखक कारेल चापेक (1890-1938) ऐसे लेखकों में हैं, जिन्होंने मनुष्य के अन्दरूनी संसार को आलोड़ित करनेवाली उन अन्तःसलिल भावनाओं को चित्रित किया है, जिनसे मनुष्य कभी-कभी स्वयं अनभिज्ञ रहता है। 'टिकटों का संग्रह' ऐसी ही एक मर्मान्तक कहानी है। बरसों पहले जब पहली बार मैंने इसे पढ़ा था, तो कहीं गहरे मनोवैज्ञानिक स्तर पर उस कहानी में अन्तर्निहित सत्य ने अभिभूत किया था। मनुष्य कितना कमजोर प्राणी है कि बचपन में चोट खाया छोटा-सा घाव जीवन के समूचे ढाँचे को चरमरा जाता है। हमारा जीवन सहसा एक झटके से ऐसी राह पकड़ लेता है जिसकी कभी कल्पना भी नहीं की थी। कारेल चापेक की यह कहानी यदि मेरे लिए आज भी अविस्मरणीय बनी रह गई है तो इसलिए कि उसमें यह पीड़ित मानवीय सत्य उद्घाटित होता है कि जो जीवन हम जीते हैं, वह कितनी आकस्मिक घटनाओं से बँधा होता है। यदि वे घटनाएँ न होतीं तो हमारी जिन्दगी का प्रवाह किसी दूसरे पार, किसी अन्य दिशा की ओर बह सकता था। मनुष्य नामक प्राणी की 'मानसिकता' कितने नाजुक रेशों के जाल में गुँथी होती है कि एक छोटी-सी ठेस उसे बिलकुल छिन्न-भिन्न कर सकती है ।*

*बरसों पहले 'टिकटों का संग्रह' कहानी अंग्रेजी में पढ़ी थी। तब क्या सोचा था कि कभी मूल चेक से मैं इसका अनुवाद हिन्दी में कर पाऊँगा !*

मार्च, 2003

**—निर्मल वर्मा**

# टिकटों का संग्रह

*❐ कारेल चापेक*

''इसमें कोई सन्देह नहीं,'' बूढ़े सज्जन श्री कारास ने कहा, ''अगर कोई अपने अतीत का लेखा-जोखा करे, तो उसे अपनी जिन्दगी में ही अनेक अलग-अलग किस्म की जिन्दगियों के सूत्र मिल सकते हैं। यह संयोग की ही बात है कि किसी एक दिन वह गलती से या शायद अपनी इच्छा से एक खास किस्म की जिन्दगी चुन लेता है और आखिर तक उसे निभाए ले जाता है। सबसे शोचनीय बात यह है कि वे दूसरी जिन्दगियाँ, जिन्हें उसने नहीं चुना...मरती नहीं। किसी-न-किसी रूप में वे उसके भीतर जीवित रहती हैं। हर आदमी को उनमें एक अजीब-सी पीड़ा महसूस होती है...जैसे टाँग के कट जाने पर होती है।

''मेरी उम्र कोई दस वर्ष की रही होगी जब मैंने टिकट जमा करने शुरू कर दिए। मेरे पिता को मेरा यह शौक एक आँख नहीं सुहाता था। वह शायद सोचते थे कि एक बार मुझे यह लत पड़ गई तो पढ़ाई-लिखाई से मेरा ध्यान उखड़ जाएगा। किन्तु मेरा एक मित्र था—लोयजीक चेपेल्का। मेरी तरह उसे भी विदेशी टिकट जमा करने का बेहद शौक था। लोयजीक के पिता 'बैरल-ऑर्गान' बजाकर परिवार का पालन-पोषण करते। वह एक आवारा किस्म का लड़का था—मुँह पर चेचक के दाग थे किन्तु मेरा उसके प्रति गहरा लगाव था...कुछ उसी तरह—जैसा स्कूली लड़कों का एक-दूसरे के प्रति होता है। आप जानते हैं, मैं बूढ़ा आदमी हूँ। बीवी-बच्चों का स्नेह मुझे मिला है। किन्तु मुझे लगता है कि दो दोस्तों की मैत्री से अधिक खूबसूरत कोई दूसरा सम्बन्ध नहीं हो सकता किन्तु इस तरह की मैत्री छुटपन में ही सम्भव हो सकती है। बाद में वह ताजगी नहीं रहती, उस पर हमारे स्वार्थों की मैली परत जमा हो जाती है। मेरा मतलब उस खास किस्म की मैत्री से है, जिसमें एक गहरा उत्साह और आकर्षण छिपा रहता है—आत्मशक्ति और स्नेह भावना का उमड़ता, छलछलाता ज्वार। वह अपने में इतना अधिक, इतना

मुक्त और उच्छल होता है कि जब तक आदमी उसका एक अंश दूसरे को नहीं दे देता, उसे शान्ति नहीं मिलती।

''मेरे पिता वकालत करते थे–शहर के प्रतिष्ठित व्यक्तियों में उनका विशिष्ट स्थान था। उनका रौब और दबदबा सब मानते थे। लेकिन मेरी दोस्ती एक ऐसे लड़के से थी जिसका पिता एक पियक्कड़ बैंड मास्टर था और जिसकी माँ दूसरे लोगों के कपड़े धोकर घर की रोटी चलाती थी। इसके बावजूद लोयजीक के प्रति मेरे दिल में गहरी श्रद्धा और आदर का भाव था क्योंकि वह मुझसे कहीं अधिक चालाक और चतुर था, वह आत्मनिर्भर था और उसमें हर प्रकार के जोखिम का सामना करने का साहस था। उसकी नाक पर चेचक के दाग थे और वह बाएँ हाथ से पत्थर फेंक सकता था। आज मुझे वे सब चीजें याद नहीं रहीं, जिनके कारण उसके प्रति मेरा इतना अटूट और गहरा लगाव उत्पन्न हो गया था। लेकिन इतना जरूर कह सकता हूँ कि वैसा लगाव जिन्दगी में किसी अन्य व्यक्ति के प्रति कभी उत्पन्न नहीं हो सका।

''उन दिनों जब मुझ पर टिकट जमा करने की धुन सवार हुई थी, लोयजीक ही मेरा एक विश्वासपात्र मित्र था, जिससे मैं कभी कुछ नहीं छिपाता था। मेरे विचार में मनुष्य में संग्रह करने का शौक आदिकाल से चला आ रहा है, जब वह अपने शत्रुओं के मस्तक, लड़ाई में लूटी हुई चीजें, रीछों की खालें, हिरणों के सींग इत्यादि जिस चीज पर उसका हाथ पड़ जाता था, वह अपने खजाने में जमा कर लेता था। किन्तु टिकट संग्रह करने की अपनी एक विशेषता है...हमें उसमें एक अजीब-सा रोमांचकारी अनुभव होता है। लगता है, हम किसी सुदूर देश को अपनी अँगुलियों से छू रहे हैं–भूटान, बोलिविया, केप ऑव गुड होप ! इन टिकटों के सहारे हम अपने और इन अजाने देशों के बीच एक गहरी आत्मीयता-सी महसूस करने लगते हैं। टिकट संग्रह का नाम लेते ही हमारी आँखों के सामने जमीन और समुद्र की रोमांचकारी यात्राएँ, जोखिम और साहस के कारनामे घूम जाते हैं। यह कुछ उतना ही रोचक और सनसनीखेज जान पड़ता है जितना मध्ययुग में किए जानेवाले ईसाइयों के धर्म-अभियान।

''मैं आपसे अभी कह रहा था कि मेरे पिता को मेरा यह शौक ज्यादा पसन्द नहीं था। यह स्वाभाविक भी है क्योंकि वास्तव में अधिकांश लोग यह नहीं चाहते कि उनके पुत्र कोई ऐसा काम करें, जिसे उन्होंने स्वयं कभी नहीं किया। खुद मेरा अपने पुत्रों के प्रति भी ऐसा ही व्यवहार रहा है। पुत्र के प्रति पिता की भावना अन्तर्विरोधों से भरी रहती है...स्नेह तो उसमें अवश्य होता है किन्तु उसमें एक हद तक पूर्वग्रह, अविश्वारा और विरोध के तत्त्व भी मिले होते हैं। आप अपने

बच्चों को जितना अधिक प्यार करते हैं, उतनी ही मात्रा में विरोध भी...और यह विरोधी-भावना स्नेह के साथ-साथ बढ़ती जाती है।

"खैर...मैंने अपने टिकटों का संग्रह गोदाम के एक कोने में छिपाकर रखा था ताकि पिता की नजर उस पर न पड़ सके। हम दोनों चूहों की तरह लुक-छिपकर उस गोदाम में एक-दूसरे के टिकटों को देखा करते थे। अलग-अलग देशों के टिकट...नीदरलैंड, मिस्र, स्वीडन...उन्हें देखते हुए हमारी आँखें नहीं भरती थीं। हमने अपना खजाना छिपाकर रखा था, अतः उसमें 'पाप' की एक गोपनीय भावना भी भरी थी जो हमें अजीब-सा आनन्द देती थी। मैंने जिस तरह के टिकट जमा किए थे, वह भी अपने में कम रोमांचकारी और दुर्गम काम नहीं था। मैं जाने-अजाने परिवारों का चक्कर लगाया करता था और आरजू-मिन्नत करके उनकी पुरानी चिट्ठियों के टिकट उतारकर अपने पास जमा कर लेता था। कभी-कभार मुझे ऐसे लोग मिल जाते थे जिनकी मेजों की दराजें ठसाठस पुराने कागजों से भरी रहती थीं। तब मेरी खुशी का ठिकाना नहीं रहता था। मैं फर्श पर बैठकर बड़े इत्मीनान से पुराने कागजों के कूड़े-करकट का निरीक्षण करता और चुन-चुनकर वे टिकट निकालता जाता जो मेरे पास नहीं थे। मैंने कभी एक-जैसे ही दो टिकट जमा नहीं किए...इसे मेरी बेवकूफी ही समझ लीजिए। किन्तु जब कभी अचानक लांबाडी या किसी छोटे-से जरमन-राज्य या यूरोप के किसी स्वतन्त्र नगर का टिकट मेरे हाथ लग जाता, तो मेरी खुशी पीड़ा की सीमा तक जा पहुँचती, शायद हर बड़ी खुशी में पीड़ा का मधुर स्पर्श छिपा रहता है। इस दौरान लोयजीक बाहर मेरी प्रतीक्षा करता रहता। बाहर निकलते ही मैं दबे स्वर में उसके कानों में फुसफुसाकर कहता, "लोयजीक, लोयजीक...वहाँ हैनोवर का एक टिकट था।" "तुमने उतार लिया ?" "हाँ।" और तब हम लूटी हुई सम्पत्ति को जेब में दबोचकर सरपट घर की ओर भागने लगते, जहाँ हमारा खजाना छिपा था।

"हमारे शहर में बहुत-से कारखाने थे, जहाँ हर किस्म का अल्लम-गल्लम तैयार किया जाता था—कपास, रुई, घटिया किस्म का ऊन। यह सड़ा-गला माल दुनियाभर को भेजा जाता था। मुझे अक्सर वहाँ रद्दी कागजों की टोकरियाँ मिल जाती थीं...या यों कहिए, मेरे लिए लूट-खसोट करने का यह सबसे बढ़िया स्थान था। वहाँ मुझे प्रायः स्याम, दक्षिणी अफ्रीका, चीन, लाइबेरिया, अफगानिस्तान, बोर्नियो, ब्राजील, न्यूजीलैंड, भारत और कांगों के टिकट मिल जाते थे। आपके बारे में मुझे मालूम नहीं, लेकिन मुझे इन नामों की ध्वनिमात्र से एक अजीब-सा रहस्य और आकर्षण महसूस होता है। मैं आपको बता नहीं सकता कि उस क्षण मुझे कितनी खुशी होती थी, जब अचानक मेरे हाथ में स्ट्रेट्स सैटलमेंट या कोरिया

या नेपाल या न्यू गिनी या सियरा लियोने या मैडागास्कर का कोई टिकट पड़ जाता था। आपसे सच कहता हूँ कि वैसी खुशी सिर्फ किसी शिकारी या खजाना-खोजी या जमीन की खुदाई करनेवाले पुरातत्त्व-अन्वेषी को ही उपलब्ध हो पाती है। किसी चीज को खोजना और पाना मेरे खयाल में, जिन्दगी में इससे बड़ा सुख और रोमांच कोई नहीं। हर आदमी को कोई-न-कोई चीज खोजना चाहिए। अगर टिकट नहीं तो सत्य या स्वर्ण-पंख या कम-से-कम नुकीले पत्थर और राखदानियाँ।

''वे मेरी जिन्दगी के सबसे सुखद वर्ष थे—लोयजीक के साथ मेरी दोस्ती और मेरा टिकट संग्रह। फिर अचानक एक दिन मुझे बुखार आ गया। लोयजीक को मेरे पास आने की इजाजत नहीं थी, इसलिए वह कभी-कभार नीचे दहलीज में खड़ा होकर सीटी बजाया करता था ताकि मैं उसकी आवाज सुन सकूँ। एक दोपहर जब घर के लोग मेरी ओर से बेखबर थे, मैं सबकी आँख बचाता हुआ ऊपर गोदाम में अपने टिकट देखने चला आया। बुखार के कारण मैं इतना कमजोर हो गया था कि बड़ी मुश्किल से सन्दूक का ढक्कन उठा पाया। सन्दूक खाली पड़ा था। जिस बक्से में मैंने टिकट जमा किए थे, वह वहाँ नहीं था।

''उस क्षण मेरे हृदय पर कितना गहरा मर्मान्तक आघात पहुँचा था, मैं आपको बता नहीं सकता। कुछ देर तक मैं पत्थर की मूर्ति-सा खाली सन्दूक के सामने खड़ा रहा। मैं रो भी नहीं सका मानो कोई गोला मेरे गले में अटक गया हो। मेरे लिए यह विश्वास करना असम्भव था कि मेरी सबसे बड़ी खुशी—टिकटों का संग्रह—गायब हो गया था किन्तु इससे अधिक भयानक बात यह थी कि उसे चुरानेवाला कोई और न होकर मेरा अभिन्न मित्र लोयजीक था; मेरी बीमारी के दिनों में वह उसे चोरी-चुपके उठा ले गया था। मैं कितना विह्वल, कातर और बेबस हो गया था, कहना मुश्किल है। यह आश्चर्य की बात है कि बच्चे कितनी दुर्दमनीय पीड़ा भोग सकते हैं। पता नहीं, मैं गोदाम से कैसे बाहर आया, किन्तु उसके बाद मुझे दोबारा तेज बुखार चढ़ आया। चेतना के क्षणों में मैं निराश-भाव से अपने टिकटों के बारे में सोचने लगता। मैंने इस बारे में एक भी शब्द अपने पिता या बुआ से नहीं कहा। मेरी माँ अरसा पहले गुजर चुकी थीं। मैं जानता था कि वे मेरी अन्तर्पीड़ा नहीं समझ सकेंगे। मेरी इस खामोशी ने मेरे और उनके बीच एक दीवार-सी खड़ी कर दी। मुझे लगता है, उस घटना के बाद उनके प्रति मेरा बालसुलभ स्नेह हमेशा के लिए खत्म हो गया।

''लोयजीक के विश्वासघात ने मेरे दिल पर भयानक असर किया था। यह पहला अवसर था जब मैंने जिन्दगी में धोखा खाया था। 'लोयजीक भिखमंगा है।' मैंने अपने से कहा, 'तुमने भिखमंगे के राथ दोरती की और उसका फल तुम्हें मिल

गया।' इस अनुभव ने मेरे दिल को काफी कठोर बना दिया। उस दिन से मैं आदमी और आदमी के बीच भेद करने लगा। समाज के प्रति मेरी सहज-निर्दोष दृष्टि नष्ट हो गई, यह मैं आज सोचता हूँ। उन दिनों मुझे गुमान भी न था कि इस घटना ने किस हद तक मुझे हिला दिया है, न कभी यह कल्पना की थी कि इसकी चोट मेरी जिन्दगी पर हमेशा के लिए एक खरोंच छोड़ जाएगी।

''बुखार उतरने के साथ ही टिकट संग्रह के खो जाने का शोक भी मेरे मन से उतर गया। किन्तु जब कभी मैं लोयजीक को नए मित्रों के साथ हँसते-बोलते देखता था, मेरा घाव फिर हरा हो जाता था। बीमारी के बाद वह मेरे पास भागता हुआ आया था, उसके चेहरे पर हलकी-सी झेंप थी क्योंकि हम इतने दिनों बाद मिले थे। किन्तु मैंने रूखे स्वर से उसे दुरदुरा दिया था, 'अपना रास्ता पकड़ो...मेरा-तुम्हारा रिश्ता खत्म !' मेरे इन शब्दों को सुनकर उसका चेहरा लाल हो गया था और उसने हकलाते हुए कहा था–'अच्छा, ठीक है।' उस दिन से वह जी-जान से मुझसे नफरत करने लगा था। ऐसी नफरत, जो सिर्फ निम्नवर्गीय लोग ही कर सकते हैं।

''हाँ...उस घटना ने मेरी समूची जिन्दगी को बदल दिया था। मुझे आसपास की दुनिया दूषित और अपवित्र जान पड़ने लगी। लोगों में मेरी आस्था नष्ट हो गई। मैं हर व्यक्ति को घृणा और हिकारत की नजर से देखने लगा। उसके बाद मेरा कोई मित्र नहीं था। बड़ा होने पर भी मैं अपने को अपने तक सीमित रखने लगा। मुझे किसी अन्य व्यक्ति की आवश्यकता नहीं थी और न ही मैं किसी के प्रति अपनी सहानुभूति प्रदर्शित करता था। फिर मैंने अनुभव किया कि दूसरे लोग भी मुझे पसन्द नहीं करते। मैंने इससे यह निष्कर्ष निकाला कि मैं स्वयं दूसरों के स्नेह और भावुकता को हिकारत की दृष्टि से देखता हूँ। मैं अपने से अलग-थलग रहने लगा, एक ऐसे व्यक्ति की तरह जो अपने लक्ष्य की साधना करने में जुटा हो। आत्मनिष्ठ, कर्मशील एक ऐसा व्यक्ति, जो कभी नाक पर मक्खी नहीं बैठने देता। अपने नीचे काम करनेवालों के प्रति मेरा व्यवहार बेहद चिड़चिड़ा और कठोर हो गया। जिस स्त्री से मैंने विवाह किया, उसे कभी अपना प्रेम नहीं दे सका। अपने बच्चों का पालन-पोषण भी इस ढंग से किया कि वे कभी मेरे आगे अँगुली न उठा सकें। मेरी कर्मनिष्ठा और कर्तव्यपरायणता की धाक सब पर अच्छी तरह बैठ गई। बस, यही मेरी जिन्दगी थी–मेरी सारी जिन्दगी। मेरी आँखों के आगे सिर्फ कर्तव्य था...और कुछ नहीं। मैं जानता हूँ, जब मैं नहीं रहूँगा, अखबारों में मेरे महत्त्वपूर्ण कार्यों और उज्ज्वल चरित्र के बारे में काफी चर्चा होगी। काश ! लोग जान जाते कि इन सबके पीछे कितना अकेलापन, कितना अविश्वास, कितना आत्म-संकल्प दबा पड़ा है।

"तीन वर्ष पहले मेरी पत्नी की मृत्यु हुई थी। उस दिन मुझे कितना क्लेश हुआ, यह बात मैं आज तक अपने से और दूसरों से छिपाता रहा हूँ। शोक में विह्वल-सा होकर मैं अपने परिवार के स्मृति-चिह्न उलटने-पलटने लगा। पुरानी चीजें—जिन्हें मेरे माता-पिता पीछे छोड़ गए थे। फोटोग्राफ, खत, मेरी पुरानी स्कूल की कॉपियाँ...मेरे पिता काफी गम्भीर स्वभाव के व्यक्ति थे, किन्तु जिस लगन के साथ उन्होंने इन सब चीजों को सँभालकर रखा था, उसे देखकर मेरा गला भर आया। उस क्षण मुझे लगा मानो सचमुच वह मुझसे काफी स्नेह करते थे। गोदाम की अलमारी इन सब चीजों से भरी थी। अलमारी की सबसे निचली दराज में पिता ने अपना सन्दूक मुहर लगाकर रखा था। जब मैंने उसे खोला, मेरी आँखों के सामने वह टिकट-संग्रह पड़ गया, जिसे मैंने पचास वर्ष पहले जमा किया था।

"मैं आपसे कोई बात छिपाकर नहीं रखूँगा। मेरे आँसू फूट पड़े और मैं टिकटों के बक्से को इस तरह दबाकर अपने कमरे में ले आया मानो मुझे कोई खजाना मिल गया हो ! मेरे मस्तिष्क में सारी बातें बिजली की तरह कौंध गईं। जब मैं बीमार था, पिता के हाथों में मेरा टिकट-संग्रह पड़ गया होगा। उन्होंने उसे अपने सन्दूक में छिपा लिया था ताकि मैं अपनी पढ़ाई-लिखाई मन लगाकर करता रहूँ। उन्हें ऐसा नहीं करना चाहिए था किन्तु यह उन्होंने मेरे प्रति स्नेह और लगाव से उत्प्रेरित होकर ही किया था। पता नहीं क्यों—उस क्षण मुझे अपने पिता और खुद पर रोना-सा आने लगा।

"फिर सहसा मुझे याद आया—लोयजीक ने आखिर मेरे टिकट नहीं चुराए थे। मैंने उसके प्रति कितना घोर अन्याय किया था, यह सोचकर ही मेरा दिल काँप उठा। चेचक के दागों से भरा उस आवारा लड़के का मैला-कुचैला चेहरा मेरी आँखों के सामने घूम गया। न जाने वह अब कहाँ होगा...पता नहीं वह जीवित भी होगा या नहीं ? आपसे सच कहता हूँ, जितना ही मैं अतीत की उस घटना के बारे में सोचता था, उतनी ही अधिक अपने पर शरम और ग्लानि महसूस होती थी। एक झूठे सन्देह के कारण मैंने अपने एकमात्र अभिन्न मित्र को खो दिया था...मेरा समूचा जीवन तबाह हो गया था। महज उसके कारण मैं निम्न वर्ग के लोगों से नफरत करने लगा था। उसके कारण ही मैं इतना आत्मकेन्द्रित हो गया था। उसके कारण ही मैंने दूसरे लोगों से अपने सब सम्बन्ध तोड़ लिए थे। उसके कारण डाक-टिकट को देखते ही मेरा मन खीज और झुँझलाहट से भर उठता था। उसके कारण ही मैंने अपनी पत्नी को—विवाह से पूर्व या उसके बाद—कभी कोई पत्र नहीं लिखा क्योंकि मैं अपने को इन छोटी-मोटी भावुकताओं से ऊपर मानता था...हालाँकि मेरी पत्नी को यह बात काफी चुभती थी।

“उसके कारण ही मैं इतना कठोर था और सबसे नाता तोड़कर अलग-थलग रहने लगा था। उसके कारण और सिर्फ उसके कारण ही मेरा जीवन इतना आदर्श, इतना कर्तव्यनिष्ठ हो गया था।

“उस दिन मैंने अपनी जिन्दगी को नए सिरे से देखा और तब सहसा मुझे लगा मानो मैं एक बिलकुल दूसरी जिन्दगी जी रहा था। अगर वह घटना न होती, तो शायद मैं एक-दूसरे किस्म का व्यक्ति होता, एक ऐसा व्यक्ति जिसका दिल हमेशा जोश और उत्साह, स्नेह, साहस, जिन्दादिली और हाजिरजवाबी से फड़फड़ाता रहता है, मुक्त और विचित्र आकांक्षाओं में छलछलाता रहता है। मैं कुछ भी हो सकता था...अन्वेषक, अभिनेता, सैनिक ! जरा देखिए...मैं तब एक ऐसा आदमी होता जो दूसरों के प्रति हमदर्दी महसूस कर सकता है, उनके साथ मिलकर शराब पी सकता है, उन्हें समझ सकता है। आह ! मैं क्या कुछ नहीं कर सकता था ? और तब उस क्षण मुझे लगा, जैसे मेरे भीतर बरसों से दबी बर्फ धीरे-धीरे पिघलने लगी हो ! मैं अपने टिकट-संग्रह को देखने लगा, बारी-बारी से हर टिकट को। सब पुराने टिकट वहाँ मौजूद थे...लांबर्डी, क्यूबा, स्याम, हैनोवर, निकारागुआ, फिलीपींस–वे सब देश और शहर जहाँ मैं जाना चाहता था और जिन्हें अब मैं कभी नहीं देख सकूँगा। उनमें से हर टिकट पर किसी अज्ञात चीज का टुकड़ा चिपका था, जो हो सकता था और हुआ नहीं था। मैं रातभर उन टिकटों के सामने बैठा रहा और अपनी जिन्दगी के बारे में सोचता रहा। मुझे लगा कि मैं अब तक एक बनावटी, अजनबी और पराई जिन्दगी जी रहा था, जो मेरी असली जिन्दगी थी, वह कभी पैदा न हो सकी।”

श्री कारास ने उदास-भाव से सिर हिलाते हुए कहा, “आह...जब कभी उन चीजों के बारे में सोचता हूँ जो मैं कर सकता था...या अपने उस अपराध के बारे में सोचता हूँ जो मैंने लोयजीक के प्रति किया था...”

श्री कारास के इन शब्दों को सुनकर फादर बोंस बहुत गमगीन और उदास हो गए–बहुत सम्भव है, उन्हें अपनी जिन्दगी की कोई घटना याद आ गई हो ! “कारास साहब !” उन्होंने करुणा-भरे स्वर में कहा, “आप इसके बारे में अधिक न सोचिए। अब कोई फायदा नहीं है...भला-बुरा जो हो चुका है, वह हो चुका है। जिन्दगी को नए सिरे से शुरू नहीं किया जा सकता...” “आप ठीक कहते हैं।” श्री कारास ने लम्बी साँस लेते हुए कहा। उनका चेहरा हलका-सा गुलाबी हो गया था। “लेकिन मैं आपसे कहना चाहता था कि मैंने...मैंने फिर से टिकट जमा करने शुरू कर दिए हैं।”

*कहानी के बारे में*

## मानवीय मनोभावों का स्पर्श

*चन्द्रधर शर्मा 'गुलेरी' की कहानी 'उसने कहा था' अपने कथ्य, शैली, शीर्षक को एक ग्रन्थ में समेटे क्रिकेट के खेल की तरह लिखी गई और रचनात्मक सिद्धहस्तता से प्रस्तुत कर दी गई।*

*वह आई घटनाचक्र की गेंद, बल्लेबाज ने बनाए रन, चौके-छक्के और लगभग औपन्यासिक बाउंड्री के साथ कहानी पिछली शती पर छा गई।*

*पाठक होने के नाते कहानी पढ़ने की तमीज के साथ-साथ जब कहानी लिख सकने की तालीम मिली तो 'उसने कहा था' को एक बार नहीं, बार-बार पढ़ा।*

*अमृतसर के बाजारों-गलियों की आवाजाही। पैदल चलनेवालों की भीड़ के बीच गूँजती हैं बम्बूकार्ट चालकों की आवाजें !*

*मूल कहानी तथा टिप्पणी में अन्तर है...हट जा जीऊण जोगिए/हट जा करमाँवालिए/हट जा पुत्ताँ प्यारिए/बच जा लम्बी उमराँवालिए !*

*पैदल चलती औरतों को सावधान किया जा रहा है।*

*कहानी का घटनाचक्र गतिमान हो रहा है—बम्बूकार्ट के पहियों के साथ और ये बाजारू देशज बोलियों की आवाजें। भारतीय परिवार में स्त्री विवरण—जीते-जागते मुहावरों से समय पर जिन्दगी की फलती-फूलती बेल की बरकतें गिना रहा है। दिलचस्प बात यह थी कि 'उसने कहा था' का भाषिक रचाव-रसाव कैसा स्वरूप ग्रहण करता, यदि बम्बूकार्ट बोलियों का अनुवाद इस तरह कर दिया जाता :*

*हट जा जीने के जोग औरत/हट जा कर्म करनेवाली औरत*
*हट जा पुत्रों को प्यार करनेवाली/हट जा लम्बी उमरवाली !*

*गुलेरीजी का भाषिक-पांडित्य अपने लचीलेपन में 'उसने कहा था' के पूरे पाठ में प्रवाहित होता चला है। उनका ध्वनि-संसार जीते-जागते जगत से नमी लेता हुआ मानवीय मनोभावों का स्पर्श करता चला जाता है।*

*अद्‌भुत ! 'तेरी 'कुड़माई' हो गई ?'*

*सगाई की जगह गुलेरीजी ने 'कुड़माई' शब्द क्यों इस्तेमाल किया ?*

*आखिर उन्होंने सगाई को सरकाकर 'कुड़माई' का चुनाव क्यों किया ? दूसरी बार कहानी का पाठ किया तो यह संशय दूर हो गया। लेखकीय विवेक से कुछ उघड़ा और उजागर हुआ कि 'कुड़माई' की भेदक डोर लेखक के जेहन से बँधी थी—लाम पर पहुँचे हुए फौजियों की रेजीमेंट से, टुकड़ी से। भौगोलिक-सामाजिक और कहानी की तीव्रगामी स्थितियों की ओर बढ़ते कुछ सांकेतिक शब्दों की अहमियत को मेरे लेखक ने अपने में आत्मसात किया।*

*गुलेरीजी के संवाद इतने पीठदार कि कथ्य का ताना-बाना न कहीं से खिंचे, न टूटे। 'लिखित' और 'वाचिक' का मिश्रण कुछ ऐसा अनोखा कि जो एक साथ किसी लैंडस्केप को, व्यक्ति और परिवेश को, सामाजिक संगतियों को अंकित करे। उसे व्याकरण और गणित के जोड़ से मात्र वक्तव्य बनाकर न रख दे ! जिस संयमित संवाद की प्रतीति इस कहानी में होती है, वह अपने आप में गुलेरी का रचनात्मक दर्प नहीं और न ही उनके पांडित्य का कोई अनुभवविहीन दबाव।*

*'उसने कहा था' कहानी में न सिर्फ हिन्दी कथा की आरम्भिक ऊर्जा थी, उसमें हिन्दी उपन्यास के भविष्य का ढाँचा भी निहित था।*

अप्रैल, 2003

**—कृष्णा सोबती**

# उसने कहा था

*❒ चन्द्रधर शर्मा 'गुलेरी'*

बड़े-बड़े शहरों के इक्के-गाड़ीवालों की जबान के कोड़ों से जिनकी पीठ छिल गई है और कान पक गए हैं, उनसे हमारी प्रार्थना है कि अमृतसर के बम्बूकार्टवालों की बोली का मरहम लगावें। जब बड़े-बड़े शहरों की चौड़ी सड़कों पर घोड़े की पीठ को चाबुक से धुनते हुए इक्केवाले कभी घोड़े की नानी से अपना निकट सम्बन्ध स्थिर करते हैं, कभी राह चलते पैदलों की आँखों के न होने पर तरस खाते हैं, कभी उनके पैरों की अँगुलियों के पोरों को चींथकर अपने ही को सताया हुआ बताते हैं और संसार-भर की ग्लानि, निराशा और क्षोभ के अवतार बने नाक की सीध में चले जाते हैं, तब अमृतसर में उनकी बिरादरीवाले तंग चक्करदार गलियों में हर एक लड्ढ़ीवाले के लिए ठहरकर सब्र का समुद्र उमड़ाकर 'बचो खालसा जी', 'हटो भाई जी', 'ठहरना भाई', 'जाने दो लालाजी', 'हटो बाछा' कहते हुए सफेद पैंटों, खच्चरों और बतखों, गन्ने और खोमचे और भारेवालों के जंगल में से राह देते हैं। क्या मजाल है कि 'जी' और 'साहब' बिना सुने किसी को हटना पड़े। यह बात नहीं कि उनकी जीभ चलती ही नहीं, चलती है, पर मीठी छुरी की तरह महीन मार करती हुई। यदि कोई बुढ़िया बार-बार चितौनी देने पर भी लीक से नहीं हटती तो उसी वचनावली के ये नमूने हैं–'हट जा जीऊण जोगिए; हट जा करमाँवालिए, हट जा पुत्ताँ प्यारिए, बच जा लम्बी उमराँवालिए'–समष्टि में इसका अर्थ है कि तू जीने योग्य है, तू भाग्यवाली है, पुत्रों को प्यारी है, लम्बी उमर तेरे सामने है, तू क्यों मेरे पहियों के नीचे आना चाहती है ?–बच जा।

ऐसे बम्बूकार्टवालों के बीच होकर एक लड़का और लड़की चौक की एक दुकान पर आ मिले। उसके बालों और ढीले सुथने से जान पड़ता था कि दोनों सिख हैं। वह अपने मामा के केश धोने के लिए दही लेने आया था। और यह रसोई के लिए बड़ियाँ। दुकानदार एक परदेशी से गुथ रहा था, जो सेरभर गीले पापड़ों की गड्डी को गिने बिना हटता न था।

"तेरे घर कहाँ हैं ?"

"मगरे में,–और तेरे ?"

"माझे में,–यहाँ कहाँ रहती हो ?"

"अतरसिंह की बैठक में, वे मेरे मामा हैं।"

"मैं भी मामा के यहाँ आया हूँ, उनका घर गुरु बाजार में है।"

इतने में दुकानदार निबटा और इनका सौदा देने लगा। सौदा लेकर दोनों साथ-साथ चले। कुछ दूर जाकर लड़के ने मुस्कुराकर पूछा, "तेरी कुड़माई हो गई ?" इस पर लड़की कुछ आँख चढ़ाकर 'धत्' कहकर दौड़ गई और लड़का मुँह देखता रह गया। दूसरे-तीसरे दिन सब्जीवाले के यहाँ या दूधवाले के यहाँ अकस्मात् दोनों मिल जाते हैं। महीना-भर यही हाल रहा। दो-तीन बार लड़के ने फिर पूछा, "तेरी कुड़माई हो गई ?" और उत्तर में वही 'धत्' मिला। एक दिन जब फिर लड़के ने वैसे ही हँसी में चिढ़ाने के लिए पूछा तो लड़की लड़के की सम्भावना के विरुद्ध बोली, "हाँ, हो गई।"

"कब ?"

"कल। देखते नहीं यह रेशम से कढ़ा हुआ सालू ?" लड़के ने घर की राह ली। रास्ते में एक लड़की को मोरी में ढकेल दिया, एक छावड़ीवाले की दिन-भर की कमाई खोई, एक कुत्ते को पत्थर मारा और एक गोभीवाले के ठेले में दूध उड़ेल दिया। सामने नहाकर आती हुई किसी वैष्णवी से टकराकर अन्धे की उपाधि पाई। तब कहीं घर पहुँचा।

"राम-राम, यह भी कोई लड़ाई है ! दिन-रात खन्दकों में बैठे हड्डियाँ अकड़ गईं। लुधियाने से दस गुना जाड़ा और मेंह और बरफ ऊपर से। पिंडलियों तक कीचड़ में धँसे हुए हैं। गनीम (दुश्मन) कहीं दीखता नहीं–घंटे-दो घंटे में कान के परदे फाड़नेवाले धमाके के साथ सारी खन्दक हिल जाती है और सौ गज धरती उछल पड़ती है। इस गैबी गोले से बचे तो कोई लड़े। नगरकोट का जलजला सुना था, यहाँ दिन में पच्चीस जलजले होते हैं। जो कहीं खन्दक से बाहर साफा या कुहनी निकल गई तो चटाक् से गोली लगती है। न मालूम बेईमान मिट्टी में लेटे हुए हैं या घास की पत्तियों में छिपे रहते हैं !"

"लहनासिंह, और तीन दिन हैं। चार तो खन्दक में बिता ही दिए। परसों 'रिलीफ' आ जाएगी और फिर सात दिन की छुट्टी। अपने हाथों झटका करेंगे और पेटभर खाकर सो रहेंगे। उस फिरंगी मेम के बाग में–मखमल की-सी हरी घास है, फल और दूध की वर्षा कर देती है। लाख कहते हैं, दाम नहीं लेती। कहती है, तुम राजा हो, मेरे मुल्क को बचाने आए हो।"

“चार दिन तक पलक नहीं झँपी। बिना फेरे घोड़ा बिगड़ता है और बिना लड़े सिपाही। मुझे तो संगीन चढ़ाकर मार्च का हुक्म मिल जाए, फिर सात जर्मनों को अकेला मारकर न लौटूँ, तो मुझे दरबार साहब की देहली पर मत्था टेकना नसीब न हो। पाजी कहीं के, कलों के घोड़े संगीन देखते ही मुँह फाड़ देते हैं और पकड़ने लगते हैं। यों अँधेरे में तीस-तीस मन का गोला फेंकते हैं। उस दिन धावा किया था। चार मील तक एक जर्मन नहीं छोड़ा था। पीछे जनरल साहब ने हट जाने का कमान दिया, नहीं तो...”

“नहीं तो सीधे बर्लिन पहुँच जाते। क्यों ?”

सूबेदार हजारासिंह ने मुस्कुराकर कहा, “लड़ाई के मामले में जमादार या नायक के चलाए नहीं चलते। बड़े अफसर दूर की सोचते हैं। तीन सौ मील का सामना है। एक तरफ बढ़ गए तो क्या होगा ?”

“सूबेदारजी, सच है,” लहनासिंह बोला, “पर करें क्या ? हड्डी-हड्डी में तो जाड़ा धँस गया है। सूर्य निकलता नहीं और खाई में दोनों तरफ से चम्बे की बावलियों के से सोते भर रहे हैं। एक धावा हो जाए तो गर्मी आ जाए।”

“उदमी, उठ, सिगड़ी में कोयले डाल। वजीरा, तुम चार जने बालटियाँ लेकर खाई का पानी बाहर फेंको। महासिंह, शाम हो गई है, खाई के दरवाजे का पहरा बदला दो,” यह कहते हुए सूबेदार सारी खन्दक में चक्कर लगाने लगा।

वजीरासिंह पल्टन का विदूषक था। बालटी में गन्दला पानी भरकर खाई के बाहर फेंकता हुआ बोला, “मैं पाधा बन गया हूँ। करो जर्मनी के बादशाह का तर्पण।” इस पर सब खिलखिला पड़े और उदासी के बादल फट गए।

लहनासिंह ने दूसरी बालटी भरकर उसके हाथ में देकर कहा, “अपनी बाड़ी के खरबूजों में पानी दो। ऐसा खाद का पानी पंजाब-भर में नहीं मिलेगा।”

“हाँ, देश क्या, स्वर्ग है। मैं तो लड़ाई के बाद सरकार से दस घुमा जमीन यह माँग लूँगा और फलों के बूटे लगाऊँगा।”

“लाड़ी होराँ को भी यहाँ बुला लोगे, या वही दूध पिलानेवाली फिरंगी मेम...”

“चुप कर। यहाँ वालों को शरम नहीं।”

“देस-देस की चाल है। आज तक मैं उसे समझा न सका कि सिख तमाकू नहीं पीते। वह सिगरेट देने में हठ करती है, ओठों में लगाना चाहती है। और मैं पीछे हटता हूँ तो समझती है कि राजा बुरा मान गया। अब मेरे मुल्क के लिए लड़ेगा नहीं।”

“अच्छा, अब बोधासिंह कैसा है ?”

"अच्छा है।"

"जैसे मैं जानता ही न होऊँ। रात-भर तुम अपने दोनों कम्बल उसे ओढ़ाते हो और आप सिगड़ी के सहारे गुजर करते हो। उसके पहरे पर आप पहरा दे आते हो। अपने सूखी लकड़ी के तख्तों पर उसे सुलाते हो, आप कीचड़ में पड़े रहते हो। हाँ, कहीं तुम न माँदे पड़ जाना। जाड़ा क्या है, मौत है और निमोनिया से मरनेवालों को मुरब्बे नहीं मिला करते।"

"मेरा डर मत करो। मैं तो बुलेल की खड्ड के किनारे मरूँगा। भाई कीरतसिंह की गोदी में मेरा सिर होगा और मेरे ऊपर हाथ के लगाए हुए आम के पेड़ की छाया रहेगी।"

वजीरासिंह ने त्यौरी चढ़ाकर कहा, "क्या मरने-मारने की बात लगाई है। मरें जर्मन और तुरक !"

"हाँ, भाइयो, कुछ गाओ।"

इतने में एक कोने से पंजाबी गीत की आवाज सुनाई दी :

*दिल्ली शहर तें पिशौर नु जांदिए*
*कर लेणा लौंगां दा बपार मड़िए,*
*कर लेणा नाड़ेदा सौदा अड़िए*
*(ओय) लाणा चटाका कदुए नुं।*
*कद्दू बणया वे मजेदार गोरिए*
*हुणे लाणा चटाका कदुए नुं।*

कौन जानता था कि दाढ़ियोंवाले घरबारी सिख ऐसा लुच्चों का गीत गाएँगे, पर सारी खन्दक गीत से गूँज उठी और सिपाही फिर ताजे हो गए, मानो चार दिन से सोते और मौज ही करते रहे हों !

दो पहर रात हो गई है। अँधेरा है। सन्नाटा छाया हुआ है। बोधासिंह खाली बिस्कुटों के तीन टीनों पर अपने दोनों कम्बल बिछाकर और लहनासिंह के दो कम्बल और एक बरानकोट ओढ़कर सो रहा है। लहनासिंह पहरे पर खड़ा है। एक आँख खाई के मुँह पर है और दूसरी बोधासिंह के दुबले शरीर पर। बोधासिंह कराहा।

"क्यों बोधा भाई, क्या है ?"

"पानी पिला दो।"

लहनासिंह ने कटोरा उसके मुँह से लगाकर पूछा, "कहो, कैसे हो ?"

पानी पीकर बोधा बोला, "कँपकँपी छूट रही है। रोम-रोम में तार दौड़ रहे हैं, दाँत बज रहे हैं।"

"अच्छा, मेरी जरसी पहन लो।"

"और तुम ?"

"मेरे पास सिगड़ी है और मुझे गर्मी लगती है, पसीना आ रहा है।"

"न, मैं नहीं पहनता; चार दिन से तुम मेरे लिए..."

"हाँ, याद आई। मेरे पास दूसरी गरम जरसी है। आज सबेरे ही आई है। विलायत से मेमें बुन-बुनकर भेज रही हैं। गुरु उनका भला करें।" यों कहकर लहना अपना कोट उतारकर जरसी उतारने लगा।

"सच कहते हो ?"

"और नहीं, झूठ ?" यों कहकर नहीं करते बोधा को उसने जबरदस्ती जरसी पहना दी और आप खाकी कोट और जीन का कुरता पहनकर पहरे पर आ खड़ा हुआ। मेम की जरसी की कथा केवल कथा थी।

आधा घंटा बीता। इतने में खाई के मुँह से आवाज आई, "सूबेदार हजारासिंह !"

"कौन, लपटन साहब ? हुक्म हुजूर ?" कहकर सूबेदार तनकर फौजी सलाम करके सामने हुआ।

"देखो, इसी दम धावा बोलना होगा। मील-भर की दूरी पर पूरब के कोने में एक जर्मन खाई है। उसमें पचास से ज्यादा जर्मन नहीं हैं। इन पेड़ों के नीचे-नीचे दो खेत काटकर रास्ता है। तीन-चार घुमाव हैं। जहाँ मोड़ है वहाँ पन्द्रह जवान खड़े कर आया हूँ। तुम यहाँ दस आदमी छोड़कर सबको साथ ले उनसे जा मिलो। खन्दक छीनकर वहीं, जब तक दूसरा हुक्म न मिले, डटे रहो। हम यहाँ रहेगा।"

"जो हुक्म !"

चुपचाप सब तैयार हो गए। बोधा भी कम्बल उतारकर चलने लगा, तब लहनासिंह ने उसे रोका। लहनासिंह आगे हुआ तो बोधा के बाप सूबेदार ने उँगली से बोधा की ओर इशारा किया। लहनासिंह समझकर चुप हो गया। पीछे दस आदमी कौन रहें, इस पर बड़ी हुज्जत हुई। कोई रहना न चाहता था। समझा-बुझाकर सूबेदार ने मार्च किया। लपटन साहब लहना की सिगड़ी के पास मुँह फेरकर खड़े हो गए और जेब से सिगरेट निकालकर सुलगाने लगे। दस मिनट बाद उन्होंने लहना की ओर हाथ बढ़ाकर कहा, "लो, तुम भी पियो।"

आँख मारते-मारते लहनासिंह सब समझ गया। मुँह का भाव छिपाकर बोला, "लाओ साहब।" हाथ आगे करते ही सिगड़ी के उजाले में साहब का मुँह देखा, बाल देखे तब उसका माथा ठनका। लपटन साहब के पट्टियोंवाले बाल एक दिन में कहाँ उड़ गए और उनकी जगह कैदियों के से कटे हुए बाल कहाँ से आ

गए ? शायद साहब शराब पिए हुए हैं और उन्हें बाल कटवाने का मौका मिल गया है, लहनासिंह ने जाँचना चाहा। लपटन साहब पाँच वर्ष से उसकी रेजिमेंट में थे।

"क्यों साहब, हम लोग हिन्दुस्तान कब जाएँगे ?"

"लड़ाई खत्म होने पर। क्यों, क्या यह देश पसन्द नहीं ?"

"नहीं साहब, शिकार के वे मजे यहाँ कहाँ ! याद है, पार साल नकली लड़ाई के पीछे हम और आप जगाधरी के जिले में शिकार करने गए थे ?...हाँ-हाँ—वहीं जब आप खोते पर सवार थे और आपका खानसामा अब्दुल्ला रास्ते के एक मन्दिर में जल चढ़ाने को रह गया था ?" "बेशक, पाजी कहीं का !" "सामने से वह नील गाय निकली, ऐसी बड़ी कि मैंने कभी नहीं देखी थी और आपकी एक गोली कन्धे में लगी और पुट्ठे में से निकली। ऐसे अफसर के साथ शिकार खेलने में मजा है। क्यों साहब, शिमले से तैयार होकर उस नील गाय का सिर आ गया था न ? आपने कहा कि रेजिमेंट मेस में लगाएँगे।" "हाँ, पर मैंने वह विलायत भेज दिया।" "ऐसे बड़े-बड़े सींग। दो-दो फुट के तो होंगे ?"

"हाँ, लहनासिंह, दो फुट चार इंच के थे। तुमने सिगरेट नहीं पिया ?"

"पीता हूँ साहब, दियासलाई ले आता हूँ,"—कहकर लहनासिंह खन्दक में घुसा। अब उसे सन्देह नहीं रहा था। उसने झटपट निश्चय कर लिया कि क्या करना चाहिए।

अँधेरे में किसी सोनेवाले से टकराया।

"कौन, वजीरासिंह ?"

"हाँ, क्यों लहना ? क्या कयामत आ गई ? जरा तो आँख लगने दी होती।"

"होश में आओ। कयामत आई है और लपटन साहब की वर्दी पहनकर आई है।"

"क्या ?"

"लपटन साहब या तो मारे गए हैं या कैद हो गए हैं। उनकी वर्दी पहनकर यह जर्मन आया है। सूबेदार ने उसका मुँह नहीं देखा। मैंने देखा है और बातें की हैं। सौहरा साफ उर्दू बोलता है, पर किताबी उर्दू। और मुझे पीने के लिए सिगरेट दिया है।"

"तो अब ?"

"अब मारे गए। धोखा है। सूबेदार कीचड़ में चक्कर काटते फिरेंगे और यहाँ खाई पर धावा होगा। उधर उन पर खुले में धावा होगा। उठो, एक काम करो। पलटन के पैरों के निशान देखते-देखते दौड़ जाओ। अभी बहुत दूर न गए होंगे।

सूबेदार से कहो कि एकदम लौट आवें। खन्दक की बात झूठ है। चले जाओ, खन्दक के पीछे से निकल जाओ। पत्ता तक न खड़के। देर मत करो।''

''हुक्म तो यह है कि यहीं...''

''ऐसी-तैसी हुक्म की ! मेरा हुक्म–जमादार लहनासिंह, जो इस वक्त यहाँ सबसे बड़ा अफसर है, उसका हुक्म है। मैं लपटन साहब की खबर लेता हूँ।''

''पर यहाँ तो तुम आठ ही हो ?''

''आठ नहीं, दस लाख। एक-एक अकालिया सिख सवा लाख के बराबर होता है। चले जाओ।''

लौटकर खाई के मुहाने पर लहनासिंह दीवार से चिपक गया। उसने देखा कि लपटन साहब ने जेब से बेल के बराबर के तीन गोले निकाले। तीनों को जगह-जगह खन्दक की दीवारों में घुसेड़ दिया और तीनों में तार-सा बाँध दिया। तार के आगे सूत की गुत्थी, जिसे सिगड़ी के पास रखा। बाहर की तरफ जाकर एक दियासलाई गुत्थी पर रखने...।

बिजली की तरह दोनों हाथ से उलटी बन्दूक को उठाकर लहनासिंह ने साहब की कुहनी पर तानकर दे मारा। धमाके के साथ साहब के हाथ से दियासलाई गिर पड़ी। लहनासिंह ने एक कुन्दा साहब की गर्दन पर मारा और साहब 'आख ! मीन गौट्ट' कहते हुए चित हो गए। लहनासिंह ने तीनों गोले बीनकर खन्दक से बाहर फेंके और साहब को घसीटकर सिगड़ी के पास लिटाया। जेबों की तलाशी ली। तीन-चार लिफाफे और एक डायरी निकालकर उन्हें अपनी जेब के हवाले किया।

साहब की मूर्च्छा हटी। लहनासिंह हँसकर बोला, ''क्यों लपटन साहब ! मिजाज कैसा है ? आज मैंने बहुत बातें सीखीं। यह सीखा कि सिख सिगरेट पीते हैं। यह सीखा कि जगाधरी के जिले में नील गायें होती हैं और उनके दो फुट चार इंच के सींग होते हैं। यह सीखा कि मुसलमान खानसामा मूर्तियों पर जल चढ़ाते हैं और लपटन साहब खोते पर चढ़ते हैं। पर यह तो कहो, ऐसा साफ उर्दू कहाँ से सीख आए ? हमारे लपटन साहब तो बिना 'डैम' क़े एक लफ्ज भी नहीं बोला करते थे !''

लहना ने पतलून की जेबों की तलाशी नहीं ली थी। साहब ने मानो जाड़े से बचने के लिए दोनों हाथ जेबों में डाले।

लहनासिंह कहता गया, ''चालाक तो बड़े हो पर माझे का लहना इतने बरस लपटन साहब के साथ रहा है, उसे चकमा देने के लिए चार आँखें चाहिए। तीन महीने हुए, एक तुरकी मौलवी मेरे गाँव में आया था। औरतों को बच्चे होने के तावीज बाँटता था और बच्चों को दवाई देता था। चौधरी के बड़ के नीचे मंजा

बिछाकर हुक्का पीता रहता था और कहता था कि जर्मनीवाले बड़े पंडित हैं। वेद पढ़-पढ़कर उनमें से विमान चलाने की विद्या जान गए हैं। गौ को नहीं मारते। हिन्दुस्तान में आ जाएँगे तो गौ-हत्या बन्द कर देंगे। मंडी के बनियों को बहकाता था कि डाकखाने से रुपए निकाल लो, सरकार का राज्य जानेवाला है। डाक बाबू पोल्हूराम भी डर गया था। मैंने मुल्लाजी की दाढ़ी मूँड़ दी थी और गाँव से बाहर निकालकर कहा कि जो मेरे गाँव में अब पैर रखा तो...''

साहब की जेब में से पिस्तौल चला और लहना की जाँघ में गोली लगी। इधर लहना की 'हेनरी मार्टिनी' के दो फायरों ने साहब की कपालक्रिया कर दी। धड़ाका सुनकर सब दौड़े आए।

बोधा चिल्लाया, ''क्या है ?''

लहनासिंह ने उसे तो यह कहकर सुला दिया कि एक हड़का हुआ कुत्ता आया था, मार दिया और औरों से सब हाल कह दिया। सब बन्दूक लेकर तैयार हो गए। लहना ने साफा फाड़कर घाव के दोनों तरफ पट्टियाँ कसकर बाँधीं। घाव मांस में ही था। पट्टियों के कसने से लहू निकलना बन्द हो गया।

इतने में सत्तर जर्मन चिल्लाकर खाई में घुस पड़े। सिखों की बन्दूकों की बाढ़ ने पहले धावे को रोका, दूसरे को रोका; पर यहाँ थे आठ ? लहनासिंह तक-तककर मार रहा था। वह खड़ा था और दूसरे लेटे हुए थे, और वे थे सत्तर। अपने मुर्दा भाइयों के शरीर पर चढ़कर जर्मन आगे घुसे आते थे। थोड़े से मिनटों में वे...

अचानक आवाज आई, ''वाहे गुरुजी दी फतह ! वाहे गुरुजी दा खालसा !'' और धड़ाधड़ बन्दूकों के फायर जर्मनों की पीठ पर पड़ने लगे। ऐन मौके पर जर्मन दो चक्की के पाटों के बीच में आ गए। पीछे से सूबेदार हजारासिंह के जवान आग बरसाते थे और सामने लहनासिंह के साथियों के संगीन चल रहे थे। पास आने पर पीछेवालों ने भी संगीन पिरोना शुरू कर दिया।

एक किलकारी और, ''अकाल सिक्खां दी फौज आई ! वाहे गुरु जी दी फतह ! वाहे गुरु जी दा खालसा !! सत सिरी अकाल पुरुख !!!'' और लड़ाई खत्म हो गई। तिरेसठ जर्मन या तो खेत रहे थे या कराह रहे थे। सिक्खों में पन्द्रह के प्राण गए। सूबेदार के दाहिने कन्धे में से गोली आर-पार निकल गई। लहनासिंह की पसली में एक गोली लगी। उसने घाव को खन्दक की गीली मिट्टी से पूर लिया और बाकी को साफा कसकर कमरबन्द की तरह लपेट लिया। किसी को खबर न हुई कि लहना के दूसरा भारी घाव लगा है।

लड़ाई के समय चाँद निकल आया था। ऐसा चाँद जिसके प्रकाश से संस्कृत कवियों का दिया हुआ 'क्षयी' नाम सार्थक होता है। और हवा ऐसी चल रही थी

जैसी कि बाणभट्ट की भाषा में 'दन्तवीणोपदेशाचार्य' कहलाती। वजीरासिंह कह रहा था कि कैसे मन-मन भर फ्रांस की भूमि मेरे बूटों से चिपक रही थी, जब मैं दौड़ा-दौड़ा सूबेदार के पीछे गया था। सूबेदार लहनासिंह से सारा हाल सुन और कागजात पाकर उसकी तुरतबुद्धि को सराह रहे थे और कह रहे थे कि तू न होता तो आज सब मारे जाते।

इस लड़ाई की आवाज तीन मील दाहिनी ओर की खाईवालों ने सुन ली थी। उन्होंने पीछे टेलीफोन कर दिया था। वहाँ से झटपट दो डॉक्टर और दो बीमार ढोने की गाड़ियाँ चलीं, जो कोई डेढ़ घंटे के अन्दर-अन्दर आ पहुँचीं। फील्ड अस्पताल नजदीक था। सुबह होते-होते वहाँ पहुँच जाएँगे, इसलिए मामूली पट्टियाँ बाँधकर एक गाड़ी में घायल लिटाए गए और दूसरी में लाशें रखी गईं। सूबेदार ने लहनासिंह की जाँघ में पट्टी बँधवानी चाही पर उसने यह कहकर टाल दिया कि थोड़ा घाव है, सवेरे देखा जाएगा। बोधासिंह ज्वर में बर्रा रहा था। वह गाड़ी में लिटाया गया। लहना को छोड़कर सूबेदार जाते नहीं थे। यह देख लहना ने कहा, "तुम्हें...तुम्हें बोधा की कसम है और सूबेदारनी जी की सौगन्ध है जो इस गाड़ी में न चले जाओ !"

"और तुम ?"

"मेरे लिए वहाँ पहुँचकर गाड़ी भेज देना। और जर्मन मुर्दों के लिए भी तो गाड़ियाँ आती होंगी। मेरा हाल बुरा नहीं है। देखते नहीं, मैं खड़ा हूँ। वजीरासिंह मेरे पास है ही।"

"अच्छा, पर..."

"बोधा गाड़ी में लेट गया ? भला ! आप भी चढ़ जाओ। सुनिए तो, सूबेदारनी होरां को चिट्ठी लिखो तो मेरा मत्था टेकना लिख देना और जब घर जाओ तो कह देना कि मुझसे जो उसने कहा था, वह मैंने कर दिया।"

गाड़ियाँ चल पड़ी थीं। सूबेदार ने चलते-चलते लहना का हाथ पकड़कर कहा, "तैंने मेरे और बोधा के प्राण बचाए हैं। लिखना कैसा ! साथ ही घर चलेंगे। अपनी सूबेदारनी से तू कह देना। उसने क्या कहा था ?"

"अब आप गाड़ी पर चढ़ जाओ। मैंने जो कुछ कहा है, वह लिख देना और कह भी देना।"

गाड़ी के जाते ही लहना लेट गया। "वजीरा, पानी पिला दे और कमरबन्द खोल दे। तर हो रहा है।"

मृत्यु के कुछ समय पहले स्मृति बहुत साफ हो जाती है। जन्म-भर की घटनाएँ एक-एक करके सामने आती हैं। सारे दृश्यों के रंग साफ होते हैं। समय की धुन्ध उन पर से बिलकुल हट जाती है।

लहनासिंह बारह वर्ष का है। अमृतसर में मामा के यहाँ आया हुआ है। दही वाले के यहाँ, सब्जीवाले के यहाँ, हर कहीं उसे एक आठ वर्ष की लड़की मिल जाती है। जब वह पूछता है कि तेरी 'कुड़माई' हो गई, तब 'धत्' कहकर वह भाग जाती है। एक दिन उसने वैसे ही पूछा तो उसने कहा–'हाँ, कल हो गई। देखते नहीं यह रेशम का बूटोंवाला सालू ?' सुनते ही लहनासिंह को दुख हुआ। क्यों हुआ ?

"वजीरासिंह, पानी पिला दे।"

पच्चीस वर्ष बीत गए। अब लहनासिंह नं. 77 राइफल्स में जमादार हो गया है। उस आठ वर्ष की कन्या का ध्यान ही न रहा। न मालूम वह कभी मिली थी या नहीं। सात दिन की छुट्टी लेकर जमीन के मुकदमे की पैरवी करने वह अपने घर गया। वहाँ रेजिमेंट के अफसर की चिट्ठी मिली कि फौज लाम पर जाती है। फौरन चले आओ। साथ ही सूबेदार हजारासिंह की चिट्ठी मिली कि मैं और बोधासिंह भी लाम पर जाते हैं। लौटते हुए हमारे घर पर होते आना। साथ चलेंगे।

सूबेदार का गाँव रास्ते में पड़ता था और सूबेदार उसे बहुत चाहता था। लहनासिंह सूबेदार के यहाँ पहुँचा।

जब चलने लगे तब सूबेदार वेड़े में से निकलकर आया, बोला, "लहना, सूबेदारनी तुमको जानती है। बुलाती है। जा, मिल आ।" लहनासिंह भीतर पहुँचा। सूबेदारनी मुझे जानती है ? कब से ? रेजिमेंट के क्वार्टरों में तो कभी सूबेदार के घर के लोग रहे नहीं। दरवाजे पर जाकर 'मत्था टेकना' कहा। असीस सुनी। लहनासिंह चुप, "मुझे पहचाना ?"

"नहीं।"

"तेरी कुड़माई हो गई ?" धत्...हाँ, कल हो गई–देखते नहीं रेशमी बूटोंवाला सालू ?"

"कहाँ ?"

"अमृतसर में...।"

भावों की टकराहट से मूर्छा खुली। करवट बदली। पसली का घाव बह निकला। "वजीरा, पानी पिला,"–उसने कहा था।

स्वप्न चल रहा था। सूबेदारनी कह रही है, "मैंने तेरे को आते ही पहचान लिया। एक काम कहती हूँ। मेरे तो भाग फूट गए, सरकार ने बहादुरी का खिताब दिया है, लायलपुर में जमीन दी है, आज नमकहलाली का मौका आया है। पर सरकार ने हम तीमियों की एक घघरिया पलटन क्यों न बना दी जो मैं भी सूबेदार जी के साथ चली जाती ? एक बेटा है। फौज में भर्ती हुए उसे एक ही वर्ष हुआ

है। पीछे चार और हुए, पर एक भी नहीं जिया।'' सूबेदारनी रोने लगी, ''अब दोनों जाते हैं। मेरे भाग ! तुम्हें याद है, एक दिन ताँगेवाले का घोड़ा दहीवाले की दुकान पर बिगड़ गया था। तुमने उस दिन मेरे प्राण बचाए थे। आप घोड़े की लातों में चले गए और मुझे उठाकर दुकान के तख्ते पर खड़ा कर दिया था। ऐसे ही इन दोनों को बचाना, यही मेरी भिक्षा है। तुम्हारे आगे मैं आँचल पसारती हूँ।''

रोती-रोती सूबेदारनी ओबरी में चली गई। लहनासिंह भी आँसू पोंछता हुआ बाहर आया।

''वजीरासिंह, पानी पिला,''–उसने कहा था।

लहना का सिर अपनी गोदी पर रखे वजीरासिंह बैठा है। जब माँगता है तब पानी पिला देता है। आधा घंटे तक लहना चुप रहा फिर बोला, ''कौन, कीरतसिंह ?''

वजीरा ने कुछ समझकर कहा, ''हाँ।''

''भैया, मुझे और ऊँचा कर ले। अपने पट्‌ट पर मेरा सिर रख ले।'' वजीरा ने वैसा ही किया।

''हाँ, अब ठीक है। पानी पिला दे। बस, अब के यह आम खूब फलेगा। चाचा-भतीजा दोनों यहीं बैठकर आम खाना। जितना बड़ा मेरा भतीजा है उतना ही यह आम है। जिस महीने उसका जन्म हुआ था उसी महीने में मैंने इसे लगाया था।''

वजीरासिंह के आँसू टप-टप टपक रहे थे। कुछ दिनों बाद लोगों ने अखबारों में पढ़ा : फ्रांस और बेलजियम–68वीं सूची–मैदान में घावों से मरा–नं. 77 सिख राइफल्स जमादार लहनासिंह।

*कहानी के बारे में*

## दिलोदिमाग में गूँजने और कौंधनेवाली कहानी

*'अमृतसर आ गया है' भीष्म साहनी की क्लासिक कहानी है। विभाजन की यातना और बेवतन होने के दर्द को लेकर भारत-पाकिस्तान में सैकड़ों कहानियाँ लिखी गईं और आज भी लिखी जा रही हैं। उनमें से आठ-दस कहानियाँ तो अविस्मरणीय हैं। मंटो की 'टोबाटेक सिंह', राजेन्द्र सिंह बेदी की 'लाजवन्ती', मोहन राकेश की 'मलबे का मालिक' तथा 'परमात्मा का कुत्ता' और अशफाक अहमद की 'गड़रिए' तो भुलाए नहीं भूलतीं परन्तु भीष्म साहनी की कहानी 'अमृतसर आ गया है' अपनी तरह की ऐसी पायेदार कहानी है, जो विभाजन की विभीषिका की यातना के साथ ही भयग्रस्तता की सहमी हुई मानसिकता की वह अन्दरूनी और भयावह तस्वीर पेश करती है, जो सदियों का दस्तावेज बन जाती है।*

*विश्व साहित्य की मैंने बहुत-सी कहानियाँ पढ़ी हैं। उर्दू-हिन्दी-पंजाबी की तो लगभग सभी, पर 'अमृतसर आ गया है' कहानी मेरे दिलोदिमाग में गूँजती और कौंधती रहती है। अगर आप इसे पहले पढ़ चुके हों तो भी एक बार इसे फिर पढ़िए, यह मेरी गुजारिश है।*

सितम्बर, 2003

**—कमलेश्वर**

# अमृतसर आ गया है...

❐ *भीष्म साहनी*

गाड़ी के डिब्बे में बहुत मुसाफिर नहीं थे। मेरे सामनेवाली सीट पर बैठे सरदारजी देर से मुझे लाम के किस्से सुना रहे थे। वह लाम के दिनों में बर्मा की लड़ाई में भाग ले चुके थे और बात-बात पर खी-खी करके हँसते और गोरे फौजियों की खिल्ली उड़ा रहे थे। डिब्बे में तीन पठान व्यापारी भी थे, उनमें से एक हरे रंग की पोशाक पहने ऊपरवाली बर्थ पर लेटा हुआ था। वह आदमी बड़ा हँसमुख था और बड़ी देर से मेरे साथवाली सीट पर बैठे एक दुबले-से बाबू के साथ मजाक कर रहा था। वह दुबला बाबू पेशावर का रहनेवाला जान पड़ता था क्योंकि किसी-किसी वक्त वे आपस में पश्तो में बातें करने लगते थे। मेरे सामने दाईं ओर कोने में एक बुढ़िया मुँह-सिर ढाँपे बैठी थी और देर से माला जप रही थी। यही कुछ लोग रहे होंगे। सम्भव है, दो-एक और मुसाफिर भी रहे हों पर वे स्पष्टतः मुझे याद नहीं।

गाड़ी धीमी रफ्तार से चली जा रही थी और गाड़ी में बैठे मुसाफिर बतिया रहे थे और बाहर गेहूँ के खेतों में हलकी-हलकी लहरियाँ उठ रही थीं और मैं मन-ही-मन बड़ा खुश था क्योंकि मैं दिल्ली में होनेवाला स्वतन्त्रता-दिवस समारोह देखने जा रहा था।

उन दिनों के बारे में सोचता हूँ तो लगता है, हम किसी झुटपुटे में जी रहे थे। शायद समय बीत जाने पर अतीत का सारा व्यापार ही झुटपुटे में बीता जान पड़ता है। ज्यों-ज्यों भविष्य के भेद खुलते जाते हैं, यह झुटपुटा और भी गहराता चला जाता है।

उन्हीं दिनों पाकिस्तान के बनाए जाने का ऐलान किया गया था और लोग तरह-तरह के अनुमान लगाने लगे थे कि भविष्य में जीवन की रूपरेखा कैसी होगी। पर किसी की कल्पना बहुत दूर तक नहीं जा पाती थी। मेरे सामने बैठे सरदारजी बार-बार मुझसे पूछ रहे थे कि पाकिस्तान बन जाने पर जिन्ना साहिब

बम्बई में ही रहेंगे या पाकिस्तान में जाकर बस जाएँगे और मेरा हर बार यही जवाब होता—बम्बई क्यों छोड़ेंगे, पाकिस्तान में आते-जाते रहेंगे, बम्बई छोड़ देने में क्या तुक है ! लाहौर और गुरदासपुर के बारे में भी अनुमान लगाए जा रहे थे कि कौन-सा शहर किस ओर जाएगा। मिल बैठने के ढंग में, गप-शप में, हँसी-मजाक में कोई विशेष अन्तर नहीं आया था। कुछ लोग अपने घर छोड़कर जा रहे थे जबकि अन्य लोग उनका मजाक बना रहे थे। कोई नहीं जानता था कि कौन-सा कदम ठीक होगा और कौन-सा गलत। एक ओर पाकिस्तान बन जाने का जोश था तो दूसरी ओर हिन्दुस्तान के आजाद हो जाने का जोश। जगह-जगह दंगे भी हो रहे थे और योम-ए-आजादी की तैयारियाँ भी चल रही थीं। इस पृष्ठभूमि में लगता, देश आजाद हो जाने पर दंगे अपने आप बन्द हो जाएँगे। वातावरण के इस झुटपुटे में आजादी की सुनहरी धूल-सी उड़ रही थी और साथ-ही-साथ अनिश्चय भी डोल रहा था और इसी अनिश्चय की स्थिति में किसी-किसी वक्त भावी रिश्तों की रूपरेखा झलक दे जाती थी।

शायद जेहलम का स्टेशन पीछे छूट चुका था, जब ऊपरवाली बर्थ पर बैठे पठान ने एक पोटली खोल ली और उसमें से उबला हुआ मांस और नान-रोटी के टुकड़े निकाल-निकालकर अपने साथियों को देने लगा। फिर वह हँसी-मजाक के बीच मेरी बगल में बैठे बाबू की ओर भी नान का टुकड़ा और मांस की बोटी बढ़ाकर खाने का आग्रह करने लगा था, "खा ले बाबू, ताकत आएगी। हम-जैसा हो जाएगा। बीवी भी तेरे साथ खुश रहेगी। खा ले दालखोर, तू दाल खाता है इसलिए दुबला है..."

डिब्बे में लोग हँसने लगे थे। बाबू ने पश्तों में कुछ जवाब दिया और फिर मुस्कुराता सिर हिलाता रहा।

इस पर दूसरे पठान ने हँसकर कहा, "ओ जालिम, अमारे आथ से नई लेता ए तो अपने आथ से उठा ले। खुदा कसम, बर का गोश्त ए और किसी चीज का नई ए।"

ऊपर बैठा पठान चहककर बोला, "ओ खंजीर के तुख्म, इधर तुमें कोन देखता ए ? हम तेरी बीवी को नई बोलेगा। ओ तू अमारे साथ बोटी तोड़। हम तेरे साथ दाल पिएँगा..."

इस पर कहकहा उठा, पर दुबला-पतला बाबू हँसता, सिर हिलाता रहा और कभी-कभी दो शब्द पश्तो में भी कह देता।

"ओ कितना बुरा बात ए, अम खाता ए और तू अमारा मुँह देखता ए...," सभी पठान मगन थे।

"यह इसलिए नहीं लेता कि तुमने हाथ नहीं धोए हैं.. ।" स्थूलकाय सरदारजी बोले और बोलते ही खी-खी करने लगे। अधलेटी मुद्रा में बैठे सरदारजी की आधी तोंद सीट के नीचे लटक रही थी, "तुम अभी सोकर उठे हो और उठते ही पोटली खोलकर खाने लग गए हो, इसीलिए बाबूजी तुम्हारे हाथ से नहीं लेते और कोई बात नहीं।" और सरदारजी ने मेरी ओर देखकर आँख मारी और फिर खी-खी करने लगे।

"मांस नई खाता ए बाबू, तो जाओ, जनाना डिब्बे में बैठो, इधर क्या करता ए ?" फिर कहकहा उठा।

डिब्बे में और भी अनेक मुसाफिर थे लेकिन पुराने मुसाफिर यही थे, जो सफर शुरू होने पर गाड़ी में बैठे थे। बाकी मुसाफिर उतरते-चढ़ते रहे। पुराने मुसाफिर होने के नाते ही उनमें एक तरह की बेतकल्लुफी आ गई थी।

"ओ, इधर आकर बैठो। तुम अमारे साथ बैठो। आओ जालिम, किस्साखानी की बातें करेंगे।"

तभी किसी स्टेशन पर गाड़ी रुकी थी और नए मुसाफिरों का रेला अन्दर आ गया था। बहुत-से मुसाफिर एक साथ अन्दर घुसते चले आए थे।

"कौन-सा स्टेशन है ?" किसी ने पूछा।

"वजीराबाद है शायद !" मैंने बाहर की ओर देखकर कहा।

गाड़ी वहाँ थोड़ी देर के लिए खड़ी रही पर छूटने से पहले एक छोटी-सी घटना घटी। एक आदमी साथवाले डिब्बे में से पानी लेने उतरा और नल पर जाकर पानी लोटे में भर रहा था। जब वह भागकर अपने डिब्बे की ओर लौट आया, तब छलछलाते लोटे से पानी गिर रहा था। लेकिन जिस ढंग से वह भागा था, उसी ने बहुत कुछ बता दिया था। नल पर खड़े और लोग भी, तीन या चार आदमी रहे होंगे, इधर-उधर अपने-अपने डिब्बे की ओर भाग गए थे।

इस तरह घबराकर भागते लोगों को मैं देख चुका था। देखते-ही-देखते प्लेटफॉर्म खाली हो गया। मगर डिब्बे के अन्दर अभी भी हँसी-मजाक चल रहा था।

"कहीं कोई गड़बड़ है।" मेरे पास बैठे दुबले बाबू ने कहा।

कहीं कुछ था लेकिन क्या था, कोई भी स्पष्ट नहीं जानता था। मैं अनेक दंगे देख चुका था इसलिए वातावरण में होनेवाली छोटी-सी तबदीली को भी भाँप गया था। भागते व्यक्ति, खटाक से बन्द होते दरवाजे, घरों की छतों पर खड़े लोग, चुप्पी और सन्नाटा–सभी दंगों के चिह्न थे।

तभी पिछले दरवाजे की ओर से, जो प्लेटफॉर्म की ओर न खुलकर दूसरी ओर खुलता था, हलका-सा शोर हुआ। कोई मुसाफिर अन्दर घुसना चाह रहा था।

"कहाँ घुसा आ रहा है, नहीं है जगह। बोल दिया, जगह नहीं है," किसी ने कहा।

"बन्द करो जी दरवाजा। यों ही मुँह उठाए घुस आते हैं।" आवाजें आ रही थीं।

जितनी देर कोई मुसाफिर डिब्बे के बाहर खड़ा अन्दर आने की चेष्टा करता रहे, अन्दर बैठे मुसाफिर उसका विरोध करते रहते हैं। एक बार जैसे-तैसे वह अन्दर आ जाए तो विरोध खत्म हो जाता है और वह मुसाफिर जल्दी ही डिब्बे की दुनिया का निवासी बन जाता है और अगले स्टेशन पर वही सबसे पहले बाहर खड़े मुसाफिरों पर चिल्लाने लगता है—नहीं है जगह, अगले डिब्बे में जाओ...घुसे आते हैं...।

दरवाजे पर शोर बढ़ता जा रहा था। तभी मैले-कुचैले कपड़ों और लटकती मूँछोंवाला एक आदमी दरवाजे में से अन्दर घुसता दिखाई दिया।

चीकट मैले कपड़े, जरूर कहीं हलवाई की दुकान करता होगा। वह लोगों की शिकायतों-आवाजों की ओर ध्यान दिए बिना दरवाजे की ओर घूमकर बड़ा-सा काले रंग का सन्दूक अन्दर की ओर घसीटने लगा।

"आ जाओ, आ जाओ, तुम भी चढ़ आओ।" वह अपने पीछे किसी से कहे जा रहा था। तभी दरवाजे में एक पतली-सूखी-सी औरत नजर आई और उसके पीछे सोलह-सत्रह बरस की साँवली-सी एक लड़की अन्दर आ गई। लोग अभी भी चिल्लाए जा रहे थे। सरदारजी को कूल्हों के बल उठकर बैठना पड़ा।

"बन्द करो जी दरवाजा, बिना पूछे चढ़े आते हैं, अपने बाप का घर समझ रखा है। मत घुसने दो जी, क्या करते हो, धकेल दो पीछे..." और लोग भी चिल्ला रहे थे।

वह आदमी अपना सामान अन्दर घसीटे जा रहा था और उसकी पत्नी और बेटी संडास के दरवाजे के साथ लगकर खड़ी थीं।

"और कोई डिब्बा नहीं मिला ? औरत जात को भी यहाँ उठा लाया है ?"

वह आदमी पसीने से तर था और हाँफता हुआ सामान अन्दर घसीटे जा रहा था। सन्दूक के बाद रस्सियों से बँधी खाट की पाटियाँ अन्दर खींचने लगा।

"टिकट है जी मेरे पास, मैं बेटिकट नहीं हूँ। लाचारी है, शहर में दंगा हो गया है। बड़ी मुश्किल से स्टेशन तक पहुँचा हूँ।" इस पर डिब्बे में बैठे बहुत-से लोग चुप हो गए, पर बर्थ पर बैठा पठान उचककर बोला, "निकल जाओ इदर से, देखता नईं ए, इदर जगा नईं ए ?"

और पठान ने आव देखा न ताव, आगे बढ़कर ऊपर से ही उस मुसाफिर के लात जमा दी, पर लात उस आदमी को लगने के बजाय उसकी पत्नी के कलेजे में लगी और वह वहीं हाय-हाय करती बैठ गई।

उस आदमी के पास मुसाफिरों के साथ उलझने के लिए वक्त नहीं था। वह बराबर अपना सामान अन्दर घसीटे जा रहा था पर डिब्बे में मौन छा गया। खाट की पाटियों के बाद बड़ी-बड़ी गठरियाँ आईं। इस पर ऊपर बैठे पठान की सहन-क्षमता चुक गई। ''निकालो इसे, कौन ए ये ?'' वह चिल्लाया। इस पर दूसरे पठान ने जो नीचे की सीट पर बैठा था, उस आदमी का सन्दूक दरवाजे में से नीचे धकेल दिया, जहाँ लाल वर्दीवाला एक कुली खड़ा सामान अन्दर पहुँचा रहा था।

उसकी पत्नी के चोट लगने पर कुछ मुसाफिर चुप हो गए थे। केवल कोने में बैठी बुढ़िया कुरलाए जा रही थी, ''ऐ नेकबख्तो, बैठने दो। आ जा बेटी, तू मेरे पास आ जा। जैसे-तैसे सफर काट लेंगे। छोड़ो बे जालिमो, बैठने दो।''

अभी आधा सामान ही अन्दर आ पाया होगा कि सहसा गाड़ी सरकने लगी।

''छूट गया ! सामान छूट गया !'' वह आदमी बदहवास-सा होकर चिल्लाया।

''पिताजी, सामान छूट गया !'' संडास के दरवाजे के पास खड़ी लड़की सिर से पाँव तक काँप रही थी और चिल्लाए जा रही थी।

''उतरो, नीचे उतरो !'' वह आदमी हड़बड़ाकर चिल्लाया और आगे बढ़कर खाट की पाटियाँ और गठरियाँ बाहर फेंकते हुए दरवाजे का डंडहरा पकड़कर नीचे उतर गया। उसके पीछे उसकी भयाकुल बेटी और फिर उसकी पत्नी कलेजे को दोनों हाथों से दबाए हाय-हाय करती हुई नीचे उतर गईं।

''बहुत बुरा किया है—तुम लोगों ने, बहुत बुरा किया है।'' बुढ़िया ऊँचा- ऊँचा बोल रही थी, ''तुम्हारे दिल में दर्द मर गया है। छोटी-सी बच्ची उसके साथ थी। बेरहमो, तुमने बहुत बुरा किया है, धक्के देकर उतार दिया है।''

गाड़ी सूने प्लेटफॉर्म को लाँघती आगे बढ़ गई। डिब्बे में व्याकुल-सी चुप्पी छा गई। बुढ़िया ने बोलना बन्द कर दिया था। पठानों का विरोध कर पाने की किसी की हिम्मत नहीं हुई।

तभी मेरी बगल में बैठे दुबले बाबू ने मेरे बाजू पर हाथ रखकर कहा, ''आग है। देखो, आग लगी है।''

गाड़ी प्लेटफॉर्म छोड़कर आगे निकल आई थी और शहर पीछे छूट रहा था। तभी शहर की ओर से उठते हुए धुएँ के बादल और उनमें लपलपाती आग के शोले नजर आने लगे थे।

''दंगा हुआ है। स्टेशन पर भी लोग भाग रहे थे। कहीं दंगा हुआ है।''

शहर में आग लगी थी। बात डिब्बेभर के मुसाफिरों को पता चली गई और वे लपक-लपककर खिड़कियों में से आग का दृश्य देखने लगे।

जब गाड़ी शहर छोड़कर आगे बढ़ रही थी तो डिब्बे में सन्नाटा छा गया। मैंने घूमकर डिब्बे के अन्दर देखा, दुबले बाबू का चेहरा पीला पड़ गया था और माथे पर पसीने की परत किसी मुरदे के माथे की तरह चमक रही थी। मुझे लगा, जैसे अपनी-अपनी जगह बैठे सभी मुसाफिरों ने अपने आसपास बैठे लोगों का जायजा ले लिया है। सरदारजी उठकर मेरी सीट पर आ बैठे। नीचेवाली सीट पर बैठा पठान उठा और अपने दो साथी पठानों के साथ ऊपरवाली बर्थ पर चढ़ गया। यही क्रिया शायद रेलगाड़ी के अन्य डिब्बों में भी चल रही थी। डिब्बे में तनाव आ गया। लोगों ने बतियाना बन्द कर दिया। तीनों-के-तीनों पठान ऊपरवाली बर्थ पर एक साथ बैठे चुपचाप नीचे की ओर देखे जा रहे थे। सभी मुसाफिरों की आँखें पहले से ज्यादा खुली-खुली, ज्यादा शंकित-सी लगीं। यही स्थिति सम्भवतः गाड़ी के सभी डिब्बों में व्याप्त हो रही थी।

''कौन-सा स्टेशन था यह ?'' डिब्बे में किसी ने पूछा।

''वजीराबाद।'' किसी ने उत्तर दिया।

जवाब मिलने पर डिब्बे में एक और प्रतिक्रिया हुई। पठानों के मन का तनाव फौरन ढीला पड़ गया जबकि हिन्दू-सिख मुसाफिरों की चुप्पी और ज्यादा गहरी हो गई। एक पठान ने अपनी बास्कट की जेब से नसवार की डिबिया निकाली और नाक में नसवार चढ़ाने लगा। अन्य पठान भी अपनी-अपनी डिबिया निकालकर नसवार चढ़ाने लगे। बुढ़िया बराबर माला जपे जा रही थी। किसी-किसी वक्त उसके बुदबुदाते होंठ नजर आते। लगता, उनमें से कोई खोखली-सी आवाज निकल रही है।

अगले स्टेशन पर जब गाड़ी रुकी तो वहाँ भी सन्नाटा था। कोई परिन्दा तक नहीं फड़क रहा था। हाँ, एक भिश्ती, पीठ पर पानी की मशक लादे, प्लेटफॉर्म लाँघकर आया और मुसाफिरों को पानी पिलाने लगा।

''लो, पियो पानी, पानी पियो।'' औरतों के डिब्बे में से औरतों और बच्चों के अनेक हाथ बाहर निकल आए थे।

''बहुत मार-काट हुई है, बहुत लोग मरे हैं।'' लगता था, वह इस मार-काट में अकेला पुण्य कमाने चला आया था।

गाड़ी सरकी तो सहसा खिड़कियों के पल्ले चढ़ाए जाने लगे। दूर-दूर तक, पहियों की गड़गड़ाहट के साथ, खिड़कियों के पल्ले चढ़ाने की आवाजें आने लगीं।

किसी अज्ञात आशंकावश दुबला बाबू मेरे पासवाली सीट पर से उठा और दो सीटों के बीच फर्श पर लेट गया। उसका चेहरा अभी भी मुरदे-जैसा पीला हो

रहा था। इस पर बर्थ पर बैठा पठान उसकी ठिठोली करने लगा, "ओ बेगैरत, तुम मर्द ए कि औरत ए ? सीट पर से उठकर नीचे लेटता ए। तुम मर्द के नाम को बदनाम करता ए...।" वह बोल रहा था और बार-बार हँसे जा रहा था। फिर वह उससे पश्तो में कुछ कहने लगा। बाबू चुप बना लेटा रहा। अन्य सभी मुसाफिर चुप थे। डिब्बे का वातावरण बोझिल बना हुआ था।

"ऐसे आदमी को अम डिब्बे में बैठने नई देगा। ओ बाबू, तुम अगले स्टेशन पर उतर जाओ और जनाना डिब्बे में बैठो।"

मगर बाबू की हाजिरजवाबी अपने कंठ में सूख चली थी। हकलाकर चुप हो गया। पर थोड़ी देर बाद वह अपने आप सीट पर जा बैठा और देर तक अपने कपड़ों की धूल झाड़ता रहा। वह क्यों उठकर फर्श पर लेट गया था ? शायद उसे डर था कि बाहर से गाड़ी पर पथराव होगा या गोली चलेगी, शायद इसी कारण खिड़कियों के परले चढ़ाए जा रहे थे।

कुछ भी कहना कठिन था। मुमकिन है, किसी एक मुसाफिर ने किसी कारण से खिड़की का पल्ला चढ़ाया हो और उसकी देखा-देखी, बिना सोचे-समझे, धड़ाधड़ खिड़कियों के पल्ले चढ़ाए जाने लगे हों !

बोझिल अनिश्चित-से वातावरण में सफर कटने लगा। रात गहराने लगी। डिब्बे के मुसाफिर स्तब्ध और शंकित ज्यों-के-त्यों बैठे थे। कभी गाड़ी की रफ्तार सहसा टूटकर धीमी पड़ जाती तो लोग एक-दूसरे की ओर देखने लगते। कभी रास्ते में ही रुक जाती तो डिब्बे के अन्दर का सन्नाटा और भी गहरा हो उठता। केवल पठान निश्चिन्त बैठे थे। हाँ, उन्होंने भी बतियाना छोड़ दिया था क्योंकि उनकी बातचीत में कोई भी शामिल होनेवाला नहीं था।

धीरे-धीरे पठान ऊँघने लगे जबकि अन्य मुसाफिर फटी-फटी आँखों से शून्य में देखे जा रहे थे। बुढ़िया मुँह-सिर लपेटे, टाँगें सीट पर चढ़ाए, बैठी-बैठी सो गई थी। ऊपरवाली बर्थ पर एक पठान ने अधलेटे ही कुरते की जेब में से काले मनकों की तसबीह निकाल ली और उसे धीरे-धीरे हाथ में चलाने लगा।

खिड़की के बाहर आकाश में चाँद निकल आया और चाँदनी में बाहर की दुनिया और भी अनिश्चित, और भी अधिक रहस्यमयी हो उठी। किसी-किसी वक्त दूर किसी ओर आग के शोले उठते नजर आते, कोई नगर जल रहा था। गाड़ी किसी वक्त चिंघाड़ती हुई आगे बढ़ने लगती, फिर किसी वक्त उसकी रफ्तार धीमी पड़ जाती और मीलों तक धीमी रफ्तार से ही चलती रहती।

सहसा दुबला बाबू खिड़की में से बाहर देखकर ऊँची आवाज में बोला, ''हरबंसपुरा निकल गया है।'' उसकी आवाज में उत्तेजना थी, वह जैसे चीखकर बोला था। डिब्बे के सभी लोग उसकी आवाज सुनकर चौंक गए।

उसी वक्त डिब्बे के अधिकांश मुसाफिरों ने मानो उसकी आवाज को ही सुनकर करवट बदली।

''ओ बाबू, चिल्लाता क्यों ए ?'' तसबीहवाला पठान चौंककर बोला, ''इधर उतरेगा तुम ? जंजीर खींचू ?'' और खी-खी करके हँस दिया। जाहिर है, वह हरबंसपुरा की स्थिति से अथवा उसके नाम से अनभिज्ञ था।

बाबू ने कोई उत्तर नहीं दिया, केवल सिर हिला दिया और एक-आध बार पठान की ओर देखकर फिर खिड़की के बाहर झाँकने लगा।

डिब्बे में फिर मौन छा गया। तभी इंजन ने सीटी दी और एकरस रफ्तार टूट गई। थोड़ी ही देर बाद खटाक का-सा शब्द भी हुआ, शायद गाड़ी ने लाइन बदली थी। बाबू ने झाँककर उस दिशा में देखा, जिस ओर गाड़ी बढ़ी जा रही थी।

''शहर आ गया है।'' वह फिर ऊँची आवाज में चिल्लाया, ''अमृतसर आ गया है !'' उसने फिर से कहा और उछलकर खड़ा हो गया और ऊपरवाली बर्थ पर लेटे पठान को सम्बोधन करके चिल्लाया, ''ओ बे पठान के बच्चे ! नीचे उतर तेरी माँ की...नीचे उतर, तेरी उस पठान बनानेवाले की मैं...''

बाबू चिल्लाने लगा था और चीख-चीखकर गालियाँ बकने लगा था। तसबीहवाले पठान ने करवट बदली और बाबू की ओर देखकर बोला, ''ओ क्या ए बाबू ? अम को कुछ बोला ?''

बाबू को उत्तेजित देखकर अन्य मुसाफिर भी उठ बैठे।

''नीचे उतर, तेरी मैं...हिन्दू औरत को लात मारता है, हरामजादे, तेरी उस...''

''ओ बाबू, बक-बक नई कर। ओ खंजीर के तुख्म, गाली मत बको, अमने बोल दिया। अम तुम्हारा जबान खींच लेगा।''

''गाली देता है मादर...'' बाबू चिल्लाया और उछलकर सीट पर चढ़ गया। वह सिर से पाँव तक काँप रहा था।

''बस-बस,'' सरदारजी बोले, ''यह लड़ने की जगह नहीं है। थोड़ी देर का सफर बाकी है, आराम से बैठो।''

''तेरी मैं लात न तोड़ूँ तो कहना, गाड़ी तेरे बाप की है ?'' बाबू चिल्लाया।

''ओ अमने क्या बोला, सभी लोग उसको निकालता था, अमने भी निकाला। ये इदर अमको गाली देता ए। अम इसका जबान खींच लेगा।''

बुढ़िया बीच में फिर बोली, "वे जीण जोगयो, अराम नाल बैठो। वे रब्ब दे यो बंदयो, कुज होश करो।"

उसके होंठ किसी प्रेत के होंठों की तरह फड़फड़ाए जा रहे थे और उनमें से क्षीण-सी फुसफुसाहट सुनाई दे रही थी।

बाबू चिल्लाए जा रहा था, "अपने घर में शेर बनता था। अब बोल, तेरी मैं उस पठान बनानेवाले की..."

तभी गाड़ी अमृतसर के प्लेटफॉर्म पर रुकी। प्लेटफॉर्म लोगों से खचाखच भरा था। प्लेटफॉर्म पर खड़े लोग झाँक-झाँककर डिब्बों के अन्दर देखने लगे। बार-बार लोग एक ही सवाल पूछ रहे थे—पीछे क्या हुआ है ? कहाँ पर दंगा हुआ है ?

खचाखच भरे प्लेटफॉर्म पर शायद इसी बात की चर्चा चल रही थी कि पीछे क्या हुआ है। प्लेटफॉर्म पर खड़े दो-तीन खोमचेवालों पर मुसाफिर टूट पड़ रहे थे। सभी को सहसा भूख और प्यास परेशान करने लगी थी। इसी दौरान तीन-चार पठान हमारे डिब्बे के बाहर प्रकट हो गए और खिड़की में से झाँक-झाँककर अन्दर देखने लगे। अपने पठान साथियों पर नजर पड़ते ही वे उनसे पश्तो में कुछ बोलने लगे। मैंने घूमकर देखा, बाबू डिब्बे में नहीं था। न जाने कब वह डिब्बे में से निकल गया था। मेरा माथा ठनका। गुस्से से वह पागल हुआ जा रहा था। न जाने क्या कर बैठे ! पर इस बीच डिब्बे के तीनों पठान, अपनी-अपनी गठरी उठाकर बाहर निकल गए और अपने पठान साथियों के साथ गाड़ी के अगले किसी डिब्बे की ओर बढ़ गए। जो विभाजन पहले प्रत्येक डिब्बे के भीतर होता रहा था, अब सारी गाड़ी के स्तर पर होने लगा था।

खोमचेवालों के इर्द-गिर्द भीड़ छँटने लगी। लोग अपने-अपने डिब्बों में लौटने लगे। तभी सहसा एक ओर से मुझे वह बाबू आता दिखाई दिया। उसका चेहरा अभी भी बहुत पीला था और माथे पर बालों की लट झूल रही थी। नजदीक पहुँचा तो मैंने देखा, उसने अपने दाएँ हाथ में लोहे की एक छड़ उठा रखी थी। जाने वह उसे कहाँ से मिल गई थी। डिब्बे में घुसते समय उसने छड़ को अपनी पीठ के पीछे कर लिया और मेरे साथवाली सीट पर बैठने से पहले उसने हौले-से छड़ को सीट के नीचे सरका दिया। सीट पर बैठते ही उसकी आँखें पठान को देखने के लिए ऊपर उठीं, पर डिब्बे में पठानों को न पाकर वह हड़बड़ाकर चारों ओर देखने लगा।

"निकल गए हरामी, मादर...सब-के-सब निकल गए।" फिर वह सटपिटाकर उठ खड़ा हुआ और चिल्लाकर बोला, "तुमने उन्हें जाने क्यों दिया ? तुम सब नामर्द हो, बुजदिल।"

पर गाड़ी में भीड़ बहुत थी। बहुत-से नए मुसाफिर आ गए थे। किसी ने उसकी ओर विशेष ध्यान नहीं दिया।...गाड़ी सरकने लगी तो वह फिर मेरी बगलवाली सीट पर आ बैठा, पर वह बड़ा उत्तेजित था और बराबर बड़बड़ाए जा रहा था।

धीरे-धीरे हिचकोले खाती गाड़ी आगे बढ़ने लगी। डिब्बे के पुराने मुसाफिरों ने भरपेट पूरियाँ खा ली थीं और पानी पी लिया था और गाड़ी उस इलाके से आगे बढ़ने लगी थी, जहाँ उनके जान-माल को खतरा नहीं था।

नए मुसाफिर बतिया रहे थे। धीरे-धीरे गाड़ी फिर समतल गति से चलने लगी थी। कुछ ही देर बाद लोग ऊँघने भी लगे थे मगर बाबू अभी भी फटी-फटी नजरों से सामने की ओर देखे जा रहा था। बार-बार मुझसे पूछता कि पठान डिब्बे में से निकलकर किस ओर गए हैं। उसके सिर पर जुनून सवार था।

गाड़ी के हिचकोलों में मैं खुद ऊँघने लगा था। डिब्बे में लेट पाने के लिए जगह नहीं थी। बैठे-बैठे ही नींद में मेरा सिर कभी इस ओर लुढ़क जाता, कभी दूसरी ओर। किसी-किसी वक्त झटके से मेरी नींद टूटती और मुझे सामने की सीट पर अस्त-व्यस्त से पड़े सरदारजी के खर्राटे सुनाई देते। अमृतसर पहुँचने के बाद सरदारजी फिर से सामनेवाली सीट पर टाँगें पसारकर लेट गए थे। डिब्बे में तरह-तरह की आड़ी-तिरछी मुद्राओं में मुसाफिर पड़े थे। उनकी बीभत्स मुद्राओं को देखकर लगता, डिब्बा लाशों से भरा है। पास बैठे बाबू पर नजर पड़ती तो कभी तो वह खिड़की के बाहर मुँह किए देख रहा होता, कभी दीवार से पीठ लगाए तनकर बैठा नजर आता।

किसी-किसी वक्त गाड़ी किसी स्टेशन पर रुकती तो पहियों की गड़गड़ाहट बन्द होने पर निःस्तब्धता-सी छा जाती। तभी लगता, जैसे प्लेटफॉर्म पर कुछ गिरा है या जैसे कोई मुसाफिर गाड़ी से उतरा है और मैं झटके से उठकर बैठ जाता।

इसी तरह एक बार जब मेरी नींद टूटी तो गाड़ी की रफ्तार धीमी पड़ गई थी और डिब्बे में अँधेरा था। मैंने उसी तरह अधलेटे खिड़की में से बाहर देखा। दूर, पीछे की ओर किसी स्टेशन के सिगनल के लाल कुमकुम चमक रहे थे। स्पष्टतः गाड़ी कोई स्टेशन लाँघकर आई थी पर अभी तक उसके डिब्बे के बाहर मुझे धीमे-से अस्फुट स्वर सुनाई दिए। दूर ही एक धूमिल-सा काला पुंज नजर आया। नींद की खुमारी में मेरी आँखें कुछ देर तक उस पर लगी रहीं, फिर मैंने उसे समझ पाने का विचार छोड़ दिया। डिब्बे के अन्दर अँधेरा था, बत्तियाँ बुझी हुई थीं लेकिन बाहर लगता था, पौ फटनेवाली है।

मेरी पीठ-पीछे, डिब्बे के बाहर किसी चीज को खरोंचने की-सी आवाज आई। मैंने दरवाजे की ओर घूमकर देखा। डिब्बे का दरवाजा बन्द था। मुझे फिर से

दरवाजा खरोंचने की आवाज सुनाई दी, फिर मैंने साफ-साफ सुना, लाठी से कोई व्यक्ति डिब्बे का दरवाजा पटपटा रहा था। मैंने झाँककर खिड़की के बाहर देखा। सचमुच एक आदमी डिब्बे की दो सीढ़ियाँ चढ़ आया था। उसके कन्धे पर एक गठरी झूल रही थी। हाथ में लाठी थी और उसने बदरंग-से कपड़े पहन रखे थे तथा उसकी दाढ़ी भी थी। फिर मेरी नजर बाहर नीचे की ओर गई। गाड़ी के साथ-साथ एक औरत भागती चली आ रही थी, नंगे पाँव और उसने दो गठरियाँ उठा रखी थीं। बोझ के कारण उससे दौड़ा नहीं जा रहा था। डिब्बे के पायदान पर खड़ा आदमी बार-बार उसकी ओर मुड़कर देख रहा था और हाँफता हुआ कहे जा रहा था, ''आ जा, आ जा, तू भी चढ़ आ, आ जा।''

दरवाजे पर फिर से लाठी पटपटाने की आवाज आई, ''खोलो जी दरवाजा, खुदा के वास्ते दरवाजा खोलो !''

वह आदमी हाँफ रहा था, ''खुदा के लिए दरवाजा खोलो। मेरे साथ में औरत जात है। गाड़ी निकल जाएगी...''

और वह खिड़की में से अपना हाथ अन्दर डालकर खोल पाने के लिए सिटकनी टटोलने लगा।

''नहीं है जगह, बोल दिया, उतर जाओ गाड़ी पर से।'' बाबू चिल्लाया और उसी क्षण लपककर दरवाजा खोल दिया।

''या अल्लाह !'' उस आदमी के अस्फुट से शब्द सुनाई दिए। दरवाजा खुलने पर जैसे उसने इत्मीनान की साँस ली हो।

और उसी वक्त मैंने बाबू के हाथ में छड़ को चमकते देखा। एक ही भरपूर वार बाबू ने उस मुसाफिर के सिर पर किया था। मैं देखते ही डर गया और मेरी टाँगें लरज गईं। मुझे लगा, जैसे छड़ के वार का उस आदमी पर कोई असर नहीं हुआ। उसके दोनों हाथ अभी भी जोर से डंडहरे को पकड़े हुए थे। कन्धे पर से लटकती गठरी खिसककर उसकी कोहनी पर आ गई थी।

तभी–सहसा उसके चेहरे पर लहू की दो-तीन धारें एक साथ फूट पड़ीं। झुटपुटे में मुझे उसके खुले होंठ और चमकते दाँत नजर आए। वह दो-एक बार 'या अल्लाह' बुदबुदाया, फिर उसके पैर लड़खड़ाए। उसकी आँखों ने बाबू की ओर देखा, अधमुँदी-सी आँखें, जो धीरे-धीरे सिकुड़ती जा रही थीं, मानो उसे पहचानने की कोशिश कर रही हों कि वह कौन है और उससे किस अदावत का बदला ले रहा है। इस बीच अँधेरा कुछ और छन गया था। उसके होंठ फिर से फड़फड़ाए और उनमें उसके सफेद दाँत फिर से झलक उठे। मुझे लगा, जैसे वह मुस्कुराया है पर वास्तव में केवल त्रास के ही कारण उसके होंठों में बल पड़ने लगे थे।

नीचे पटरी के साथ-साथ भागती औरत बड़बड़ाए और कोसे जा रही थी। उसे अभी भी मालूम नहीं हो पाया था कि क्या हुआ है। वह अभी भी शायद यही समझ रही थी कि गठरी के कारण उसका पति गाड़ी पर ठीक तरह से चढ़ नहीं पा रहा है कि उसके पैर जम नहीं पा रहे हैं। वह गाड़ी के साथ-साथ भागती हुई, अपनी दो गठरियों के बावजूद अपने पति के पैर को पकड़-पकड़कर सीढ़ी पर टिकाने की कोशिश कर रही थी।

तभी सहसा डंडहरे पर से उस आदमी के दोनों हाथ छूट गए और वह कटे पेड़ की भाँति नीचे जा गिरा और उसके गिरते ही औरत ने भागना बन्द कर दिया, मानो दोनों का सफर एक साथ ही खत्म हो गया हो।

बाबू अभी भी मेरे निकट, डिब्बे के खुले दरवाजे में बुत-का-बुत बना खड़ा था, लोहे की छड़ अभी भी उसके हाथ में थी। मुझे लगा, जैसे वह छड़ को फेंक देना चाहता है लेकिन उसे फेंक नहीं पा रहा, उसका हाथ जैसे उठ नहीं रहा था। मेरी साँस अभी भी फूली हुई थी और डिब्बे के अँधियारे कोने में मैं खिड़की के साथ सटकर बैठा उसकी ओर देखे जा रहा था। फिर वह आदमी खड़े-खड़े हिला। किसी अज्ञात प्रेरणावश वह एक कदम आगे बढ़ आया और दरवाजे में से बाहर पीछे की ओर देखने लगा। गाड़ी आगे निकलती जा रही थी। दूर, पटरी के किनारे अँधियारा पुंज-सा नजर आ रहा था।

बाबू का शरीर हरकत में आया। एक झटके में उसने छड़ को डिब्बे के बाहर फेंक दिया। फिर घूमकर डिब्बे के अन्दर दाएँ-बाएँ देखने लगा। सभी मुसाफिर सोए पड़े थे। मेरी ओर उसकी नजर नहीं उठी।

थोड़ी देर तक वह खड़ा डोलता रहा, फिर उसने घूमकर दरवाजा बन्द कर दिया। उसने ध्यान से अपने कपड़ों की ओर देखा, अपने दोनों हाथों की ओर देखा, फिर एक-एक करके अपने दोनों हाथों को नाक के पास ले जाकर उन्हें सूँघा, मानो जानना चाहता हो कि उसके हाथों से खून की बू तो नहीं आ रही है ! फिर वह दबे पाँव चलता हुआ आया और मेरी बगलवाली सीट पर बैठ गया।

धीरे-धीरे झुटपुटा छँटने लगा, दिन खुलने लगा। साफ-सुथरी-सी रोशनी चारों ओर फैलने लगी। किसी ने जंजीर खींचकर गाड़ी को खड़ा नहीं किया था, छड़ खाकर गिरी उसकी देह मीलों पीछे छूट चुकी थी। सामने गेहूँ के खेतों में फिर से हलकी-हलकी लहरियाँ उठने लगी थीं।

सरदारजी बदन खुजलाते उठ बैठे। मेरी बगल में बैठा बाबू दोनों हाथ सिर के पीछे रखे सामने की ओर देखे जा रहा था। रातभर में उसके चेहरे पर दाढ़ी के छोटे-छोटे बाल उग आए थे। अपने सामने बैठा देखकर सरदार उसके साथ

बतियाने लगा, ''बड़े जीवटवाले हो बाबू ! दुबले-पतले हो, पर बड़े गुरदेवाले हो। बड़ी हिम्मत दिखाई है। तुमसे डरकर ही वे पठान डिब्बे में से निकल गए। यहाँ बने रहते तो एक-न-एक की खोपड़ी तुम जरूर दुरुस्त कर देते...'' और सरदारजी हँसने लगे।

बाबू जवाब में मुस्कुराया–एक बीभत्स-सी मुस्कान, और देर तक सरदार के चेहरे की ओर देखता रहा।

# 'भेड़िये' फैंटेसी भी है और रूपक भी

जब से यह पूछा गया है कि वह कौन-सी कहानी है जिसने मेरे ऊपर सबसे गहरा प्रभाव छोड़ा है, तब से सैकड़ों कहानियाँ और सैकड़ों कथाकार दिमाग के स्क्रीन पर जल-बुझ रहे हैं। कभी लगता है कि उस कहानी को होना चाहिए तो कभी लगता है, इस कहानी को। तीन दिन के आत्मसंघर्ष के बाद जो कहानी सबसे ऊपर आती है, वह भुवनेश्वर की 'भेड़िये' है।

पता नहीं, इस कहानी में ऐसा क्या है कि फिल्म के दृश्य की तरह कहानी की घटनाएँ, वातावरण, आवाजें सब कुछ बार-बार आँखों के सामने दिखाई देती हैं। बेड़नियों को बेचने के लिए दो बैलों की मदद से हवा की तरह उड़नेवाली हलकी ताँगेनुमा बैलगाड़ी, घना रेगिस्तानी जंगल और अँधेरे की ओर बढ़ती क्षितिज रेखा (स्काईलाइन), दम तोड़कर भागती हुई बैलगाड़ी और पीछे सैकड़ों भेड़ियों का झुंड, लपलपाती आँखें, टपकती लार और खून पी जाने को तैयार विकट सफेद दाँत—सभी कुछ सामने दिखाई दे रहा है। गड्डा ताबड़तोड़ भगाया जा रहा है लेकिन भेड़ियों का झुंड है कि घिरता ही चला जा रहा है। गाड़ी तेज भाग सके इसलिए बोझ हलका करने के लिए पहले एक-एक बेड़िनी भेड़ियों के सामने फेंकी जाती है और आखिर में खैरू का बाप खुद कूद पड़ता है। कहानी खैरू के मुँह से ही कहलाई गई है। कहानी की जो ध्वनियाँ और अर्थ हैं, पता नहीं, उन्हें खौफनाक कहना चाहिए या रहस्य और गहराइयों के आतंक से आती हुई गूँजें ! कहानी फैंटेसी भी है और रूपक (मैटाफर) भी।

'भेड़िये' 1937 में 'हंस' में छपी थी और किसी को विश्वास ही नहीं हो रहा था कि यह कहानी मौलिक है। हर आलोचक ने बार-बार यही कहा कि यह किसी विदेशी कहानी की छाया है क्योंकि 'उसने कहा था' कहानी के बाद यह दूसरी ऐसी परिपक्व रचना है जिसकी कोई परम्परा उस समय हिन्दी में नहीं दिखाई देती। यहाँ तक कि सन् '52-'53 में नई कहानियों की बात करते हुए नामवरजी ने भी इसे किसी विदेशी कहानी से प्रेरित बताया था। बाद में विजय बहादुर ने भी। पहली बार पढ़कर मुझे भी लगा कि जरूर यह कहानी कहीं से उड़ाई गई है और इसके मूल स्रोत का पता लगाने के लिए अपने यहाँ 'हंस' में छपने से पहले मैंने वे सारी कहानियाँ पढ़ने की

*कोशिश की जिन्हें भेड़ियों से जोड़ा जा सकता है। सबसे पहले जो ध्यान में आया, वह जैक लंडन था। उसने जंगली और समुद्री भेड़ियों पर दर्जनों कहानियाँ और लघु उपन्यास लिखे हैं। जैक लंडन को काफी पढ़ने के बाद कोई ऐसी घटना मुझे नहीं मिली जिससे भुवनेश्वर की इस कहानी को जोड़ा जा सके। वैसे भी उस समय भारतीय बुद्धिजीवियों की पहुँच अंग्रेजी यानी इंग्लैंड के साहित्य तक ही थी। यूरोप, अमेरिका, रूस से हम धीरे-धीरे परिचित हो रहे थे। जैक लंडन के बाद दूसरा कहानीकार रुडियार्ड किपलिंग था, जिसने औपनिवेशिक दृष्टि से जंगल और शिकार की दर्जनों कहानियाँ लिखी हैं। उसके संग्रह 'जंगल स्टोरी' तथा 'भेड़िया बालक रामू' में भी कहीं मुझे समानता नहीं दिखाई दी। फिर मैं चेखव, इवान बूनिन, साकी और पता नहीं किन-किन लेखकों के यहाँ टक्कर मारता रहा और जहाँ भी वुल्फ नाम से कोई कहानी दिखाई देती, मैं उसी में भुवनेश्वर को खोजने की कोशिश करने लगा। यहाँ तक कि बाद में लिखी हैमिंग्वे की कहानी 'स्नोज ऑफ किलिमंजारो' के लकड़बग्घे (हाइना) भी नहीं बच पाए।*

*अब हम सभी हिन्दी पाठकों और आलोचकों का द्वन्द्व यही है कि हमें 'भेड़िये' कहानी इतनी प्रभावशाली, कलात्मक रूप से सन्तुलित और बेधक लगती है कि यह स्वीकार करने में हिचकिचाहट होती है कि 'भेड़िये' भुवनेश्वर की अपनी कहानी है। मगर उन्होंने लिया भी तो कहाँ से, इसका स्रोत भी नहीं मिलता। वैसे भी अगर भुवनेश्वर की बाकी रचनाओं को देखें तो मेरी जानकारी में वही ऐसा अकेला लेखक है जो अपने समय से पचास वर्ष आगे की रचनात्मकता और सोच में जा सकता है। 'भेड़िये' उनकी अकेली ऐसी रचना नहीं है। उनके एकांकी नाटक की परिकल्पना दूसरे युद्ध के बाद सन् '42-'43 के यूरोप में आई और हमारा परिचय पचास या उसके और भी बाद में हुआ। युद्ध के निरंकुश ध्वंस और हिंसा ने अस्तित्ववादी विचारधारा की रचनाएँ दीं। दूसरा महायुद्ध तर्कहीन और असंगत वातावरण की उपज था और भुवनेश्वर ने ये एकांकी दूसरे महायुद्ध से पहले लिखे थे। यह सही है कि भुवनेश्वर विदेशी साहित्य बहुत पढ़ते थे मगर यह मानने को मन नहीं करता कि सन् '30 और '40 के बीच यूरोप की अराजक स्थितियों से पैदा दार्शनिक अवधारणाओं को भुवनेश्वर अपनी गरीबी, भुखमरी और पागलपन में भी आत्मसात कर रहे थे।*

*बहरहाल, 'भेड़िये' फिर आपके सामने है। सन् '37 से यह भेड़िया लगातार हमारा पीछा कर रहा है। चार-पाँच बार इसे लेकर साहित्य में लम्बी-लम्बी बहसें हुई हैं। मगर भेड़िया है कि आज भी पीछा करता है और मालूम नहीं, आगे कब तक करता रहेगा !*

मई, 2004

**—राजेन्द्र यादव**

# भेड़िये

❐ *भुवनेश्वर*

''भेड़िया क्या है !'' खारू बंजारे ने कहा, ''मैं अकेला कोठी से एक भेड़िया मार सकता हूँ।'' मैंने उसका विश्वास कर लिया। खारू किसी चीज से नहीं डर सकता हालाँकि सत्तर के आसपास होने और एक उम्र की गरीबी के सबब से वह बुझा-बुझा-सा दीख पड़ता था पर तब भी उसकी ऐसी बातों का उसके कहने के साथ ही यकीन करना पड़ता था। उसका असली नाम शायद इफ्तखार या ऐसा ही कुछ था पर उसका लघुकरण 'खारू' बिलकुल चस्पाँ होता था। उसके चारों ओर ऐसी ही दुरूह और दुर्भेद्य कठिनता थी। उसकी आँखें ठंडी और जमी हुई थीं और घनी सफेद मूँछों के नीचे उसका मुँह इतना ही अमानुषीय और निर्दय था जितना एक चूहेदान।

जीवन से वह निपटारा कर चुका था, मौत उसे नहीं चाहती थी पर तब भी वह समय के मुँह पर थूककर जीवित था। तुम्हारी भली या बुरी राय की परवाह किए बिना भी वह कभी झूठ नहीं बोलता था और अपने निर्दय कटु सत्य से मानो यह दिखला देता था कि सत्य भी कितना ऊसर और भयानक हो सकता है। खारू ने मुझसे यह कहानी कही थी। उसका वह ठोस तरीका और गहरी बेसरोकारी, जिससे उसने यह कहानी कही, मैं शब्दों में नहीं लिख सकता पर तब भी मैं यह कहानी सच मानता हूँ—इसका एक-एक लफ्ज।

''मैं किसी चीज से नहीं डरता—हाँ, सिवा भेड़िये के मैं किसी चीज से नहीं डरता,'' खारू ने कहा, ''एक भेड़िया नहीं, दो-चार नहीं। भेड़ियों का दो सौ-तीन सौ का झुंड, जो जाड़े की रातों में निकलते हैं और सारी दुनिया की चीजें जिनकी भूख नहीं बुझा सकतीं, उन शैतानों की फौज का कोई भी मुकाबला नहीं कर सकता। लोग कहते हैं, अकेला भेड़िया कायर होता है। यह झूठ है। भेड़िया कायर नहीं होता, अकेला भी वह सिर्फ चौकन्ना होता है। तुम कहते हो, लोमड़ी चालाक होती है तो तुम भेड़िये को जानते ही नहीं। तुमने कभी भेड़िये को शिकार करते

देखा है किसी का—बारहसिंगे का ? वह शेर की तरह नाटक नहीं करता, भालू की तरह शेखी नहीं दिखाता। एक मर्तबा—सिर्फ एक मर्तबा गेंद-सा कूदकर उसकी जाँघ में गहरा जख्म कर देता है—बस, फिर पीछे, बहुत पीछे रहकर टपकते हुए खून की लकीर पर चलकर वहाँ पहुँच जाता है जहाँ वह बारहसिंगा कमजोर होकर गिर पड़ता है और उचककर एक क्षण में अपने से तिगुने जानवर का पेट चाक कर देता है और वहीं चिपक जाता है। भेड़िया बला का चालाक और बहादुर जानवर है। वह थकना तो जानता ही नहीं। अच्छे पछैयां बैल हमारे बंजारी गड्डों को घोड़ों से तेज ले जाते हैं और जब उन्हें भेड़ियों की बू आती है तो भागते नहीं, उड़ते हैं, लेकिन भेड़िये से तेज कोई चार पैर का जानवर नहीं दौड़ सकता।''

''सुनो, मैं ग्वालियर के राज से आईन में आ रहा था। अजीब सर्दी थी और भेड़िये गोलों में निकल पड़े थे। हमारा गड्डा काफी भरा था। मैं, मेरा बाप, गिरस्ती और तीन नटनियाँ पन्द्रह-पन्द्रह, सोलह साल की। हम लोग उन्हें पछाह लिए जा रहे थे।''

''किसलिए ?'' मैंने पूछा।

''तुम्हारा क्या खयाल है, मुजरा कराने ? अरे बेचने के लिए। और वह किस मसरफ की हैं ? ग्वालियर की नटनियाँ छोटी-छोटी गदबदी होती हैं और पंजाब में खूब बिक जाती हैं। ये लड़कियाँ होती तो बड़ी चोखी हैं पर भारी भी खूब होती हैं। हमारे पास एक तेज बंजारी गड्डा था और तीन घोड़ों से तेज भागनेवाले बैल।''

हम लोग तड़के ही चल दिए थे, दिन-ही-दिन में हम आगे जानेवाले साथियों से मिल जाना चाहते थे। वैसे डर के लिए हमारे पास दो कमान और एक टोपीदार बन्दूक थी। बैल हौसले से भाग रहे थे और हम लोग दस मील निकल आए थे कि बड़े मियाँ ने घूमकर कहा, ''खारे भेड़िये हैं !''

मैंने तेजी से कहा, ''क्या कहा ? भेड़िये हैं ? होते तो बैल न चौंकते ?''

बूढ़े ने सिर हिलाकर कहा, ''नहीं, भेड़िये जरूर हैं। खैर वह हमसे दस मील पीछे हैं। हमारे बैल थक चुके हैं और हमें पचास मील और जाना है।'' बूढ़े ने कहा, ''और मैं इन भेड़ियों को जानता हूँ। परसाल इन्होंने कुछ कैदियों को खा लिया था और बेड़ियों और सिपाहियों की बन्दूकों के सिवा कुछ न बचा। बन्दूक भर लो।'' मैंने कमानों को तान के देखा, बन्दूक तोड़ी, सब ठीक था।

''बारूद की नई पोंगली भी निकाल के देख ले,' मेरे बाप ने कहा।

''बारूद की पोंगली !' मैंने कहा, ''मेरे पास तो पुरानी ही वाली है।''

तब बूढ़े मुझे गालियाँ देनी शुरू कीं, ''तू यह है, तू वह है।''

मैंने पूरा गड्डा उलट डाला पर नई पोंगली कहीं नहीं थी।

मेरे बाप ने भी सब टटोला, "तू झूठ बोलता है, तू भेड़िये की औलाद, मैंने तुझे नई पोंगली दी थी।" पर वह बारूद यहाँ कहीं नहीं थी। मेरे बाप ने मेरी पीठ पर कुहनी मारते हुए कहा, "शहर पहुँचकर मैं तेरी खाल उधेड़ दूँगा, शहर पहुँचकर...और।" इसी वक्त अचानक बैल एकदम रुककर पूँछ हिलाकर जोर से भागे। मैंने सुना मीलों दूर एक आवाज आ रही थी, बहुत धीमी खंडहरों में आँधी गुजरने से आती है—हवा आ आ आ आ आ आ!

"हवा"—मैंने सहम के कहा, "भेड़िये !" मेरे बाप ने नफरत से कहा और बैलों को एक साथ किया। पर उन्हें मार की जरूरत नहीं थी। उन्हें भेड़ियों की बू आ गई थी और वे जी तोड़कर भाग रहे थे। दूर मैं एक छोटे-से काले धब्बे को हरकत करते देख रहा था। उस सैकड़ों मील के चपटे रेगिस्तानी बंजर में तुम मीलों की चीज देख सकते हो और दूर उस काले धब्बे को बादल की तरह आते मैं देख रहा था। बूढ़े ने कहा, "जैसे ही वह नजदीक आ जाए, मारो, एक भी तीर बेकार खोया तो मैं कलेजा निकाल लूँगा।" और तब उन तीनों लड़कियों ने एक-दूसरे से चिपटकर टिसुए (आँसू) बहाना शुरू कर दिया। "चुप रहो"—मैंने उनसे कहा, "तुमने आवाज निकाली और मैंने तुम्हें नीचे ढकेला।"

भेड़िये बढ़ते हुए चले आते थे, हम लोग भरी पथरीली धरती पर उड़ रहे थे पर भेड़िये, बूढ़े ने लगामें छोड़ दीं और बन्दूक सँभालकर बैठा। मैंने कमान सँभाली—मैं अँधेरे में उड़ती हुई मुर्गाबियों का शिकार कर सकता था और मेरा बाप—वह तो जिस चीज पर निशाना ताकता था अल्लाह उसे भूल जाता था। कोई चार सौ गज पर मेरे बाप ने आगेवाले भेड़िये को गिरा दिया। धाँय ! उसने नटों की तरह एक कलाबाजी खाई और फिर दूसरी बिलकुल नटों की तरह। बैल पागल होकर भाग रहे थे, हवा में उनके मुँह का फेन उड़कर हमारे मुँहों पर मेह की तरह गिरता था और वे रम्भा रहे थे—जैसे बंजारिनें ब्यानेवाली भैसों की नकलें करती हैं पर भेड़िये नजदीक ही आते जा रहे थे। गिरे हुए भेड़ियों को वे बिना रुके खा लेते थे, वे उनके ऊपर तैर जाते थे। मेरे बाप ने मेरे कन्धे पर बन्दूक की नली रख ली थी। धाँय-धाँय ! (मेरी गर्दन पर अब तक जले का दाग है) मैंने भी सोलह तीरों से सोलह ही भेड़िये गिराए, बूढ़े ने दस मारे थे पर तब भी वह गोल बढ़ता ही आता था।

"ले बन्दूक ले"—उसने कहा, "मैं बैलों को देखूँगा।"

उसका खयाल था कि बैल उससे भी तेज भाग सकते थे पर यह खयाल गलत था।

दुनिया के कोई बैल उससे तेज नहीं भाग सकते थे।

मैं बन्दूक का भी निशाना खूब लगाता था पर वह देसी जंग लगी बन्दूक, खैर, वह लड़की उसे पाँच मिनट में भर देती थी। बादी अच्छी लड़की थी, वह बन्दूक भरती थी, मैं निशाना मारता था–अचूक, मैंने दस और गिराए– धाँय-धाँय-धाँय ! जब सब बारूद खत्म हो गया तो भेड़िये भी कुछ हारे-से मालूम होते थे।

मैंने कहा, "अब वे पिछड़ गए।"

बूढ़ा हँसा, "वह इतनी-सी बात से नहीं पिछड़ सकते। पर मैं मारते-मारते कह चलूँगा कि सात मुल्क के बंजारों में खारे-सा खरा निशानेबाज नहीं है।"

मेरा बाप बुढ़ापे में बड़ा हँसोड़ हो गया था।

हाँ, तो भेड़िये कुछ पीछे रह गए थे, उन्हें कुछ खाने को मिल गया था, सप-सप-चट बैलों पर कोड़ा बोल रहा था कि पाँच मिनट बाद ही उन्होंने फिर हमारा पीछा शुरू किया। वे हमसे दो सौ गज पर रह गए होंगे और बढ़ते ही आते थे। मेरे बाप ने कहा, "सामान निकालकर फेंको, गड्डा हलका करो।"

एकबारगी ठोकर खाकर गड्डा चकराकर चला। पूरे बंजारों में यह गड्डा अफसर था और सब सामान फेंककर हमने उसे फूल-सा हलका कर दिया था और कुछ देर तक हम भेड़ियों से दूर निकलते मालूम हुए पर तुरन्त ही वे फिर वापस आ गए।

बड़े मियाँ ने कहा, "अब तो, एक बैल खोल दो।"

"क्या ?" मैंने कहा, "दो बैल गड्डा खींच ले जाएँगे ?"

उसने कहा, "अच्छा तब एक नटनियाँ फेंक दो", मैंने उन तीन में से मोटी को ही उठाया और गड्डे के बाहर झुलाकर फेंक दिया। हाँ ! ग्वालियर की नटनियाँ, उसके दाँत लगा दो तो वह भी भेड़ियों का मुकाबला कर लें। पहले तो वह भागी पर यह जानकर कि भागना बेकार है, घूमकर खड़ी हो गई और सामनेवाले भेड़िये की टाँगें पकड़ लीं पर इससे भी क्या फायदा था एकदम वह नजर से ओझल हो गई–जैसे किसी कुएँ में गिर पड़ी हो। गड्डा हलका होकर और आगे बढ़ा पर भेड़िये फिर लौट आए।

"दूसरी फेंको," बड़े मियाँ ने कहा, पर अब की मैंने कहा, "आखिर क्या हम लोग सैर करने के लिए मारे-मारे फिरते हैं, एक बैल न खोल दो।"

मैंने एक बैल खोल दिया। वह पीठ पर पूँछ रखकर चिंघाड़ता हुआ भागा और गोल उसके पीछे मुड़ गया।

मेरे बाप की आँखों में आँसू भर आए। "बड़ा असील बैल था, बड़ा असील बैल था..." वह बुदबुदा रहा था।

"हम बच तो गए", मैंने कहा। पर तभी हवा आ आ आ आ आ आ। गोल वापस आ गया था। "आज कयामत का दिन है," मैंने कहा और बैलों को इतना भगाया कि मेरी हथेली में खून छलछला आया।

पर भेड़िये पानी की तरह बढ़ते चले आ रहे थे। हमारे बैल मर के गिरना ही चाहते थे। "दूसरी लड़की भी फेंको !" मेरे बाप ने चीखकर कहा।

इन दोनों में बादी भारी थी और कुछ सोचकर काँपते हाथों से वह अपनी चाँदी की नथनी उतारने लगी थी और मैंने शायद बताया नहीं, मुझे वह कुछ अच्छी भी लगती थी।

इसलिए मैंने दूसरी से कहा, "तू निकल !" पर उसको तो जैसे फाजिल मार गया था। मैंने उसे गिरा दिया और वह जैसे गिरी थी, वैसे ही पड़ी रही। गड्डा और हलका हो गया और तेज दौड़ने लगा। पर पाँच ही मिनट में भेड़िये फिर वापस आ गए। बड़े मियाँ ने गहरी साँस ली, माथा पीट लिया, "हम क्या करें, भीख माँग के खाना बंजारों का दीन है, हम रईस बनने चले थे..."

मैंने बादी की तरफ देखा, उसने मेरी तरफ। मैंने कहा, "तुम खुद कूद पड़ोगी कि मैं तुम्हें ढकेल दूँ।" उसने चाँदी की नथ उतारकर मुझे दे दी और बाँहों से आँखें बन्द किए कूद पड़ी। गड्डा बिलकुल हवा से उड़ने लगा, वह पूरे बंजारों में गड्डों का अफसर था।

पर हमारे बैल बेहद थक गए और बस्ती तक पहुँचने के लिए अब भी तीस मील बाकी थे, मैं बन्दूक के कुन्दे से उन्हें मार रहा था पर भेड़िये फिर लौट आए थे।

मेरे बाप के मुँह से पसीना टपकने लगा, "लाओ दूसरा भी बैल खोल दें।"

मैंने कहा, "यह मौत के मुँह में जाना है। हम लोग दोनों मारे जाएँगे, हमें या तुम्हें किसी को तो बचना चाहिए।"

"तुम ठीक कहते हो," उसने कहा, "मैं बूढ़ा आदमी हूँ। मेरी जिन्दगी खत्म हो गई। मैं कूद पड़ूँगा।"

मैंने कहा, "निराश मत होना, मैं जिन्दा रहा तो एक-एक भेड़िये को काट डालूँगा।"

"तू मेरा असील बेटा है !" मेरे बाप ने कहा और मेरे दोनों गाल चूम लिए। उसने अपने दोनों हाथों में बड़ी-बड़ी छुरियाँ ले लीं और गले में मजबूती से कपड़ा लपेट लिया।

"रुको," उसने कहा, "मैं नए जूते पहने हूँ, मैं इन्हें दस साल पहनता पर देखो, तुम इन्हें मत पहनना, मरे हुए आदमियों के जूते नहीं पहने जाते, तुम इन्हें बेच देना।"

उसने जूते खींचकर गड्डे पर फेंक दिए और भेड़ियों के बीचोबीच कूद पड़ा। मैंने पीछे घूमकर नहीं देखा लेकिन थोड़ी देर में उसे चिल्लाते सुनता रहा, यह ले ! यह ले ! भेड़िये की औलाद ! भेड़िये की औलाद ! और फिर चट-चट ! चट-चट ! मैं ही किसी तरह भेड़ियों से बच गया।

खारू ने मेरे डरे हुए चेहरे की तरफ देखा और जोर से हँसा और खखारकर बहुत-सा जमीन पर थूक दिया।

"मैंने दूसरे ही साल उसमें से साठ भेड़िये और मारे।" खारू ने फिर हँसकर कहा पर उसके साथ ही उसकी आँखों में एक अनहोनी कठोरता आ गई और वह भूखा, नंगा उठकर सीधा खड़ा हो गया।

# 'रूमाल' के बारे में

*अच्छी कहानियाँ विदेश में ही नहीं लिखी जातीं, इस देश की अन्य प्रादेशिक भाषाओं तथा हिन्दी भाषा में भी लिखी गई हैं और लिखी जा रही हैं। पचास के दशक में जब कहानी पत्रिकाएँ बहुत कम थीं, नए लेखक की किसी अच्छी कहानी पर ध्यान फौरन चला जाता था और वह उसी के बल पर ख्यात समझा जाता था और हो भी जाता था। मुझे याद आता है, 'कहानी' पत्रिका के जमाने में रामनारायण शुक्ल, मधुकर गंगाधर, प्रयाग शुक्ल, प्रतिमा वर्मा आदि अनेक नए लेखक अपनी-अपनी पहली कहानी के प्रकाशन के बाद ही तत्कालीन साहित्य की चर्चाओं में शामिल किए जाने लगे थे।*

*आज वैसा नहीं है। एक अजीब बिखराव का युग आ गया है, जब काफी बड़ी-बड़ी बातें की जाती हैं लेकिन हमारे जीवन से जो मूल्य लुप्त होते जा रहे हैं, उसका अन्दाजा शायद हमें नहीं है। ऐसे समय में किसी हिन्दी कहानी को मानक के रूप में प्रस्तुत कर देना आसान काम नहीं है, वह भी एक ऐसे लेखक की ऐसी कहानी, जिससे हिन्दी के सामान्य पाठक परिचित न हों। इसके साथ ही आलोचक या समीक्षक अथवा निर्णयकर्ता की अपनी सीमाएँ भी हैं। स्वयं मेरी सीमाएँ तो और भी हैं— ऐसे मे, मैं एक नये हिन्दी लेखक की कहानी 'रूमाल' पाठकों के लिए प्रस्तुत कर रहा हूँ। यह रचना करीब तीन वर्ष पूर्व 'साक्षात्कार' मासिक में छपी थी और इलाहाबाद में मार्कण्डेय, रवीन्द्र कालिया तथा कुछ अन्य लेखकों को पसन्द भी आई थी।*

*1. इस कहानी की एक खूबी तो यही है कि किसी समीक्षा से इसको क्षति पहुँच सकती है। यह पाठक के स्वयं पढ़ने, महसूस करने तथा इसकी संवेदना के तल तक पहुँचने की रचना है। व्यक्ति-व्यक्ति के अनुसार इसके अनेक आयाम हो सकते हैं।*

*2. कला की एक खूबी है अवलम्बन की सूक्ष्मता। स्थूल अवलम्बन कला को क्षति पहुँचाता है। इस रचना में कथानक, चरित्र-चित्रण, चमत्कार, मनोविज्ञान, सिद्धान्त आदि का सहारा नहीं लिया गया है।*

*शब्दों का सहारा अत्यल्प है। एक अनजान रूमाल है, जिस पर दुर्लभ मानवीय संवेदना अवलम्बित है।*

*3. इस अवसरवादी, विघटनकारी तथा आतंककारी एवं भाग-दौड़ के समय में यह कहानी एक चित्रकार की तरह कुछ विरल रेखाओं द्वारा ऐसे विश्वास, प्यार तथा प्रतिबद्धता का रूप निर्मित करती है, जो हमारे जीवन से गायब होते जा रहे हैं। यही चिन्ता नहीं कि विश्वास, प्यार और कमिटमेंट हमारे अन्दर अक्षुण्ण रहें, बल्कि किसी भी अन्य बात से, हमसे जुड़े दूसरे व्यक्ति की वैसी भावनाओं को आहत भी न करे—कभी भी।*

*4. यह एक आधुनिक कहानी है। इसमें फालतू के शब्द नहीं हैं और जो छोटे-छोटे, विरल और सूक्ष्म वाक्य हैं, वे अभिव्यंजना तथा अभिव्यक्ति में सक्षम, सशक्त एवं गहन संवेदनायुक्त हैं। यह आज की कहानी है और आगे तक जाती है।*

मई, 2003

**—अमरकान्त**

# रूमाल

❒ अरविन्द बिन्दु

आज ही मुझे अपने शहर लौटना था। मेरी गाड़ी शाम साढ़े छह पर छूटती है। मैं ठीक समय स्टेशन पहुँच गया और गाड़ी में प्रवेश कर गया। थोड़ी देर बाद वह चलने लगी। मेरे करीब पाँच-छह लोग बैठे थे, जो ताश खेलने में मशगूल थे। भाग-दौड़ और शहर के प्रदूषण से मेरे सिर में दर्द और एक अजीब-सी थकान थी।

थोड़ी देर मैं आँखें बन्द करके बैठा रहा, फिर मैगजीन निकालकर एक लेख देखने लगा। अगले स्टेशन पर चाय ली, बस ये लगे कि जल्दी ही इलाहाबाद आए। तीन घंटे काटने थे, सिर-दर्द बढ़ता ही जा रहा था। तनाव में हलका-सा सिगरेट की तरफ ध्यान गया, मगर कम्पार्टमेंट में नहीं पीना चाहता था।

सामने से एक सज्जन ने सिगरेट निकाली और जलाई, तो मेरे सीने में दर्द हो उठा। दर्द का कारण क्या था ? लेकिन मैं सशंकित हो गया। आदमी शरीफ लगे, आग्रह पर उठकर दरवाजे के पास चले गए।

फिर मैं नॉर्मल होकर एक लेख पढ़ने लगा। दर्द की स्थिति वैसी ही थी, पर घर जाना था, सफर ठीक लग रहा था। इसी बीच मेरे दिमाग में एक सवाल पैदा हुआ, मुझे गाड़ी में कुछ हो जाता है तो मेरी शिनाख्त कैसे होगी ? कहीं ऐसा तो नहीं, मुझे लावारिस समझ बैठें ? लेकिन ऐसा नहीं, खुद को समझाया।

अपने पहने हुए कपड़े और रखे सामान पर मेरा ध्यान गया, जो शिनाख्त के लिए पर्याप्त था। मेरी डायरी शर्ट की जेब में रखी थी, जिस पर मेरे घर का पता था। पैंट की जेब में एक रूमाल था, जिसे मेरी पत्नी ने लखनऊ जाते समय दिया था। एक पेन जिसे मैं हमेशा इस्तेमाल करता था।

अब मैं सामान्य तरीके से इधर-उधर देखने लगा। तब मेरा ध्यान पैंट के पीछेवाले पॉकेट पर गया, उस जेब में एक और रूमाल था, सोचा शिनाख्त में दो रूमाल पाए जाएँगे। जब दूसरे रूमाल की खूबियों पर गौर किया तो मैं दहशत में आ गया, अगर यह जेंट्स रूमाल होता तो कोई खास बात न होती।

मैं परेशान हो गया, शिनाख्त में इस रूमाल का स्पष्टीकरण कौन देगा ? समस्या गम्भीर हो गई। मैं किसी घटना, प्रसंग, हास्य या बिन्दु की तलाश करने लगा, शायद इस सोच से बरी हो जाऊँ। इधर-उधर दिमाग और सर घुमाया। मगर मैं रूमाल और अपने अनिश्चित जीवन के कशमकश में फँस गया, दूसरी बात का दिमाग में प्रवेश करना कठिन हो गया।

कहाँ जाऊँ, समझ नहीं पा रहा था। मैंने ताश खेलनेवालों पर अपने को केन्द्रित किया। उन्हें निश्चिन्त देखकर मुझे अपने पर गुस्सा आया। भय में शक्ति ज्यादा थी, क्रोध काफी हो गया।

मैं उठा और चल दिया। क्यों उठा, कहाँ चला, दरवाजा खोलने पर पता लगा, टॉयलेट में आ गया। दरवाजा बन्द करने की कोशिश की तो घबरा गया, तुरन्त बाहर निकल आया, वाशबेसिन के पास गया और बिना इस्तेमाल किए अपनी जगह पर आकर बैठ गया।

मैं उस विश्वास के बारे में सोचने लगा जो मेरे व्यक्तित्व का एक अंग था। सिद्धान्त की धज्जियाँ उड़ते देखा, सोचा वहाँ क्या होगा, जहाँ दूसरे की जिन्दगी के साथ मेरा विश्वास जुड़ा है। मेरे प्रति एक आस्था है।

आधा सेकेंड भी रूमाल रखना मुझे रिस्की लगा। रूमाल खूबसूरत और सोबर था, आकर्षक होने के साथ सवालिया भी।

इस घुटन से मेरी परेशानी बढ़ती जा रही थी। कोई ऐसा वाकया नजर नहीं आ रहा था, जिस पर मैं विचार कर सकूँ।

मेरे ठीक सामने एक व्यक्ति बैठे थे, जो ताश खेलनेवालों की टीम में शामिल थे।

उन्होंने धीरे से कहा, "आपको मैंने हजरतगंज में देखा है।"

मेरे सोचने की रफ्तार में उनके हस्तक्षेप से थोड़ी राहत मिली।

मैंने कहा, "इस देश में हम और आप दोनों ही हैं, सम्भव है, आपने देखा हो। वैसे मैं इलाहाबाद का रहनेवाला हूँ।"

"मैं भी वहीं का हूँ।"

मैंने कहा, "महज यह इत्तफाक है कि आपने लखनऊ में देखा और मुलाकात गाड़ी में हुई।"

जब मेरा प्रोफेशन पूछा और मैंने बताया तो उन्होंने ऐसे अन्दाज में 'अच्छा' कहा, जैसे ट्यूब से हवा निकल गई हो। फिर आँखें बन्द कर लीं।

अब मेरी परेशानी का यह आलम था कि मुझे कुछ अच्छा नहीं लग रहा था। इस चक्रव्यूह से मैं निकलना चाहता था।

इतनी देर में अगला स्टेशन आया। सोचा, थोड़ा बाहर चलें। मैं अपने ही कम्पार्टमेंट के सामने एक मिनट टहला, फिर अन्दर आकर बैठ गया। चाय पीने की भी इच्छा नहीं हुई।

मैंने रूमाल को फेंकने का निश्चय किया और मन-ही-मन फेंकने उठ चला। शरीर अभी उठानेवाला ही था, तब तक दो व्यक्तियों को प्रवेश करते देखा। वे सन्दूक से लैस और अपनी नुकीली मूँछों से अपने पुरुषार्थ का इजहार कर रहे थे। दोनों जगह की तलाश करने लगे, फिर तुरन्त जाकर एक तीसरे व्यक्ति को ले आए। उन्हें एक साइड में बैठा दिया। व्यक्ति लम्बे, चौड़े, गोरे, खद्दर का कुरता-पैजामा पहने, उनके आका मालूम पड़े। उनकी मूँछ नहीं थीं, मगर उसकी वाणी उन दोनों की मूँछों की ही तरह तीखी थी।

गाड़ी ने स्टेशन छोड़ दिया। मुझे लगा, मैं इनके बारे में कुछ सोच सकता हूँ, फिलहाल मेरा रूमाल फेंकना स्थगित हो गया।

जगह पर्याप्त न होने से उन दोनों के आका ने अप्रत्यक्ष रूप से अनर्गल बातें करनी शुरू कर दीं, उसने कभी रेलवे विभाग को, तो कभी जनता को गरियाया, शायद उन दोनों को भी अपने साथ बैठाना चाहता था।

मैंने अनुमान लगाया, इस व्यक्ति की जगह अगर कोई भेड़िया हो और वह मनुष्य की भाषा में बात करता हो तो ठीक ऐसी ही बात करता।

तीनों अपने को राक्षस प्रमाणित करने में लगे थे।

अभी मैं उनके बारे में कुछ सोचता, तब तक गाड़ी एक छोटे स्टेशन पर खड़ी हुई और तीनों उतर गए। ऐसा महसूस हुआ, जैसे कोई अधूरा नाटक देखा हो।

गाड़ी आगे बढ़ने लगी, मेरा दिमाग थोड़ा उन तीनों के सन्दर्भ में फँसा रहा। थोड़ी देर बाद फिर भय का एहसास हुआ।

घड़ी देखी, ढाई घंटे गुजर गए। लगा, रूमाल के साथ इतने घंटे घसीटता चला आया।

इच्छा हुई, बगल के किसी व्यक्ति को मैं यह सब बता दूँ मगर मुझे पागल समझे जाने का भी डर था।

मैं रूमाल को अपनी जेब से निकालकर देखने लगा। वह छोटा मगर भव्य था। उसे देखने के बाद सुरक्षित रखने की इच्छा हुई। अकारण ही किसी खूबसूरत चीज को फेंकना मुझे अच्छा भी नहीं लग रहा था लेकिन उत्पन्न हुए सवाल से मैं परेशान था।

बोगी में ही एक सिरे से दूसरे सिरे तक गया, भय पूरे तरीके से व्याप्त था।

मैंने सोचा, अगर मालिक है, तो मुझे देखकर अवश्य मुस्कुरा रहा होगा।

प्रसन्न होगा और प्रसन्नता में वह इस तरह की बातों को अंजाम नहीं देगा, लेकिन क्या ठिकाना, प्रसन्नता में वह कैसा व्यवहार करता है, इसका ज्ञान भी तो नहीं था।

इस सोच पर हलका-सा सुकून मिला, जो स्थायी नहीं रहा। गाड़ी की रफ्तार धीमी हुई, शायद कोई छोटा स्टेशन था। मैंने एक बारात देखी। गाड़ी रुकी नहीं, मैं अपनी शादी के बारे में सोचने लगा। सारे कमिटमेंट और बीते हुए समय पर गौर करने लगा। शादी कैसे हुई, फिर शादी के बाद मेरे प्रति विश्वास, जो सही सलामत है, पर जिसका अकारण ही कुछ समय बाद विध्वंस हो जाएगा।

लेकिन ऐसा नहीं होना चाहिए। क्या छोटी-सी बात विश्वास जैसी ताकत को समाप्त कर देगी और दिमाग में छोटी-सी बात बैठ गई तो वह जिन्दगी-भर का दर्द होगा। मैं इन्हीं द्वन्द्वों में पड़ा रहा और अपने शहर पहुँच गया।

बाहर निकलकर मैंने रिक्शा किया।

रूमाल मेरी जेब में कैसे आया, इस पर विचार करने लगा। कहाँ-कहाँ गया, कौन-सी स्थिति और स्थान था।

जब मैं शिक्षा निदेशालय की सीढ़ियाँ चढ़ने लगा तो जेब से रूमाल निकाला। चेहरे के करीब लाते ही मेरी नजर उस पर पड़ी, मैं स्तब्ध रह गया और उसे इस्तेमाल करने से अपने को रोक लिया। समयाभाव में इसके लिए लोगों से सम्पर्क करना सम्भव नहीं था, दोबारा आना ही था, इसे मैंने पीछे की जेब में रख लिया।

अब मैं समझने लगा कि रूमाल मेरे पास कैसे आया होगा।

घर पहुँच गया, सभी मेरा इन्तजार कर रहे थे। अटैची रखते ही सारा प्रसंग मैंने सुनाया। पत्नी ने बहुत गौर से सुना। उसकी आँखों में चमक और चेहरे पर मेरे प्रति एक ऐसा विश्वास दिखा, जिसे किसी संज्ञा की परिधि में रखना सम्भव नहीं है।

# कई दृष्टियों से प्रासंगिक कहानी

*'कादम्बिनी' में 'कथा-प्रतिमान' स्तम्भ में इस समय छप रही उत्कृष्ट कहानियों की शृंखला में मैंने यशपाल की कहानी 'घोड़ी की हाय' को चुना है : एक तो यशपाल के जन्म शताब्दी वर्ष में उनके साहित्य के प्रति पुनर्जाग्रत रुचि के कारण और दूसरे इसलिए कि भले ही आलोचकों ने उनके कहानी-लेखन के चरम उत्कर्ष के रूप में इस कहानी का उल्लेख न किया हो, मेरे लिए यह कई दृष्टियों से उल्लेखनीय है और उनकी जो कहानियाँ मुझे सबसे ज्यादा आकर्षित करती हैं, उनमें से यह एक है।*

*1946 में प्रकाशित 'भस्मावृत्त चिंगारी' में संगृहीत 'घोड़ी की हाय' स्वतन्त्रता प्राप्ति के पहले की कहानी है। इसमें प्रस्तुत नौकरशाही और पूरा वातावरण जो ब्रिटिश काल का है, जब आई.सी.एस. अधिकारी जिला और सत्र जज भी हुआ करते थे। इस कहानी के जज साहब लोगों से बराबर दूर रहकर अपनी न्यायनिष्ठा को पवित्र और सुरक्षित बनाए हुए हैं पर उनकी पत्नी समकक्ष अफसरों की पत्नियों और 'सोसायटी लेडीज' की प्रतिस्पर्धा में समाज सेवा के किसी मंच की तलाश में हैं। अन्ततः वे 'पशु निर्दयता निवारक समिति' (प्रिवेंशन ऑफ क्रुएल्टी टु एनिमल्स) का काम सँभाल लेती हैं। उनके इस अवतार में जहाँ पुलिस और पूरा प्रशासन उनकी योजनाओं को चुस्ती से लागू करने लगता है, वहीं दूसरी ओर ऐसे वकील भी जो जज के बँगले तक पहुँचने को लालायित थे, पशु-प्रेमी बनकर वहाँ प्रकट होने लगते हैं। अन्त में पूरा प्रसंग, अपनी सारी विडम्बनाओं के साथ, इक्के से जुती एक मरियल घोड़ी और भुखमरी के कगार पर खड़े इक्केवाले के बीच अस्तित्व-रक्षा का एक संघर्ष बन जाता है। स्पष्ट है, जीत पशु की होती है, मानव-जीवन गौण हो जाता है।*

*यशपाल ने लगभग ढाई सौ कहानियाँ लिखी हैं और लगभग वे सभी रूढ़ियों, विडम्बनाओं, विचारहीन जीवन-पद्धतियों, राजनीतिक पाखंडों और छद्मों आदि पर गहरी चोट करती हैं। कला और साहित्य का उद्देश्य सभी अवस्थाओं में मनुष्य की नैतिकता और कर्तव्य की प्रवृत्तियों की चिंगारियों को भावना की फूँक मारकर सुलगाना ही रहता है (देखिए— 'भस्मावृत्त चिंगारी' की भूमिका)। इस धारणा के अन्तर्गत वे कहानी को*

*किसी विचार के प्रस्तुतीकरण के निमित्त दृष्टान्त के रूप में परिकल्पित करते हैं। यहाँ भी व्यंग्य के झीने आवरण में उन्होंने पशु रक्षा-जैसे उदात्त लक्ष्य में अतिचार के कारण पैदा हुई मानवीय त्रासदी को एक कहानी द्वारा व्यक्त किया है।*

*कहानी का शिल्प विशेष रूप से उल्लेखनीय है। लेखकीय संयम का यह उत्कृष्ट उदाहरण है। शकूर इक्केवाले की त्रासदी को सहज वृत्तान्त का रूप देते हुए वह अपने को पूर्णतः परोक्ष में रखता है। प्रतिक्रिया के रूप में वह अपना एक शब्द भी खर्च नहीं करता। यह अल्पभाषिता या शब्दहीनता ही लेखकीय सहानुभूति को इतना मुखर बनाती है और कहानी के अन्त में मिसेज रंधीरा और मि. खरे का (उनकी दृष्टि में) सहज संवाद हमारी चेतना पर अचानक वज्र-जैसा गिरता है।*

*प्रसंगतः आज भी जब पशुओं के प्रति अगाध करुणा से प्रेरित होकर कुछ व्यक्तित्व—राजनीतिक और अराजनीतिक—कभी-कभी कुछ ज्यादा ही आन्दोलित हो उठते हैं, तब क्या आपको ऐसी कहानी की कुछ विशेष प्रासंगिकता नहीं दीखती ?*

दिसम्बर, 2003 **—श्रीलाल शुक्ल**

# घोड़ी की हाय

❒ *यशपाल*

जिले में नए सेशन जज के आने से शहर के वकीलों में उत्सुकता और आशंका मिली सनसनी-सी फैल रही थी। वकालत के पेशे में सफलता के लिए कानून का गहरा ज्ञान तो आवश्यक है ही परन्तु उस ज्ञान का उचित उपयोग कर सकने के लिए जज के स्वभाव और प्रकृति, उससे परिचय भी कम आवश्यक नहीं। यदि मुवक्किलों के मन में भ्रम बैठ जाए कि जज साहब अमुक वकील को पसन्द नहीं करते तो बार एसोसिएशन की पूरी लायब्रेरी रट लेने पर भी वकील साहब की वकालत चमक नहीं सकती इसलिए के.एस. रंधीरा, आई.सी.एस. के शहर में आने पर वकील लोग अनेक उपायों से उनके पिछले इतिहास, स्वभाव और प्रकृति के परिचय की खोज में थे।

रंधीरा साहब अपने मौन और एकान्तप्रियता के कारण किसी अत्यन्त महत्त्वपूर्ण परन्तु दुर्बोध शिलालेख की भाँति निश्छल और जटिल बने हुए थे। वकील लोगों ने सौजन्य के आवेश में जज के अर्दलियों को पान खिलाए, अपने हाथों से सिगरेट पेश किए परन्तु कुछ जान नहीं पाए। अदालत के समय के पश्चात भी रंधीरा साहब अपने स्टैनो को रोके बैठे रहते। बँगले पर लौटते समय फैसले लिखने के लिए फाइलें साथ ले जाते। सिगार पीते हुए आते। कोर्ट के दरवाजे पर सिगार मुख से हट जाता। नाश्ते की छुट्टी के समय फिर सिगार जलता और फिर अदालत समाप्त होने पर वही सिगार और कुछ नहीं। न क्लब, न कहीं सोसायटी में आना-जाना। उन्हें कोई कुछ जान पाता तो कैसे ? और परिचय करने का यत्न करता तो कहाँ ?

मिसेज रंधीरा इतनी आत्मतुष्ट और एकान्तप्रिय न थीं। कॉलेज में पाई शिक्षा के उपयोग के लिए उन्हें गृहस्थ की सीमा के भीतर पर्याप्त अवसर भी न था। एक सामाजिक प्राणी की हैसियत से समाज में अपने स्थान और समाज के प्रति कर्तव्य दोनों का ही उन्हें खयाल था। गृहस्थ के कर्तव्य के प्रति भी उपेक्षा न थी।

दो बच्चे थे पाली और रंजू, वे आया के सुपुर्द थे। रसोई खानसामा के हाथ में और सफाई बैरा के। यह लोग गृहस्थ की देख-रेख करते थे और मिसेज रंधीरा इन लोगों के काम की।

अक्तूबर के आरम्भ में ही रंधीरा साहब ने चार्ज लिया था। कुछ दिन बाद ही शहर में जच्चा-बच्चा की हिफाजत करनेवाली कमेटी (मेटर्निटी वेलफेयर) की ओर से बच्चों का एक मेला या प्रदर्शनी हुई। जनवरी में कुत्तों की प्रदर्शनी हुई, मार्च में फूलों की। मिसेज रंधीरा ने समाज हित के इन सभी कामों में सहयोग दिया परन्तु इन कामों के कर्त्ता-धर्त्ता और प्रबन्धक पहले से मौजूद थे। 'जच्चा-बच्चा की हिफाजत कमेटी' की प्रधान डिप्टी कमिश्नर साहब की मेमसाहब थीं। कुत्तों की प्रदर्शनी का काम कई वर्ष से असिस्टेंट चीफ सेक्रेटरी की मेमसाहब के हाथ में था और फूलों की प्रदर्शनी लेडी वाजपेयी करवा रही थीं। परदा बाजार भी वर्ष में दो बार लगता था और उसकी कमेटी की प्रधान लेडी करामतुल्ला थीं।

जहाँ चाह वहाँ राह या लगन होने पर अवसर भी आ ही जाता है। मिसेज रंधीरा ने भी अपने सेवा-भाव के लिए मार्ग ढूँढ़ निकाला। उन्होंने एस.पी.सी.ए. (सोसायटी फॉर दी प्रिवेंशन ऑफ क्रुएल्टी टु एनीमल्स, पशु निर्दयता निवारक समिति) का काम सँभाल लिया। काम जितना कठिन था उतना ही उसका क्षेत्र भी विस्तृत था और इस कर्तव्य को पूरा कर सकने के लिए अधिकार और सरकार की सहायता की भी आवश्यकता थी।

मिसेज रंधीरा ने डिप्टी कमिश्नर से मिलकर करुण शब्दों में ऐसे महत्त्वपूर्ण काम के प्रति सरकार की सहायता के लिए प्रार्थना की। पुलिस के डिप्टी सुपरिंटेंडेंट उनके बँगले पर उनसे मिलने आए। सप्ताह नहीं बीता था कि शहर के चौराहों पर सफेद कपड़ों पर लाल अक्षरों में एस.पी.सी.ए. का पट्टा बाँधे पुलिस के सिपाही दिखाई देने लगे। जिला अदालत के वकीलों को इस शुभ कार्य के प्रति प्रेरणा और उत्साह हुआ। संध्या समय फुरसत होने पर अनेक वकील भी काली अचकन या कोट की आस्तीन पर एस.पी.सी.ए. का पट्टा बाँधे, पुलिस कांस्टेबल को साथ लिए चौराहों और सड़कों पर इक्के, ताँगे के घोड़ों और टट्टुओं की दयनीय अवस्था के प्रति परेशान दिखाई देने लगे। ताँगे, इक्के, ठेले और बैलगाड़ियाँ रोक ली जातीं। जानवरों के साज और ताँगे खुलवाकर जानवरों की पीठ और सीने की जाँच की जाती कि कहीं घाव तो नहीं हैं ? जानवर बहुत बूढ़े तो नहीं हैं ? ये भूखे तो नहीं रखे जाते ? कई ठेले, इक्के, ताँगेवालों और खच्चर-गधों पर लदाई करनेवालों का चालान पशुओं के प्रति निर्दयता के अपराध में होने लगा। जो बेचारे बेजुबान हैं, उनके प्रति मनुष्य ही दया नहीं करेगा तो

वे स्वयं तो कुछ कह नहीं सकते। मिसेज रंधीरा के प्रयत्न से डिप्टी कमिश्नर साहब का हुकुम हो गया कि मई-जून के महीनों में दिन के ग्यारह बजे से चार बजे तक भैंसों को ठेलों में नहीं जोता जा सकता। भगवान की मूक सृष्टि के प्रति दया का यह कठिन काम कन्धों पर ले मिसेज रंधीरा को परिश्रम भी कम न करना पड़ता। दोपहर की चटकती धूप में वे काली ऐनक लगा मोटर में निकलतीं और चौराहों पर देख आतीं कि सिपाही लोग पशुओं के प्रति अन्याय रोकने के लिए धूप में सावधान खड़े हैं या नहीं ? सिपाही भी उनकी गाड़ी और उन्हें पहचान गए थे। उन्हें देखते ही एड़ी ठोंक 'सलूट' करते।

शहर में ऐसे जालिम इक्केवाले भी थे, जो बकरी के कद के टट्टू के पीछे किसी तरह दो पहिए बाँध उस पर एक पटड़ा जमा, शरीफ आदमियों को परेशान कर, अपने बाल-बच्चों का पेट भरने के लिए ही इक्का चलाते थे। उन्हें सवारी के समय और आराम का कुछ भी विचार न था। ऐसे समय में जब चना रुपए का अढ़ाई सेर भी न मिले, यह लोग घोड़े को दाने और निहारी की जगह चवन्नी की गोली खिलाकर अफीम की पिनक में हरदम सड़क पर चलता बनाए रखते हैं। उनके लिए घोड़े जानवर नहीं, केवल इकन्नियाँ-दुअन्नियाँ खींचने की मशीन थे।

मिसेज रंधीरा की पशुओं के प्रति करुणा से ऐसे बीसियों पीड़ित घोड़े हैवानों के अस्पताल में खड़े हरी-हरी घास खाने लगे और इस घास का खर्चा जुर्माने के रूप में उन पापी इक्केवालों को महाजन से कर्ज लेकर जुटाना पड़ता। स्वयं भूखे रहकर और अपने बाल-बच्चों को भूखा देखकर इन दुष्ट इक्केवालों को भगवान की न्याय की शक्ति को स्वीकार करना पड़ता।

एडवोकेट पी.एन. खरे की वकालत पिछले सेशन जज साहब के अमल में अच्छी जम गई थी। उन जज साहब का तबादला हो गया। मि. खरे अपने पाँव जमाए रखने के लिए चिन्तित थे। साथी वकीलों की भाँति उन्हें भी रंधीरा साहब के स्वभाव, प्रकृति के परिचय की खोज थी।

मि. खरे की साली उमा ने उसी वर्ष काशी विश्वविद्यालय से एम.ए. की परीक्षा पास की थी। हवा बदली के लिए वह कुछ समय के लिए बहिन के यहाँ आई हुई थी। समाज में स्त्रियों की स्थिति और अधिकार के प्रश्न पर जीजा-साली में प्रायः बहस, नोकझोंक और मजाक चलता रहता। मि. खरे की दलील थी, स्त्री और पुरुष का सम्बन्ध खेत और किसान का है। एक के बिना दूसरे का निर्वाह नहीं परन्तु स्थान दोनों का भिन्न-भिन्न है। उमा ऐसी बात से चिढ़ जाती। उसका विश्वास था—स्त्री के लिए गृहस्थ की चारदीवारी के बाहर भी बहुत कुछ करने को है। प्रमाण के लिए उन्होंने मिसेज रंधीरा का नाम लिया।

उमा के मुख से मिसेज रंधीरा का नाम सुन मि. खरे के मस्तिष्क में बिजली कौंध गई—जैसे अदालत में बहस के समय अपने हारते हुए मुकदमे के समर्थन में कानून का कोई बहुत प्रबल दाँव सूझ जाए। क्षणभर गम्भीर रह, मजाक की बहस भूल उन्होंने कहा, "हाँ, तो मिसेज रंधीरा से मिलती क्यों नहीं ? उनके साथ मिलकर काम करो न ?...हम चलकर उनसे तुम्हारा परिचय करा देंगे ?" सेशन जज साहब के समीप पहुँचने का इतना सरल उपाय खोज पाने से मि. खरे अपनी साली को मोटर में ले, मिसेज रंधीरा से परिचय कराने के लिए सेशन जज साहब के बँगले पर पहुँचे। बँगले में घुसते ही विचित्र दृश्य दिखाई दिया।

जून महीने का सूर्य मध्याकाश से गिर क्षितिज के वृक्षों की चोटियों में उलझ निस्तेज होने लगा था। बँगले के पश्चिम की ओर अभी धूप थी परन्तु पूर्व की ओर के 'लॉन' में छाया हो गई थी। उस छाया में मिसेज रंधीरा एक नौकर और एक पुलिस कांस्टेबल की सहायता से एक मरियल टट्टू की सेवा में व्यस्त थीं।

कुछ दूरी पर रंधीरा साहब दाँतों में सिगार दबाए इस दृश्य को ध्यान से देख रहे थे। उनके समीप एक सब-इंस्पेक्टर निहायत अदब से खड़े थे। मि. खरे भी ड्योढ़ी के एक ओर अपनी गाड़ी खड़ी कर उमा को ले वहीं एक ओर जा खड़े हुए। मिसेज रंधीरा ने अपनी इस विचित्र व्यस्तता के लिए सौजन्यता से मुस्कुराकर क्षमा चाही और फिर उसी काम में लगी रहीं।

दो बालटियों में 'पोटेशियम परमेंगनेट' घुला बैंगनी रंग का जल भरा था। नौकर मिसेज रंधीरा की हिदायत के अनुसार लोटे भर-भरकर वह दवाई मिला जल टट्टू की छिली और सड़ी हुई पीठ पर छोड़ रहा था। जल की धारा गिरने से उस घाव से पीप-खून धुलकर बह रही थी। उस पीड़ा से टट्टू नीचे फैल गए जल में अपने खुर पटकने लगता। छींटों से घबराकर मिसेज रंधीरा फुर्ती से पीछे हट जातीं और फिर करुणा से विवश हो, एक हाथ से साड़ी सँभालती, टट्टू की चिकित्सा के लिए आगे बढ़ नाक पर रूमाल रख घाव को ध्यान से देखने लगतीं। गरमी में और इस कठिन परिश्रम से आनेवाले पसीने के उपाय के लिए एक ओर स्टूल पर बिजली का पंखा चल रहा था परन्तु मिसेज रंधीरा के माथे पर पसीने की बूँदें छलक आई थीं। घाव धुल जाने के बाद उन्होंने साहब से राय ली, 'मर्क्रोक्रोम लोशन' है, वही लगा दें ?' साहब ने केवल सिर हिलाकर अनुमति दे दी।

समझा देने से नौकर भीतर जा सुर्ख दवाई की एक शीशी और मलमल का एक टुकड़ा ले आया। मिसेज रंधीरा ने मलमल का टुकड़ा 'मर्क्रोक्रोम' में भिगो, जानवर की उद्दंडता की चिन्ता न कर स्वयं उसकी पीठ पर फैला दिया।

इसके बाद उन्होंने सब उपस्थित सज्जनों को अंग्रेजी में सुनाया, ''लू और धूप में इस जरा-से जानवर को इक्के में जोत उसमें तीन भारी-भारी आदमी असबाब सहित बैठे थे और इक्कावाला इसे निर्दयता से पीट रहा था। देखिए तो बेचारा कितना इनोसेंट (मासूम) है...पुअरथिंग (गरीब बेचारा)'' उनके स्वर और चेहरे की रेखाओं में पिघलाहट-सी आई, ''देखिए, बेचारे मूक पशुओं के साथ कितनी क्रूरता और अन्याय होता है ? हम चाहते हैं, ईश्वर हम पर दया करे परन्तु ईश्वर हम पर दया कैसे करे, जब हम पशुओं के प्रति इतने क्रूर हैं।''

साहब ने संक्षेप में अनुमोदन किया। मि. खरे ने मिसेज रंधीरा की बात का और अधिक समर्थन कर करुणा से विगलित स्वर में कहा, ''गरीब मूक पशु अपने प्रति अन्याय के विरोध में आवाज भी तो नहीं उठा सकते ? और यह पशु ही मनुष्यों का पालन करते हैं। इन गरीबों के प्रति क्रूरता करके मनुष्य अपने आपको इन पशुओं से भी नीचे गिरा देता है। ऐसे मनुष्य को तो ऐसा दंड मिलना चाहिए कि दूसरों को भी नसीहत हो।''

प्रश्न हुआ कि इस टट्टू का अब क्या हो ? आखिर उसे पुलिस कांस्टेबल के साथ हैवानों के अस्पताल भिजवा दिया गया।

इतनी देर तक दूसरे काम में व्यस्त रहने के लिए मिसेज रंधीरा ने मि. खरे और उमा से फिर क्षमा माँगी और हाथों में गुलाबी रंग की दवाई के दाग लगे ही वह उनसे बातचीत करने के लिए बरामदे में पड़ी कुर्सियों पर आ बैठीं।

मि. खरे ने उमा का परिचय दिया, ''इन्होंने इसी वर्ष बनारस यूनिवर्सिटी से एम.ए. की परीक्षा पास की है। इनका विचार अपना कुछ समय सामाजिक सेवा के लिए देने का है इसलिए मैंने उचित समझा कि यह आपके परामर्श के अनुसार चलें। शहरभर में आपके काम को कौन नहीं जानता ? आपका अनुभव, योग्यता और शिक्षा स्त्रियों में तो एक प्रकार से आदर्श ही समझिए।''

''ओह, नाट एट आल।'' संकोच से मिसेज रंधीरा ने कोमल विरोध किया, ''नहीं-नहीं, ऐसी क्या बात है ? मैं तो जी यह समझती हूँ कि स्त्रियाँ जरा हिम्मत करें तो बहुत कुछ कर सकती हैं।...समाज की व्यवस्था ही एकदम बदल जाए।'' अनुमोदन के लिए उन्होंने उमा और खरे की ओर देखा।

उमा संकोच के कारण चुप रही परन्तु मि. खरे ने उत्साह से समर्थन किया, ''इसमें क्या सन्देह। स्त्रियाँ ही तो हमारे समाज के पहिए की धुरी हैं।''

''हाँ तो इट इज एस्प्लेंडिड आइडिया।'' (आपका विचार बहुत अच्छा है) मिसेज रंधीरा ने उमा से कहा, ''आप जरूर काम कीजिए। मैं सब तरह से आपकी सहायता करने के लिए तैयार हूँ।...अब यह काम देखिए न, पशुओं के प्रति

निर्दयता निवारण का। पुरुष इसे कभी उतनी अच्छी तरह नहीं कर सकते।" हाथ की अँगुलियों के संकेत और मुख पर करुणा के भाव से वे बोलीं, "स्त्रियों का दिल अधिक कोमल होता है न ?" उन्होंने मि. खरे की ओर देखा।

"निस्सन्देह, निस्सन्देह।" खरे ने समर्थन किया।

सेशन जज साहब के यहाँ से लौटने पर उमा विशेष प्रसन्न थी। पुरुषों के मुकाबले में स्त्रियों की समानता ही नहीं बल्कि श्रेष्ठता मिसेज रंधीरा के फैसले से प्रमाणित हो चुकी थी। वह चाहती थी जीजाजी अब बहस करें तो खबर लूँ परन्तु मि. खरे को बहस के लिए अवसर न था। लौटकर कपड़े बदलने से पहले ही अपने मकान के सामने ठेकेदार सरदार बलवीर सिंह के यहाँ जाकर उन्होंने सेशन जज साहब के यहाँ जाने और वहाँ देखी घटना का पूरा विवरण सुनाया और फिर रंधीरा साहब और मिसेज रंधीरा से जो बहुत देर तक उनकी बहस होती रही, उसका भी सब हाल सुनाया। सरदार साहब के यहाँ से उठे तो अपने मकान की बगल में 'सेक्रेटेरियेट' के बड़े बाबू मि. ए. हुसैन को भी यह वृत्तान्त सुना आए।

कुछ समय में आसपास समाचार फैल गया। कई लोग पूछने आए कि सेशन जज के यहाँ कैसे गए थे, क्या-क्या बात हुई ? मि. खरे बार-बार यह वृत्तान्त और अधिक ब्यौरे से सुना रहे थे। बातें समाप्त होने में ही न आती थीं। भीतर भोजन ठंडा होने की चिन्ता में उमा की जीजी कुछ कुढ़ रही थी और उमा दिल-ही-दिल में घुट रही थी कि आज जीजाजी बहस करें तो बताऊँ।

भीतर से बार-बार सन्देश आने पर मि. खरे भोजन के लिए उठने को हुए तो सरदार साहब एक और पड़ोसी के साथ आ पहुँचे, "मि. खरे, कुछ सुना है ?... अरे पड़ोस में कत्ल हो गया।"

सरदार साहब को कुर्सी देना भूल मि. खरे की आँखें फैली रह गईं, "कहाँ ?"

"यहीं, यह जो पीछे हमारा अहाता है, उसके साथ ही। किसी इक्केवाले ने अपनी बीवी का सिर फोड़ दिया। पुलिस उसे गिरफ्तार करके ले गई है।" सरदार साहब स्वयं ही कुर्सी खींच बैठ गए। ए. हुसैन ने पूछा, "कैसे हुआ ? क्या औरत बदचलन थी या कुछ और मामला था ?

सरदार साहब ने बताया, "नहीं, शायद वही इक्केवाला था, जिसकी घोड़ी सेशन साहब की मेम साहब सड़क से खुलवा ले गईं। पुलिसवाले उसे चालान के लिए चौकी ले गए। जो कुछ वह दिनभर में कमा पाया था, सो पुलिसवालों ने झाड़ लिया। जो पूजा हुई हो सो अलग। पुलिस चौकी का तो नियम ठहरा कि प्रसाद पाए बिना कोई जा न पाए। पाँच-दस जूते तो लग ही जाते हैं। बेचारा घोड़ी की जगह इक्के को तीन मील धूप-लू में खींचता घर पहुँचा तो बीवी सिर पर सवार

हो गई। सुनते हैं उससे लड़ने लगी कि तू घोड़ी कहीं बेच आया है। उसने पीने को पानी माँगा तो बोली, 'पानी देती है मेरी जूती।...ताव में आ गए मियाँ। नजदीक ईंट पड़ी थी, उठाकर चुड़ैल का सिर कूटने लगे और वह मुँह बाए रह गई। तब मियाँ भी सिर थामकर बैठ गए। पुलिस आई और हथकड़ी डालकर ले गई।...मियाँ की बुढ़िया माँ है। मियाँ तो अब क्या बचेंगे। हाँ बुढ़िया की हाँडी-परात बिक जाएगी। एक कच्चा मकान है उसका।"

आर.डी. मिश्रा भी मि. खरे के पड़ोस में ही जूनियर वकील हैं, बोले, "दफा 302 तो क्या 304 ही लगेगी।"

"यह तो गवाही और पुलिस पर निर्भर करता है।" विचार में डूबे दीवार की ओर देखते हुए खरे बोले, "बीवी से कोई शिकायत चली आती हो ?... 304, 377, 302 कोई भी दफा लग सकती है।"

मिश्रा ने फिर कहा, "कल्पेब्ल होमी साइड (दंडनीय नर हत्या) तो है ही।"

खरे फिर उसी मुद्रा में बोले, "है भी, नहीं भी हो सकती है। प्रोवोकेशन के सर्कमस्टांसिस (उत्तेजना की परिस्थिति) प्रमाणित हो जाने पर साफ छूट जाए।"

"हाँ" सरदार साहब ने कहा, "जज पर है भाई। जैसा समझ में आ जाए। केस तो सेशन में रंधीरा साहब के यहाँ ही जाएगा।"

"सो तो है।" सिर हिलाकर मि. खरे ने अनुमोदन किया।

शकूर और उसकी घोड़ी के मामले में अदालत का और भगवान का न्याय एक-दूसरे का अनुमोदन कर एक साथ चला। शकूर की घोड़ी हैवानों के अस्पताल में हरी घास खाती हुई इलाज कराती रही और शकूर हवालात में सड़ता रहा। इलाज होने के बाद घोड़ी की खुराक का खर्चा देने का सामर्थ्य शकूर की माँ में न था। घोड़ी को सरकार ने पन्द्रह रुपए में नीलाम कर दिया। मैजिस्ट्रेट ने कच्ची पेशी में पुलिस की गवाही के आधार पर दफा 304 लगाकर शकूर का मामला सेशन जज की अदालत के सुपुर्द कर दिया।

शकूर की बुढ़िया माँ ने आकर मि. खरे के पाँव पकड़ लिए, "हुजूर वकील साहब, मेरे बुढ़ापे की लाठी, मेरे लड़के को बचाइए। उम्रभर हुजूर की जूतियाँ उठाऊँगी।"

जैसे दुकानदार के लिए लक्ष्मी का आशीर्वाद ग्राहक की प्रसन्नता से प्राप्त होता है, वैसे ही वकील के लिए लक्ष्मी का निवास मुवक्किल की कृपा में है परन्तु जिस ग्राहक या मुवक्किल से लक्ष्मी स्वयं रूठी हों, उसकी सेवा दुकानदार या वकील क्या करे ? और फिर जिस मामले में स्वयं न्यायकर्त्ता की पत्नी की अप्रसन्नता का भय हो। कोई अच्छा समझदार वकील यह मामला हाथ में लेने

को तैयार न हो रहा था परन्तु जब शकूर की बुढ़िया माँ नसीरन ने अपना कच्चा मकान मय आधा बीघा जमीन 600 रुपए में मि. खरे की माता के हाथ बेचकर उनकी फीस पेशगी दे दी तो न्याय की रक्षा अपना कर्तव्य समझ मि. खरे भय का सामना करने के लिए अदालत के अखाड़े में खड़े हो गए।

चार महीने बाद शकूर का मामला सेशन जज रंधीरा साहब की अदालत में पेश हुआ। हत्या की घटना को संदिग्ध प्रमाणित करने की चेष्टा मि. खरे ने नहीं की। शकूर की माँ का आँखों-देखा बयान, उसके अँगूठे के निशान सहित पुलिस की गवाही में मौजूद था। सफाई की दलील का आधार अभियुक्त की प्रबल मानसिक उत्तेजना और क्षणिक पागलपन के अतिरिक्त और कुछ न हो सकता था। सेशन जज साहब के मन से शकूर के निर्दय और क्रूर होने की धारणा को दूर करना ही सबसे आवश्यक था। अदालत के सामने मि. खरे ने सफाई आरम्भ की–"माननीय अदालत इस समय अभियुक्त की पत्नी की हत्या की घटना पर विचार करने के लिए प्रस्तुत है। किसी अन्य घटना का उल्लेख करना इस समय अप्रासंगिक समझा जा सकता है परन्तु जीवन की घटनाएँ अदृश्य सूत्रों से गुँथी रहती हैं। एक घटना दूसरी घटना के लिए परिस्थिति बन जाती है। अभियुक्त की पत्नी की हत्या भी एक दूसरी घटना की परिस्थिति में हुई..." मि. खरे ने अदालत के सम्मुख जून मास की एक प्रचंड दोपहर का चित्र खींचा, "हालत से मजबूर अभियुक्त अपनी मृतक पत्नी के दो बच्चों और अपनी बूढ़ी माँ का पेट दो मुट्‌ठी अन्न से भरने के लिए उस लू और धूप में निकला था। अपनी बूढ़ी और जख्मी घोड़ों का पेट भरने का प्रश्न भी उसके सम्मुख था। अपनी घोड़ी का पेट भी वह घोड़ी के सहयोग से मेहनत किए बिना न भर सकता था। बूढ़ी और जख्मी घोड़ी को इक्के में जोतना क्रूरता और अपराध है इसमें किसी भी सहृदय, शिक्षित व्यक्ति को सन्देह नहीं हो सकता परन्तु अभियुक्त अपने ज्ञान की सीमा और संस्कारों के आधार पर अपनी घोड़ी का उपयोग अपने परिवार और घोड़ी का पेट भरने के लिए करना क्रूरता और अपराध न समझ सकता था। अभियुक्त के लिए इस अपराध का दंड उसी प्रकार का न्याय था–जैसे कोई व्यक्ति पिछले जन्म के अपराध के कारण अन्धा या लँगड़ा पैदा होकर बेबस हो जाता है। अभियुक्त की घोड़ी उससे छिन जाती है।"

"अभियुक्त जानवर की जगह जुतकर अपना इक्का तेज लू और सख्त धूप में तीन मील खींच ले जाता है। अदालत अस्पताल के रजिस्टरों में इस बात का प्रमाण पा सकती है कि तीन जून की दोपहर को शहर की सड़कों पर दो व्यक्ति लू का शिकार हुए हैं। जिस अवस्था में अभियुक्त को अपना इक्का खींचकर तीन

मील जाना पड़ा, उस पर लू का असर हो जाने के सभी कारण मौजूद थे। डॉक्टरों का यह निर्विवाद मत है कि लू का प्रभाव मनुष्य के मस्तिष्क पर ही सबसे प्रबल होता है। अभियुक्त यदि लू के प्रहार से गिर नहीं पड़ा तो यह नहीं कहा जा सकता कि उसके दिमाग पर लू का प्रभाव बिलकुल नहीं हुआ। मस्तिष्क की ऐसी अवस्था में अभियुक्त के प्यास से तड़पते घर लौटकर जल माँगने पर उसकी स्त्री उसका अपमान करती है, उसे गाली देती है–'पानी देगी मेरी जूती।' इस बात से अनुमान किया जा सकता है कि अभियुक्त किस वातावरण में रहा है और उसके परिवार के संस्कार क्या थे। ऐसी अवस्था में अभियुक्त से जो घटना हो जाती है उसमें उसके विचार या इरादे के लिए कोई अवसर नहीं है। वह स्वयं अपने बस में नहीं है। इस घटना का दायित्व अभियुक्त के विचार और इरादे पर नहीं, परिस्थिति के संयोग पर है। यदि न्याय के क्षेत्र में उत्तेजना, आकस्मिक घटना का कुछ भी अर्थ है तो इस घटना से अधिक निर्विवाद उदाहरण उत्तेजना और परिस्थिति की विवशता का और नहीं हो सकता। अभियुक्त घटना में केवल निमित्त मात्र बन गया है। इसके साथ ही वह स्वयं ही इस घटनाचक्र का बेबस शिकार भी है। वह अपनी पत्नी को खो चुका है। दंड तो उसे परिस्थितियों ने दिया है। वह मनुष्य और समाज की व्यवस्था से दया, सहानुभूति और सहायता का अधिकारी है। दंड 304 के अनुसार यह घटना दंडनीय नरहत्या के क्षेत्र में नहीं आ सकती क्योंकि घटना के समय अभियुक्त अपने आपे में न था। हत्या उसके हाथ से हुई है अवश्य परन्तु उसने हत्या नहीं की। अभियुक्त ही नहीं, कोई भी व्यक्ति ऐसी परिस्थितियों में अपने आपे में नहीं रह सकता था।"

रंधीरा साहब ने सन्तोष और शान्ति से मि. खरे की करुणापूर्ण सफाई सुनी। एक सप्ताह बाद उन्होंने अपना लिखा हुआ फैसला दिया, 'सफाई के योग्य वकील ने दफा के अन्तर्गत दंडनीय नरहत्या के इस मामले में बहुत चतुरता से सफाई पेश की है। सफाई का आधार है कि अभियुक्त इस घटना के समय अपने आपे में नहीं था इसलिए घटना का दायित्व उस पर नहीं आता। इस आधार के लिए दो तर्क हैं : प्रथम–जून मास की प्रचंड दोपहर में अभियुक्त के दिमाग पर गरमी और लू का प्रभाव और इस कारण अभियुक्त का बदहवास हो जाना। अदालत इस सम्भावना से इनकार नहीं करती परन्तु चिकित्सा-शास्त्र के इस मन्तव्य पर, डॉक्टर की गवाही के बिना अदालत एक जघन्य अपराध के लिए बहाना स्वीकार कर लेने की जिम्मेदारी अपने सिर नहीं ले सकती। दूसरा तर्क परिस्थितियों से उत्पन्न उत्तेजना है। अदालत योग्य वकील के इस तर्क को स्वीकार करती है कि घटनाएँ अदृश्य सूत्रों से परस्पर गुँथी रहती हैं। स्वयं घटना के प्रकट रूप का महत्त्व

उतना अधिक नहीं जितना कि घटनाओं का कारण मनुष्य की प्रवृत्तियों पर है। न्याय की रक्षा के लिए इन प्रवृत्तियों का उपाय करना ही अदालत का कर्तव्य है। अभियुक्त का पशुओं के प्रति निर्दयता के अपराध से दंडित होकर उत्तेजित होना, इस बात का प्रमाण है कि वह प्रवृत्ति से क्रूर है और उस क्रूरता को उच्छृंखलता से व्यवहार में लाता है। न्याय और व्यवस्था के विरुद्ध उत्तेजित होने के अधिकार को यदि अदालत किसी भी अवस्था में स्वीकार करे तो न्याय और व्यवस्था का कोई आधार ही शेष नहीं रह जाएगा। अभियुक्त की पशुओं के प्रति निर्दयता को यदि उसके संस्कारों के आधार पर क्षमा योग्य मान लिया जाए तो मनुष्य के संस्कारों को नियन्त्रण में रखकर उन्हें सुधारने का सिद्धान्त ही समाप्त हो जाता है। क्या जरायमपेशा व्यक्ति को स्वतन्त्रतापूर्वक जुर्म करने का अधिकार इसलिए दिया जा सकता है कि उसके परिवार में ऐसा पेशा चला आया है ? अदालत घटनाओं के इस क्रम में अभियुक्त की प्रवृत्ति में क्रूरता और न्याय की व्यवस्था के प्रति तिरस्कार की भावना और संस्कार का प्रमाण पा रही है और उचित दंड द्वारा उसका संशोधन आवश्यक समझती है।''

''मृतक स्त्री के शरीर की परीक्षा करनेवाले डॉक्टर की गवाही मौजूद है कि स्त्री के सिर पर केवल एक ही चोट नहीं बल्कि निरन्तर अनेक प्रहार किए गए हैं। यह बात हत्या के लिए अभियुक्त के इरादे को निर्विवाद रूप से प्रमाणित कर देती है। अदालत के विचार से इस मामले में अभियुक्त का व्यवहार दफा 302 (फाँसी की सजा) में भी आ सकता था परन्तु मातहत अदालत ने दया दृष्टिकोण ही उचित समझकर मामला दफा 304 में हमारे सामने भेजा है। दया के उस दृष्टिकोण को विचार में रखते हुए अभियुक्त को अपनी प्रवृत्ति और संस्कारों में सुधार का अवसर देने के लिए दफा 304 के अनुसार उसे केवल पाँच वर्ष की कड़ी जेल की सजा देती है।''

मि. खरे ने शकूर के केस में पैरवी बहुत योग्यता से की थी। बार एसोसिएशन में उनकी प्रशंसा भी खूब हुई परन्तु वह योग्यता किस काम की जिससे मनुष्य अपने पाँव में कुल्हाड़ी मार ले ? मि. खरे मन-ही-मन आशंकित थे कि सफाई में शकूर में 'पशु निर्दयता निवारक समिति' के मामले का जिक्र करने से सेशन जज साहब और मिसेज रंधीरा जाने क्या समझ जाएँ।

मि. खरे उसी संध्या उमा को मिसेज रंधीरा से मिलाने के लिए ले गए। स्वयं ही उन्होंने प्रसंग चलाया, ''आज उस इक्केवाले मामले में साहब ने फैसला दे दिया। बहुत रियायत की साहब ने। 302 नहीं लगाई केवल पाँच वर्ष की ही सजा दी।''

‘‘अच्छा वह घोड़ी ?...हाँ, इक्केवाला जिसने अपनी औरत का कत्ल कर दिया था।’’ घोड़ी के प्रसंग से मिसेज रंधीरा के होंठ करुणा से सिकुड़ गए, ‘‘देखिए, ईश्वर इसी प्रकार न्याय करता है वरना बेचारे बेजुबानों का क्या है ? समझिए उस घोड़ी की हाय लग गई उस कमबख्त को।’’

‘‘बहुत ठीक कहती हैं आप।’’ मि. खरे ने भी सन्तोष से समर्थन किया, ‘‘अन्याय का दंड भगवान देते हैं, चाहे किसी रूप में दें।’’

# कहानी होकर कहानी से बहुत ज्यादा

*इस कहानी की सबसे बड़ी खूबी यही है कि इसका पारायण करते समय शुरू से आखिर तक ऐसा महसूस होता है कि रचनाकार इसे लिख नहीं रहा है बल्कि पाठक स्वयं इसके घटनाक्रम और संवादों को अस्पताल और चर्च में देख-सुन रहा है। लेखक की उपस्थिति कहीं भी दर्ज नहीं होती। वह पाठक और कहानी के बीच सर्वथा अदृश्य है। लेखक का अपना मत, अपना दृष्टिकोण, अपनी धारणाएँ और अपना पूर्वाग्रह कहानी में कहीं भी परिलक्षित नहीं होता। न उसे प्राकृतिक वर्णन का मोह है, न पात्रों के मनोविश्लेषण की चाह, न कहीं सन्देश की ललक, न किसी दार्शनिक या राजनीतिक मतवाद का आग्रह और न अपने अहं के प्रदर्शन की परितृप्ति। न पाठक पर किसी भी प्रकार का नियन्त्रण। कहानी स्वयं अपनी बात कहती है और बड़े मजे से कहती है और नितान्त सहज होकर कहती है फिर भी यह फकत कहानी न होकर, कहानी से ज्यादा है, बहुत ज्यादा है।*

*कहने को तो इसे प्रेम कहानी कह सकते हैं लेकिन इस रागात्मक सम्बन्ध के बहाने धार्मिक एवं सामाजिक रूढ़ियों के विविध पहलुओं का ही भंडाफोड़ हुआ है, निहायत कलात्मक और झीने तरीके से। कोई खोजना चाहे तब भी सृष्टिकर्ता की मंशा का किंचित भी सुराग नहीं मिलता कि वह किसका पक्षधर है, सिस्टर फिलोमना का, अस्पताल में मरणासन्न कवि का या चर्च के फादर का। ये चरित्र स्वतः अपने व्यक्तित्व का परोक्ष परिचय देते हैं। करतार को जाने-अनजाने अपनी तूलिका से कहीं भी रंग भरने की दरकार महसूस नहीं होती, उसे अपनी सधी हुई कलम पर ही पूरा विश्वास है। बिस्तर नम्बर सात का भावुक मरीज प्रतीक है—रुग्ण मानवता का, सिस्टर फिलोमना प्रतीक है—जगत-जननी के अगाध वात्सल्य का और चर्च का फादर प्रतीक है—धार्मिक मदान्धता का, जिसे अकिंचन भूलों का तो पूरा खयाल है पर मानवता के जीने-मरने की रंचमात्र भी चिन्ता नहीं है। अन्त में विजय होती है जगत-जननी के अकलुषित वात्सल्य की।*

*सही है कि कहानी में संवाद होते हैं मगर इस अपूर्व रचनाकृति में संवादों के माध्यम से ही कहानी प्रस्फुटित होती है। इसके प्राण संवादों*

पर ही टिके हुए हैं। लेखक को अपनी ओर से इंगित करने की जरूरत ही नहीं पड़ती कि सिस्टर फिलोमना की उम्र क्या है ? उसका हवाला धर्मान्ध फादर के मुँह से प्रसंगवश अपने आप छिटक पड़ता है कि अठारह वर्ष की कमसिन उम्र में अन्तरात्मा पर भरोसा नहीं किया जा सकता क्योंकि अपने बारे में कुछ भी फैसला लेने का उसे अधिकार नहीं है। किसी के व्यक्तिगत जीवन का, उसके पाप-पुण्य का लेखा-जोखा चर्च का पादरी ही कर सकता है जो धार्मिक रूढ़ियों से पूर्णतया जकड़ा हुआ है। धर्मान्धता के कारण उसका कुछ भी निजी व्यक्तित्व नहीं है। धर्म की रूढ़, नैतिक मान्यताओं से उसका रोम-रोम ग्रस्त है जिसके बलबूते पर सिस्टर फिलोमना के अपराध का फकत उसे ही निर्णय करना है। दूसरी तरफ सिस्टर फिलोमना की समूची आस्था भी ईसाई धर्म और बाइबिल के इर्द-गिर्द ही पूर्णतया केन्द्रित है। अपने पारिवारिक परिवेश और अपने सामाजिक संस्कारों से वह आकंठ दीक्षित है। ईसाई धर्म व चर्च की आदर्श धारणाओं के प्रति उसके मानस में परोक्ष-अपरोक्ष रूप से कहीं भी विद्रोह या असहयोग की नन्ही-सी चिंगारी तक नहीं है मगर परिचारिका के धर्म को उसने अपने नस-नस में आत्मसात किया है, वह सपने में भी उससे विमुख नहीं हो सकती। बेचारी औषधियों से, निरीह डॉक्टरों के नुस्खों से बीमारी का उपचार न होने पर किसी अन्य भावनात्मक विधि के द्वारा मरीज के प्राण बचते हों तो वह किस धर्म का आश्रय ले, परिचारिका के जीवन्त धर्म का या चर्च के संवेदन शून्य मृतप्राय धर्म का ? उसके मन में अपने उज्ज्वल धर्म के प्रति किंचित भी संशय नहीं है और अपनी चेतना के अजाने ही समूचे विश्व साहित्य का पावनतम चुम्बन वह रुग्ण कवि के चिर-तृषित अधरों पर अंकित कर देती है जिसके चमत्कार का मुकाबला हजारों डॉक्टर और हजारों अस्पताल भी नहीं कर सकते। यह तो करुणा और प्रेम का सहज करिश्मा है। तभी आसन्न घटनाक्रम के माध्यम से उसके भीतर विद्युत की जो आकस्मिक लौ कौंध उठी हैं जिसके फलस्वरूप चर्च की सड़ी-गली धर्मान्धता का अभेद्य अन्धकार विलुप्त हो जाता है और उसकी जगह विशुद्ध मानवीय और आडम्बरविहीन सत्य का आलोक प्रदीप्त हो उठता है। फूल की सुकोमल पंखुड़ी के स्पर्श मात्र से धर्मान्धता के वज्रकपाट चूर-चूर हो जाते हैं।

यही है इस छोटी-सी कथा की अकूत शक्ति जो हमेशा ऐसी ही अक्षुण्ण रहेगी। समय की धूल इसकी दीप्ति को कभी धूमिल नहीं कर सकेगी। वैसे भी धुरन्धर कहानीकार को इसके प्रत्येक संवाद से बहुत कुछ सीखने को मिलेगा, बशर्ते उसका अहं उसे ग्रहण करने की अनुमति दे। इस कहानी की आन्तरिक खूबियों को उजागर करने के लिए किसी

*नामजद आलोचक की नहीं, मर्मज्ञ की अपेक्षा है क्योंकि इसका अविच्छिन्न सौन्दर्य कहानी के अक्षर-अक्षर से स्वतः उद्भासित होता है।*

जनवरी, 2004

**—विजयदान देथा**

# आत्मा की मुक्ति के लिए

❒ *राबर्टो ब्राको*

सिस्टर फिलोमना ने आत्म-स्वीकृति की मर्यादा का पालन करते हुए विनम्रतापूर्वक कहना प्रारम्भ किया, "फादर, मैं पुख्ता तौर पर नहीं कह सकती कि मैंने पाप किया है। कभी मेरी अन्तरात्मा कहती है, 'किया' और कभी कहती है, 'नहीं किया।' जब वह कहती है कि पाप नहीं किया तो मुझे बहुत ज्यादा पीड़ा होती है बनिस्बत इसके, जब वह कहती है कि पाप किया।"

फादर ठीक तरह समझ नहीं पाए, "साफ-साफ बताओ, मेरी बच्ची। मुझे निस्संकोच सब-कुछ बता दो। तुम अभी बहुत छोटी हो। अठारह वर्ष की उम्र में किसी की अन्तरात्मा पर विश्वास नहीं किया जा सकता। मुझे निष्कर्ष निकालने दो। ईश्वर मुझे राह दिखाए। बोलो-बोलो।"

"सुनिए फादर, आपसे कोई दुराव नहीं रखूँगी। सोमवार के दिन, मैं आधी रात के समय पाँचवें वार्ड में सिस्टर मारिया की एवज में काम कर रही थी। जब मैं अस्पताल पहुँची तो सात नम्बर मरीज के पास धार्मिक सांत्वनाओं की गुनगुनाहट चल रही थी। प्रभारी डॉक्टर ने बताया कि उसके बचने की कोई उम्मीद नहीं है। अब उसे तकलीफ सहने की ज्यादा जरूरत नहीं पड़ेगी, सवेरे के पहले मौत उसे चिर-शान्ति पहुँचा देगी।

" 'अब कोई खास दौरा नहीं पड़ेगा, डॉक्टर ने कहा, फिर भी मेरी जरूरत समझो तो बेझिझक मुझे बुला लेना। दूसरे मरीजों को सँभालने की जरूरत नहीं पड़ेगी। वे न तुम्हें तकलीफ देंगे और न मुझे।' और वह सोने के लिए चल दिए।

"सिर्फ आध-आध घंटे बाद एक चम्मच दवाई देने के अलावा मेरे पास कोई दूसरा काम नहीं था। मैं सात नम्बर मरीज के पास स्टूल पर बैठकर सोचने लगी और मन-ही-मन उसकी आत्मा के लिए प्रार्थना करने लगी, जो अब विदा होनेवाली थी।"

"किसकी आत्मा के लिए ?"

"उस, दुखी मनुष्य की आत्मा के लिए जो मौत से जूझ रहा था।"

"तो...वह मनुष्य था।"

"क्या आपको पहले नहीं बताया ?"

"तुमने फकत सात नम्बर की चर्चा की थी यदि मैं गलती पर नहीं हूँ और मेरी बच्ची, सात नम्बर किसी लिंग विशेष का आभास नहीं देता। खैर, कोई बात नहीं, आगे बताओ।"

"करीब तीन घंटे के आसपास एक मरियल-सी झीनी आवाज सुनाई दी जैसे स्वयं मौत की ही घरघराहट हो।

"वह अस्फुट स्वर में बुदबुदाया, 'सिस्टर फिलोमना, वह तो आ गई।' आधी रात तक तो वह बिलकुल मूर्छित-सा पड़ा था।

"हिम्मत से काम लो, मेरे भाई' मैंने उसके कान में फुसफुसाते हुए कहा, 'हिम्मत से'।

"फिर धीरे-धीरे एक-एक शब्द साफ उच्चारित करने के लिए वह अपने साथ पूरी जबरदस्ती करने लगा या हमें कुछ ऐसा ही लगा, समझिए। उसकी आवाज मुझे साफ सुनाई पड़ने लगी, 'मैं बिलकुल तैयार हूँ हालाँकि पच्चीस वर्ष की उम्र में मरना बहुत दुख की बात है लेकिन मैं हताश हो चुका हूँ और यही बेहतर है। मैं बिलकुल अकेला था, एकदम गरीब था। मैंने सोचा था कि मैं कवि हूँ पर वह मेरी भूल थी, मैं कुछ भी नहीं था। मैंने सोचा, जरूर मुझे किसी का प्यार मिलेगा मगर मुझे किसी ने प्यार नहीं किया। यदि इस वक्त तुम मेरे पास नहीं होतीं तो मुझे ऐसा लगता जैसे किसी सूने, बियाबान रेगिस्तान में अन्तिम साँस लेने के लिए छोड़ दिया गया हूँ।'

"इतना कहकर वह चुप हो गया और मैं उसे ढाढ़स बँधाती रही, 'जरा हिम्मत रखो मेरे भाई, ईश्वर तुम्हारे साथ है।'

"कुछ ही देर बाद मैंने देखा कि उसकी गहरी नीली आँखें आँसुओं से भर गई हैं।

"मुझ पर एक मेहरबानी करोगी, सिस्टर फिलोमना ?' उसने अत्यधिक विनम्रता से पूछा।

"कर सकी, तो जरूर करूँगी, मेरे भाई।"

"और वह कहने लगा, 'क्या तुम चाहती हो कि शान्ति के साथ मेरी साँस निकले ? क्या तुम चाहती हो कि जिस परमपिता परमात्मा ने मुझे इस संसार में भेजा उसके प्रति कृतज्ञता प्रकट करते हुए इस दुनिया से विदा लूँ ?'

"हर सच्चे ईसाई को ऐसा ही करना चाहिए।" मैंने जवाब दिया।

''तुमने ठीक जवाब दिया, मेरी बच्ची।''

''तब मरणासन्न व्यक्ति ने धीरे-से कहा, 'इसके लिए मेरी मदद करनी पड़ेगी।'

'' 'मुझे बताओ, मेरे भाई, मैं तुम्हारे लिए क्या कर सकती हूँ,' मैंने पूछा।

''मैं अपने जीवन की देहरी को बिना किसी कड़वाहट के पार कर सकूँ, इसमें तुम्हारी मदद चाहिए ताकि अगले जीवन के लिए कुछ मधुर स्मृति अपने साथ ले जा सकूँ। सिस्टर फिलोमना, एक मरते हुए आदमी पर थोड़ी दया करो, मुझे एक चुम्बन से परितृप्त कर दो।''

''चुम्बन ?'' पादरी ने आश्चर्य से चौंककर पूछा।

''मैंने फिर दुहराया, 'हिम्मत रखो मेरे भाई, जरा हिम्मत रखो, अब तो परमपिता का चुम्बन पाने की तैयारी करो।''

''तुमने बिलकुल ठीक कहा मेरी बच्ची।''

''लेकिन बुझती साँस के साथ उसने फिर याचना की, 'बस मुझ पर इतनी-सी मेहरबानी करो। क्या तुम मेरे मोक्ष का निमित्त नहीं बनना चाहतीं, सिस्टर फिलोमना ? क्या सारी उम्र तुम पश्चात्ताप के बोझ तले दबी रहना चाहती हो ? क्या तुम नहीं चाहतीं कि मेरी आत्मा मुक्त हो ? क्या तुम मेरे नरकवास का कारण बनना चाहती हो' ?''

''और तुमने...मेरी बच्ची, तुमने क्या कहा ?''

''फादर, उन शब्दों से मैं भयभीत हो गई। मुझे लगा कि यदि मरने से पहले उसकी अन्तिम इच्छा पूरी न हुई तो वह सीधा नरक में जाएगा और चूँकि इसका कारण मैं बनती इसलिए मेरा भी यही हश्र होता। मुझे कुछ ऐसा आभास हुआ कि हर व्यतीत होनेवाले क्षण के साथ मौत के कदम रफ्ता-रफ्ता उसके करीब आ रहे हैं और मानो सुबह होने से पहले ही वह उसे दबोच लेगी। सुनसान कमरे में सिर्फ उसकी तेज साँसें सुनाई दे रही थीं। वार्ड में बहुत ही कम मरीज थे और वे भी चुपचाप सो रहे थे। बत्तियाँ कम कर दी गई थीं। मद्धिम रोशनी में सफेद बिस्तर मकबरों की तरह दिख रहे थे। मुझ पर उदासी का आलम छा गया था। मैंने साँस रोककर उसे चूम लिया। मेरे कानों में धीरे-से भनक पड़ी, 'शुक्रिया, बहुत-बहुत शुक्रिया और मैं फिर प्रार्थना करने बैठ गई'।''

''और तुमने किस जगह चूमा ?'' पादरी ने अपनी दबी आवाज में अपनी उत्सुकता को छिपाने की कोशिश करते हुए पूछा जो उसके फैसले को डगमगा रही थी।

''फादर उस वक्त काफी अँधेरा था।'' सिस्टर फिलोमना ने शान्त स्वर में

जवाब दिया, ''लेकिन जहाँ तक मेरा खयाल है, मैंने उसके होंठ ही चूमे थे।''

''तुमने जबरदस्त नासमझी का काम किया, मेरी बच्ची, जबरदस्त नासमझी का, फिलहाल यही कह सकता हूँ। मैं जानता हूँ कि तुमने बड़ी उदार मंशा का इजहार किया, मेरी बच्ची। तुम ईसाई धर्म की उदात्त भावना में बह गईं, उसकी नैतिक मान्यताओं के प्रभाव में आ गईं। फिर भी मैं कहूँगा कि तुमने अच्छा काम नहीं किया, सच पूछो तो भयानक गलती की है तुमने। बेहतर होता, होंठों की बजाय उसके माथे को चूमतीं। उसकी आत्मा की मुक्ति के लिए यह पर्याप्त होता। फिर भी गनीमत है कि तुमने एक मरते आदमी को चूमा।''

''मैंने भी तो यही कहा था।''

''खैर, अब तक तो वह मर ही गया होगा, सम्भव है दफन भी कर दिया होगा। इसलिए उसके बारे में हमें और सोचना ही नहीं चाहिए।''

''लेकिन फादर, आप जैसा कह रहे हैं, वैसा हुआ नहीं। वह जिन्दा है।''

''जिन्दा है ?''

''हाँ। भोर के पहले तक तो वह मृतप्राय अवस्था में ही था लेकिन सूर्य की पहली किरण के साथ ही मानो उसे नई जिन्दगी मिली हो। डॉक्टर खुद जब सुबह वार्ड में आए तो उसके होंठों पर खिली मुस्कान देखकर उनके आश्चर्य की सीमा न रही। फिर उन्होंने बड़ी बारीकी से उसका परीक्षण किया, एक 'हाइपोडरमिक इंजेक्शन' दिया और बड़े दबे स्वर में बोले, 'कमाल हो गया, यह तो वाकई कमाल हो गया। इस बीमारी से सुलटने का एक नया रास्ता खुला।'

''मगर तब तो अनर्थ हो जाएगा।'' पादरी ने हताशा के टूटे स्वर में कहा।

''फादर, आप यह क्या कह रहे हैं ?''

''यह बहुत गम्भीर मसला है, मेरी बच्ची। तुमने एक जिन्दा आदमी के होंठ चूमे हैं और वह अब भी जिन्दा है। मेरी समझ में नहीं आता, क्या किया जाए ? मर जाता तो बात और थी। भगवान के दरीखाने में सब ठीक हो जाता मगर उसके जिन्दा रहने पर तो स्वयं परमेश्वर के लिए भी चिन्ता की बात है। अब हमें हर बात खुलकर साफ कर लेनी चाहिए वरना हम किसी को भी मुँह दिखाने के काबिल नहीं रहेंगे।''

कुछ समय तक सोचने-विचारने के बाद उन्होंने दरियाफ्त किया, ''एक बात बताओ बिटिया, यह डॉक्टर कैसा है ?''

''ओह, एकदम नफीस।''

''मगर डॉक्टर की हैसियत से ?''

''कोई मुकाबला ही नहीं, सबसे बढ़कर।''

“और तुम्हारा मरीज अब कैसा है ?”

“काफी बेहतर है।”

“फिर तो तुम्हारा कोई निस्तार नहीं।”

“हे भगवान।”

“तुम्हारी ऐसी हिमाकत ? अब भी अपने मुँह से उसका नाम ले रही हो ?”

“मैं एक भ्रष्ट पापिन हूँ, फादर ?”

“इस घिनौने अपराध के लिए क्षमा नहीं मिल सकती।”

यह सुनते ही सिस्टर फिलोमना का धीरज टूट गया, वह फफककर रो पड़ी। तब फादर ने कुछ कम कठोर स्वर में कहा, “कुछ समझ नहीं पड़ता कि क्या किया जाए ? अभी तुमने कहा कि तुम्हारी अन्तरात्मा जब तुमसे यह कहती है कि तुमने पाप नहीं किया तो तुम्हें अधिक कष्ट होता है, बनिस्बत इसके जब वह तुमसे कहती है कि तुमने पाप किया। ऐसा विरोधाभास कैसे सम्भव हो सकता है ? समझना चाहूँ तो भी समझ नहीं सकता।”

“मैं भी नहीं जानती, फादर। मुझे तो अब भी यही महसूस हो रहा है। मैंने जैसा महसूस किया वही आपको निस्संकोच बता दिया, कुछ भी नहीं छिपाया।”

“और तुम्हें अपने किए पर पश्चात्ताप है ?”

“यदि अपराध है तो मुझे जरूर प्रायश्चित्त करना चाहिए।”

“लेकिन तुम यह मत समझना कि तुम्हारा गुनाह माफ कर दिया जाएगा, हम कुछ दिन और इन्तजार करेंगे। भविष्य को कोई नहीं जान सकता। देखें, इस नौजवान की बीमारी क्या मोड़ लेती है ? तब उसके आधार पर ही फैसला लिया जाएगा। अब तुम जा सकती हो। और कुछ नहीं सुनना चाहता। सुनो, रात में सोने से पहले थोड़ी लज्जा महसूस किया करो, समझीं ?”

“मैं तो रोज ही ऐसा करती हूँ, फादर।”

“फिर ठीक है।”

कुछ दिनों बाद सिस्टर फिलोमना पादरी के सामने दुबारा उपस्थित हुई।

“तो अब सात नम्बर की हालत कैसी है ?”

“मेरे खयाल से, अब तो काफी ठीक है।”

“डॉक्टर लोग क्या सोचते हैं ? उनका खयाल जानना चाहता हूँ।”

“उनका भी यही कहना है कि वह बिलकुल ठीक हो जाएगा।”

“मेरी बच्ची, तब तो तुम्हारे लिए कोई उम्मीद नहीं है।”

“मैंने भी उससे यही कहा था।”

“क्या कहा था तुमने उससे ?”

“कि उसकी वजह से ही मेरा सत्यानाश होगा। मैं कहीं की न रहूँगी। यदि मुझे पहले पता होता कि वह जिन्दा रहेगा तो हरगिज उसे चुम्बन नहीं देती।”

“तब कवि महोदय ने क्या जवाब दिया ?”

“उसने कहा कि वह किसी भी कीमत पर मेरा सर्वनाश बर्दाश्त नहीं कर सकता। अब उसकी बारी है कि वह मेरी आत्मा को हर सूरत में बचाए।”

“ऐसा तो फिर वह मरकर ही कर सकता है। इसके सिवाय दूसरा कोई विकल्प नहीं।”

“हाँ फादर, उसने मुझसे यही वादा किया है कि जिस दिन भी डॉक्टर यह घोषणा करेंगे कि वह पूर्णतया स्वस्थ हो गया, वह उसी क्षण मेरे लिए आत्महत्या कर लेगा।”

“इस से तो और ज्यादा मुसीबत हो जाएगी।”

पादरी कुछ समय बड़ी गम्भीरता से सोचते रहे फिर दृढ़ निश्चयात्मक स्वर में बोले, “कुल मिलाकर, अब तुम्हें माफ करना ही बेहतर होगा। उस-जैसा पगला कवि यदि फिर से मरने की बात करता है, मुझे डर है कि हमें एकदम नए सिरे से नई शुरुआत करनी पड़ेगी।”

*(अनुवाद : कैलाश कबीर)*

*कहानी के बारे में*

## सहानुभूति, करुणा और मानवीय गरिमा का अन्यतम साक्ष्य

*सुप्रसिद्ध रूसी कथाकार इज़ाक बेबल की यह कहानी मैंने कई वर्ष पूर्व पढ़ी थी। महान रूसी कथा-परम्परा की यह कहानी मुझे चेखव की करुणा और अवसाद, गोर्की के तलछट के संस्पर्श और दोस्तोएवस्की के मानव मनोविज्ञान की गहराइयों का अद्‌भुत सम्मिश्रण लगी थी।*

*असावधानी से लिखी गई आपकी केवल एक पंक्ति अच्छे-से-अच्छे कथानक को ले डूबती है। इज़ाक बेबल ने जिस अद्‌भुत संयम और कौशल से अपनी कहानी बुनी है, वह हमें ऐसे यथार्थ का अनुभव कराती है, जो सहानुभूति, करुणा और मानवीय गरिमा का अन्यतम साक्ष्य है।*

*''एक अच्छी गढ़ी हुई कहानी को जीवन के अनुरूप होने का प्रयत्न नहीं करना चाहिए। यथार्थ जीवन स्वयं ही अच्छी गढ़ी हुई कहानी में अपना प्रतिरूप पाने को व्यग्र रहता है।'' कहानी में नैरेटर द्वारा कहे गए ये शब्द—जैसे लेखक के आत्मविश्वास की अभिव्यक्ति हों।*

**—शेखर जोशी**

नवम्बर, 2003

# पहला मेहनताना

❐ *इज़ाक बेबल*

वसन्त ऋतु में तिफ्लिस में रहना पड़े, बीस वर्ष की आयु हो और कोई आपको प्यार करनेवाला न हो, यह स्थिति भयंकर होती है। मेरे साथ ऐसा ही हुआ था। मैं काकेशियन सैनिक जिले के एक छापेखाने में प्रूफ रीडर का काम करता था। मेरी खिड़की के ठीक नीचे से कुरा नदी उफनती हुई बहती रहती थी। पहाड़ों के पीछे से उगता हुआ सूर्य प्रातःकाल कुरा नदी के अँधेरे भँवरों को आलोकित कर देता था।

मैंने मकान की छत पर वह छोटा कमरा एक नव-विवाहित जार्जियन दम्पती से किराए पर लिया था। उस आदमी की पूर्वी बाजार में गोश्त की दुकान थी। कमरे की दीवार के दूसरी ओर वे दोनों प्रेम-विह्वल प्राणी किसी छोटे तालाब की दो बड़ी मछलियों की तरह। धूप से जर्जर उस पूरे कमरे को वे हिला देते और ऐसा लगता कि उसके काठ को चूर-चूर कर उसे शून्य में विलीन कर देंगे। उन्माद के निर्दयी आवेग में उन लोगों के दाँत पिसते होते। सुबह के समय मिलिएत डबलरोटी लेने के लिए सीढ़ी से उतरकर नीचे आती। वह इतनी कमजोर थी कि नीचे उतरते समय गिरने से बचने के लिए उसे जँगले का सहारा लेना पड़ता था। अन्धकार में अपने छोटे-छोटे पाँवों से सीढ़ियाँ टटोलते समय उसके चेहरे पर बीमारी से सँभलते हुए किसी रोगी की तरह हलकी-सी मुस्कान रहती थी। वह रास्ते में मिलनेवाले प्रत्येक व्यक्ति को अभिवादन करती, जिनमें होते थे–प्रायः बुढ़ापे से जर्जर असीरियन, मोमबत्तियों की फेरी लगानेवाला आदमी और उसे बेचनेवाली कुरूप वृद्धाएँ, जिनके चेहरे झुर्रियों से भरे होते थे। रात्रि में पड़ोसियों के कराहने और सिसकारियाँ भरने के बाद उसी प्रकार की गम्भीर शान्ति व्याप्त हो जाती, जिस प्रकार तोप के गोले छूटने के बाद होती है।

तिफ्लिस में रहना, बीस वर्ष का होना और रात में दूसरों की शान्ति के तूफानों को सुनना एक भयंकर बात है। इससे मुक्ति पाने के लिए मैं घर से

निकलकर कुरा-तट की ओर चल पड़ता था, जहाँ मैं तिफ्लिस के वसन्त की वाष्पमय ऊष्णता से अभिभूत हो उठता। वह वासन्ती उन्माद अपने पूरे प्रभाव के साथ मनुष्य पर हावी होकर उसे पराजित कर देता। मैं सूखा कंठ लिए, तिफ्लिस की ऊँची-नीची गलियों में आवारा घूमता रहता।

वासन्ती ऊष्णता का कोहरा मुझे वापस मेरे कमरे की ओर खींच ले आता, जो अग्निग्रस्त ठूँठों के जंगल-सा अपनी सम्पूर्ण कालिमा के साथ मद्धिम ज्योत्स्ना से आलोकित हो रहा होता। अपनी इस प्यास को बुझाने के लिए किसी का प्यार पाने के अतिरिक्त मेरे पास और कोई चारा नहीं था और निश्चय ही मैंने उसे पा लिया।

भला हो या बुरा, जिस औरत को मैंने चुना, वह एक वेश्या थी। उसका नाम 'वेरा' था। मैं हर रात गोलोविन एवेन्यू में चोरी-चोरी उसका पीछा करता रहता था लेकिन उससे बोलने का मुझे साहस नहीं होता था। उसके लिए मेरे पास न धन ही था और न प्यार के उबाऊ बोल ही थे। बचपन से ही मेरे अस्तित्व की सम्पूर्ण शक्ति किस्से-कहानियाँ और नाटक गढ़ने में समर्पित थी। मेरी इन रचनाओं की संख्या हजारों से कम न होगी। किसी पत्थर पर अपरिपक्व स्थिति में मैं उन्हें लिपिबद्ध नहीं करना चाहता था। मैं सोचता था कि तालस्ताय के स्तर का साहित्य न लिखकर और कुछ लिखना केवल समय का दुरुपयोग करना है। मैं आश्वस्त था कि मेरी कहानियाँ अमर होंगी। साहसिक विचार और उत्कट आवेग, तभी रचना के रूप में सफल होते हैं, जब उन्हें उसी प्रकार की भव्य काया से आवेष्टित किया जाए। लेकिन यह भव्य काया कैसे निर्मित की जाए ?

ऐसे व्यक्ति के लिए, जो अपने विचारों से परिचालित होता हो, यह बहुत ही कठिन है कि वह उनकी सर्पिल दृष्टि से मुक्ति पाकर प्यार के उबाऊ और अर्थहीन शब्दों के जाल में स्वयं को उलझाए। इस प्रकार का व्यक्ति अपने घोर अहम में न दुख में कराह ही सकता है और न यह ही जानता है कि प्रसन्नता की स्थिति में कैसे हँसा जाए। स्वप्नद्रष्टा होने के कारण मैं प्रसन्नता की विवेकहीन कला पर अधिकार नहीं प्राप्त कर पाया था। इस स्थिति में मुझे निश्चय ही अपनी सीमित आय में से दस रूबल वेरा को देने पड़ते।

जब मैंने यह निश्चय कर लिया तो एक शाम को 'सिम्पैथी रेस्तराँ' के बाहर उसकी प्रतीक्षा करने के लिए चल पड़ा। नीले लबादे और नरम चमड़े के जूते पहने हुए, तातार लोग मेरे अगल-बगल से निकल जाते थे। चाँदी के दन्तखोंचे से दाँत कुरेदते हुए, वे लोग लम्बे पाँवों और सुगढ़ जाँघोंवाली, लाली पोते हुए जार्जियन महिलाओं को घूरते जाते थे। सूर्यास्त के धुँधले प्रकाश में फीरोजी आभा घुलने

लगी थी। गली के आर-पार फूले हुए अकैसिया धीमे कम्पित स्वरों में विश्वास भरने लगे थे। सफेद कोट पहने हुए, सरकारी कर्मचारियों का एक दल सड़क पर निकल गया और कज्बक पर्वत की मृदुल हवा का एक झोंका उनकी ओर बहता चला गया।

जब अन्धकार हो गया था, तब वेरा आई। लम्बी, गौरवर्ण वेरा वनमानुषों की-सी भीड़ में तैरती हुई-सी इस प्रकार आगे निकल आई, जिस प्रकार मरियम मछुआरों की नाव के अगले भाग की ओर बढ़ती है। वह 'सिम्पैथी रेस्तराँ' के द्वार के समानान्तर आ गई थी। तभी मैं लपककर उसके पीछे पहुँचा।

"कहीं जा रही हैं ?"

उसकी प्रशस्त, गुलाबी पीठ मेरे सामने हिली और वह पीछे घूमी।

"क्या कहा तुमने ?" उसने झिड़ककर पूछा लेकिन उसकी आँखों में हँसी खेल रही थी।

"तुम कहाँ जा रही हो ?" सूखी लकड़ियों की तरह शब्द मेरे मुँह में चरमरा उठे।

वेरा मेरे साथ-साथ चलने लगी।

"दस रूबल। ठीक है ?"

मैं इतनी जल्दी सहमत हो गया कि उसे सन्देह होने लगा।

"लेकिन तुम्हारे पास दस रूबल हैं न ?" उसने पूछा।

हम एक फाटक के अन्दर गए और मैंने उसे अपना बटुआ सौंप दिया। उसने बटुवे में रखे हुए इक्कीस रूबल गिने। उसके होंठ थोड़ा हिले और भूरी आँखें मिचमिचाईं। उसने चाँदी के सिक्कों में से सोने के सिक्कों को छाँटकर अलग कर लिया।

"मुझे दस दे दो," बटुआ मुझे थमाते हुए उसने कहा, "हम पाँच और खर्च करेंगे। बाकी तुम अपने खर्च के लिए रख लो। तुम्हें अगला वेतन कब मिलेगा ?"

"चार दिन बाद," मैंने कहा।

हम फाटक से बाहर निकल आए। वेरा ने मेरा हाथ पकड़ लिया और अपना कन्धा मुझ पर झुका दिया। हम गली में ऊपर की ओर चलने लगे, जहाँ अब ठंड पड़ने लगी थी। रास्ते में कुम्हलाई हुई साग-सब्जियाँ बिखरी पड़ी थीं।

"अच्छा होता कि हम बोरझोम जाते, इस गरमी से छुटकारा मिल जाता," उसने कहा।

वेरा के बाल एक रिबन से बँधे हुए थे, जो गली की बत्तियों के प्रकाश में चमक जाता था।

"ठीक है। निकल चलो बोरझोम," मैंने कहा। "निकल चलो," मैंने इन्हीं शब्दों का प्रयोग किया कारणवश।

"मेरे पास पैसा नहीं है," वेरा ने जम्हाई लेकर कहा और—जैसे वह मुझे भूल गई।

वह मेरे सम्बन्ध में सब-कुछ भूल गई थी क्योंकि उसका दिन सुफल हो गया था, मुझ-जैसा गाँठ का पूरा आदमी उसे मिल गया था न। वह जानती थी कि मैं उसे पुलिस के सुपुर्द नहीं करूँगा और न ही रात में उसकी कान की बालियों या रुपयों पर हाथ साफ करूँगा।

हम सन्त डेविड पर्वत की तलहटी में पहुँचे। वहाँ एक कैफे में मैंने दोनों के लिए कबाब का ऑर्डर दिया। कबाब की प्रतीक्षा किए बिना ही वेरा कुछ बूढ़े पर्शियन लोगों के पास, जो व्यापार की बातें कर रहे थे, जा बैठी। अपनी चमकदार लाठियों के सहारे झुके हुए और अपनी जैतूनी खोपड़ियों को हिलाते हुए, वे लोग कैफे के मालिक को सलाह दे रहे थे कि अपने व्यापार का विस्तार करने के लिए उसके पास यही उचित समय और अवसर है।

वेरा भी उनके वार्तालाप में भाग लेने लगी। उसने बूढ़ों का पक्ष लिया। उसका मत था कि कैफेवाले को अपना कारोबार अब मिखायलोवस्की मार्ग पर स्थानान्तरित कर देना चाहिए। कैफे का मालिक, जो बात के मर्म तक पहुँचने के अयोग्य था, केवल खर्राटे भरता रहा। मैंने अकेले ही अपने हिस्से का कबाब खाया। वेरा की नंगी बाँहें रेशमी आस्तीनों से बाहर झूल रही थीं। मेज पर मुक्का मारकर, वह अपनी बातों को प्रभावोत्पादक बना रही थी। उसके कान की बालियाँ उन धुँधली आकृतियों, पीली दाढ़ियों और रंगीन नाखूनों के बीच इधर-उधर झूल रही थीं। मेरी मेज पर वेरा के पहुँचने तक कबाब ठंडा हो चुका था। वह इतनी अधिक उत्तेजित हो उठी थी कि उसका चेहरा चमकने लगा था।

"उसे कहीं नहीं हटाया जा सकता। खच्चर कहीं का।...मिखायलोवस्की में पूर्वी ढंग के खान-पान का बड़ा अच्छा व्यापार किया जा सकता है।"

एक-के-बाद-एक वेरा के अनेक परिचित लम्बे लबादेवाले तातार, अधेड़ उम्र के अफसर, ऊनी बास्कट पहने हुए दुकानदार लोग और तौंदियल बूढ़े मेज के पास से गुजरते रहे।

जब हम होटल में पहुँचे तो आधी-रात हो चुकी थी। लेकिन वेरा को यहाँ भी सैकड़ों काम करने थे। एक बुढ़िया, जिसे अपने लड़के से मिलने आर्माविर जाना था, जाने की तैयारी कर रही थी। वेरा मुझे छोड़कर, उसका सामान बाँधने चल दी। उसने सूटकेस पर झुककर, तकियों को पेटी से बाँधा और बुढ़िया के

चबैने को कागज में लपेटा। चौड़े कन्धोंवाली वह बुढ़िया अपना जालीदार हैट पहनकर, बगल में थैला दबाए हुए, सब कमरों में जा-जाकर विदाई लेने लगी। वह रबड़ के जूते पहने हुए, बरामदे के आर-पार चक्कर लगाती रही। उसका झुर्रियों से भरा चेहरा कभी मुस्कान से खिल उठता और कभी वह सिसकने लगती। उसकी विदाई में पूरा एक घंटा लग गया। मैं एक सीलनभरे कमरे में, जहाँ तीन टाँगवाली कुर्सियाँ और एक मिट्टी का चूल्हा था, वेरा की प्रतीक्षा करता रहा।

शहर के कोने-कोने का चक्कर लगवाकर, मुझे इतनी देर तक जिस प्रकार सताया गया था, उसके कारण जिस प्रेम की मैंने इच्छा की थी, वह अपना शत्रु लगने लगा था, ऐसा शत्रु जिससे किसी प्रकार भी मुक्ति नहीं मिल सकती।

बाहर बरामदे में एक अन्य प्राणी था, जो चहलकदमी कर रहा था या कभी-कभी अट्‌टहास कर उठता था। कमरे में एक कटोरे में कोई दूधिया पदार्थ था, जिसमें गिरकर मक्खियाँ मरती जाती थीं। प्रत्येक मक्खी के मरने का ढंग अपने आप में निराला था। कुछ मक्खियों की मृत्यु-यातना भयंकर और दीर्घकालीन होती थी। शेष मक्खियाँ हलकी-सी कँपकँपी के साथ चुपचाप मर जाती थीं। कटोरे के निकट ही उस जर्जर मेजपोश पर बेयरा जीवन पर लिखा हुआ गोलोविन का उपन्यास पड़ा हुआ था। मैंने उसे यों ही खोला। पुस्तक के अक्षर पहले एक अकेली पंक्ति में अंकित दिखाई दिए और फिर सब आपस में गड्डमड्ड हो गए। मेरे सामने खिड़की के चौकोर फ्रेम से एक घुमावदार गली ऊपर की ओर जाती हुई दिखाई गई थी।

वेरा कमरे में आई।

"हम अभी फिओदोस्या माव्रीकेयेव्ना को विदाई देकर आ रहे हैं," वह बोली, "वह हम लोगों के लिए एकदम माँ की तरह थी। समझे ? बेचारी बुढ़िया अकेले ही यात्रा कर रही है। कोई भी उसका साथ देनेवाला नहीं है।"

वेरा अपने घुटनों को फैलाकर, बिस्तर पर बैठ गई। वह एकटक शून्य में देख रही थी। उसका मन बुढ़िया के प्रति स्नेह और सौहार्द के भावों में खो गया था। फिर उसने मुझे देखा और अपने दोनों हाथों को बाँधकर अँगड़ाई ली।

"तुम जरूर प्रतीक्षा करते हुए ऊब गए हो, मैं शर्त लगा सकती हूँ। कोई बात नहीं। हम अभी शुरू करते हैं," उसने कहा।

लेकिन मैं बिलकुल भी अनुमान नहीं लगा पाया कि वेरा क्या करने जा रही थी। वह इस प्रकार तैयारियाँ कर रही थी, जैसे कोई सर्जन ऑपरेशन की तैयारी कर रहा हो। उसने स्टोव जलाकर, एक डेगची में पानी चढ़ाया। एक साफ तौलिया पलंग के सिरहाने की पट्‌टी पर फैलाकर, उसने उसके ऊपर एनीमा का बरतन

लटका दिया। दीवार पर सफेद नली लटक रही थी। जब पानी गरम हो गया तो उसने उसे डोलची में उडेला और कोई लाल कणोंवाला पदार्थ पानी में मिला दिया।

"इधर आओ, प्यारे। तब तक पानी गरम होता है," मेरी प्रेमिका ने कहा।

"तुम इतने मनहूस क्यों हो रहे हो ? क्या तुम्हें अपने रुपयों की चिन्ता हो रही है ?"

"मैं पैसों की चिन्ता नहीं करता," टूटते स्वर में मैंने कहा।

"अच्छा, तो तुम पैसों की चिन्ता नहीं करते ? तुम चोर हो या और कुछ ?"

"मैं चोर नहीं हूँ।"

"तो चोरों के मददगार हो ?"

"मैं लौंडा हूँ।"

"वह तो मैं देख रही हूँ कि तुम गाय नहीं हो" वेरा भुनभुनाई। वह कठिनाई से अपनी आँखें खुली रख पा रही थी। वह लेट गई और मुझे अपनी ओर खींचकर, मेरे शरीर पर हाथ फेरने लगी।

"मैं लौंडा हूँ, आरमेनियन लोगों का लौंडा। नहीं समझीं ?" मैंने चिल्लाकर कहा।

हे ईश्वर ! मेरी आयु के बीस वर्षों में से पाँच वर्ष उन हजारों कहानियों को गढ़ने में बीते थे, जो मेरे दिमाग पर छाई हुई थीं। किसी पत्थर पर पसरे हुए मेंढ़कों की तरह ये कहानियाँ मेरे दिमाग में जमी हुई थीं। एकाकीपन के जोर से टूटकर, उनमें से एक जमीन पर आ गिरी थी। वह भाग्य की ही बात थी कि तिफ्लिस की एक वेश्या को मेरी पहली पाठिका होना था। मैं अपनी तात्कालिक सूझ-बूझ पर स्वयं काँप उठा और स्वयं को आरमेनियनों के लौंडे के रूप में चित्रित कर, उसे अपनी कहानी सुनाई। यदि मैंने अपने शिल्प पर कुछ समय और विचार व्यक्त किये होते तो मैं अपने आपको एक धनी अधिकारी के पुत्र के रूप में, जिसे घर से निकाल दिया गया हो, चित्रित कर एक घिसे-पिटे कथानक की सृष्टि करता और एक उद्दंड पिता और दयनीय माँ की कहानी बन जाती लेकिन मैंने ऐसी गलती नहीं की। एक अच्छी गढ़ी हुई कहानी को यथार्थ जीवन के अनुरूप होने का प्रयत्न नहीं करना चाहिए। यथार्थ जीवन स्वयं ही अच्छी गढ़ी हुई कहानी में अपना प्रतिरूप पाने को व्यग्र रहता है। इस कारण और चूँकि मेरी श्रोता ने उसके इस रूप में रुचि ली, मैंने अपनी कहानी यों सुनाई : "मैं खेरसों प्रान्त के अल्योश्की कस्बे में पैदा हुआ था। मेरे पिता एक स्टीमर कम्पनी में ड्राफ्टमैन का काम करते थे। वह हम बच्चों को अच्छी शिक्षा दिलाने के लिए दिन-रात अपने दफ्तर में खटते रहते थे। लेकिन हम सब बच्चे अपनी मूर्ख माँ पर पड़े, जो सिर्फ

ऐश करना जानती थी। दस वर्ष की आयु में मैंने पिता की जेब से रुपए चुराना शुरू कर दिया था। सयाना होने पर मैं अपनी माँ के सम्बन्धियों के पास बाकू भाग गया। उन्होंने मुझे स्टेपान इवानोविच नाम के एक आरमेनियन से परिचित कराया। मैं उसके साथ रहने लगा और चार साल तक रहा।''

''लेकिन तब तुम्हारी आयु क्या थी ?''

''पन्द्रह।''

वेरा आशा कर रही थी कि मैं उसे उस आरमेनियन की दुष्टता के सम्बन्ध में बतलाऊँगा, जिसने मुझे बिगाड़ा था लेकिन मैंने अपनी बात का क्रम नहीं तोड़ा।

''हम लोग चार साल तक साथ रहे। स्टेपान इवानोविच–जैसा सज्जन और भरोसे का आदमी मैंने आज तक नहीं देखा। वह अपने मित्रों की सब बातों पर विश्वास कर लेता था। उन चार वर्षों में मुझे कोई रोजगार सीख लेना चाहिए था लेकिन मैंने कुछ भी काम नहीं किया। मैं केवल बिलियर्ड खेलने में ही मग्न रहता था। स्टेपान इवानोविच के मित्रों ने उसे तबाह कर दिया। वह उन्हें बिना किसी जमानत के हुंडी दे दिया करता था और वे लोग उन हुंडियों को भुना लेते।''

''बिना जमानत की हुंडियाँ ?''

पता नहीं कैसे, मेरे मन में इनका विचार आ गया था लेकिन इनका उल्लेख कर मैंने ठीक ही किया। उसके बाद वेरा मेरी प्रत्येक बात पर विश्वास करती गई। उसने अपना शाल ओढ़ लिया, जो उसके कन्धों पर हिल रहा था।

''स्टेपान इवानोविच तबाह हो गया। उसे उसके डेरे से निकाल दिया गया और उसका लकड़ी का सामान नीलाम हो गया। वह घुमक्कड़ व्यापारी बन गया। अब चूँकि उसके पास पैसा नहीं रह गया था, मैंने भी उसका साथ छोड़ दिया और मैं एक धनी, बूढ़े चर्च वार्डन के साथ रहने लगा।'' इस पात्र की कल्पना मैंने किसी लेखक की रचना के आधार पर की थी। यह ऐसे आलसी दिमाग की सूझ थी, जिसे किसी यथार्थ जीवित पात्र का निर्माण करने का कष्ट नहीं दिया जा सकता।

जब मैंने चर्च वार्डन कहा तो वेरा की आँखें झपकीं और मेरे नियन्त्रण से बाहर हो गईं। तब स्थिति को सामान्य करने के लिए, मैंने उसे दमा का रोगी बना दिया। दमा का दौरा पड़ने पर वह भारी साँस लेने लगता और रात में अपने बिछौने से उठकर, बाकू की तेलयुक्त हवा में हाँफता रहता। दमे के कारण उसकी शीघ्र ही मृत्यु हो गई।

मेरे रिश्तेदारों को मुझसे कोई मतलब नहीं था। इस तरह मैं जेब में बीस रूबल लेकर यहाँ तिफ्लिस में आया–वही बीस रूबल, जो वेरा ने गोलोविन एवेन्यू के फाटक पर गिने थे। जिस होटल में मैं टिका था, वहाँ बेयरा ने मुझे धनी ग्राहक

दिलाने का आश्वासन दिया था लेकिन अभी तक केवल मोटे, तोंदियल आरमेनियन सराय मालिकों को ही उसने मेरे पास भेजा था। ये लोग अपने देश को, अपने गीतों को और अपनी शराब को ही पसन्द करते हैं। दूसरे देश के लोगों को ये–पुरुष हों या स्त्रियाँ–उसी प्रकार रौंदते हैं, जिस तरह चोर अपने पड़ोसी के बगीचे को रौंदता है।

और मैंने सराय-मालिकों के सम्बन्ध में जो कुछ जानकारी प्राप्त कर रखी थी, उसके आधार पर बकवास करना प्रारम्भ कर दिया। मेरा हृदय आत्म-ग्लानि से विदीर्ण हो रहा था और ऐसा प्रतीत हो रहा था, जैसे मैं पूर्णतः पतित हो गया हूँ। मैं दुख और उत्साह से काँप रहा था। हिम-शीतल पसीने की धारा मेरे चेहरे पर इस तरह बहने लगी–जैसे धूप से गरम हुई घास पर साँप रेंगते हैं। मैं बोलना बन्द कर रोने लगा और वहाँ से हट गया। मेरी कहानी समाप्त हो गई थी। स्टोव काफी देर पहले ही बुझ चुका था। पानी एक बार उबलकर फिर ठंडा हो गया था और रबड़ की नली अब भी दीवार से लटक रही थी। वेरा चुपचाप खिड़की के पास चली गई। उसकी उदास और चमचमाती सफेद पीठ मेरी आँखों के सम्मुख साँसों की गति के साथ ऊँची-नीची हो रही थी।

"लोग भी कैसे काम करते हैं।" बिना मुड़े ही वेरा बुदबुदाई, "हे ईश्वर ! लोग कैसे काम करते हैं।"

उसने अपनी नंगी बाँहें फैलाईं और खिड़की के पल्लों को पूरा खोल दिया। हवा में धूल और नमी की गन्ध थी। वेरा का सिर हिल रहा था।

"तो तुम भी रंडी हो, हम कुतियों की तरह ही ?"

मैंने अपना सिर झुका लिया।

"तुम्हारी तरह ही...।"

वेरा मेरी ओर मुड़ी। उसके शरीर पर उसका पेटीकोट चिथड़े की तरह लटक रहा था।

"लोग कैसे-कैसे काम करते हैं।" उसने फिर ऊँचे स्वर में कहा, "हे ईश्वर ! लोग कैसे काम करते हैं। तुम कभी किसी औरत के पास भी गए हो ?"

मैंने अपने ठंडे होंठ उसके हाथों पर रख दिए। "नहीं ! मैं कैसे जाता ? वे लोग मुझे नहीं जाने देते थे।"

"बहन," वह फुसफुसाई और फर्श पर मेरी बगल में बैठ गई, मेरी नन्ही बहन।

अब बतलाइए, क्या आपने किसी देहाती बढ़ई को अपने सहायक के साथ मकान बनाते समय काम करते देखा है ? क्या आपने देखा है कि जब वे दोनों

आदमी किसी लट्ठे पर साथ-साथ रन्दा करते हैं तो कितनी फुर्ती से लकड़ी के छिलके उड़ते हैं ?

उस रात उस तीस-वर्षीया महिला ने अपने हुनर के सारे गुर मुझे सिखा दिए। उस रात मैंने ऐसे रहस्य प्राप्त किए, जो आप कभी नहीं जान सकते। मैंने ऐसे प्रेम का अनुभव किया, जिसकी अनुभूति आपको कभी नहीं हो सकती। मैंने वे शब्द सुने, जो एक स्त्री दूसरी स्त्री से कहती है। मैं उन शब्दों को अब भूल गया हूँ। वैसे भी हम लोगों से उन्हें याद रखने की अपेक्षा नहीं की जाती।

भोर की बेला में हम लोग सो गए। हमारे शरीर की ऊष्मा से हमारी नींद टूटी। बिस्तर पर यह गरमी निर्जीव पत्थर-सी पड़ी हुई थी। जब हम लोग जागे तो हमें एक-दूसरे पर हँसी आई।

उस दिन मैं छापेखाने नहीं गया। उस पुराने नगर के बाजार में हमने चाय पी। एक सौम्य तुर्क ने तौलिए से लिपटे हुए समोवार से उड़ेलकर हमें चाय दी। वह गेरुए रंग की चाय ताजे बहते हुए खून की तरह भभक रही थी। सूर्य की धुँधली अग्नि हमारे गिलासों के कोनों पर चमक रही थी। गधों के रेंकने के लम्बे स्वर ठठेरों के हथौड़ों की चोट में घुल-मिल रहे थे।

तम्बुओं के अन्दर मटमैली दरियों पर ताँबे के कलश पंक्तियों में रखे हुए थे। धूल का एक काफिला गुलाबों और चरबी के नगर तिफ्लिस की ओर उड़ता चला आ रहा था। धूल के कारण सूर्य की रक्तिम अग्नि मन्द पड़ने लगी थी। तुर्क ने हमारे लिए और चाय उड़ेली। हमने जितने रोल्स खाए थे, उनका हिसाब वह अपनी गोलियोंवाली पट्टी पर रखता गया था।

संसार हमें अपने लिए सुन्दर और प्रीतिकर लग रहा था। जब मेरा पूरा शरीर पसीने की बूँदों से भर गया तो मैंने अपना गिलास उलटकर रख दिया। तुर्क को चाय के दाम दे चुकने पर, मैंने पाँच-पाँच रूबल के दो सिक्के वेरा की ओर बढ़ा दिए। उसकी थुलथुल टाँग मेरी टाँग के ऊपर पड़ी हुई थी। उसने पैरों को ठेलकर दूर कर दिया और अपना पैर हटा लिया।

"क्या तुम झगड़ना चाहती हो, बहन ?"

नहीं, मैं झगड़ना नहीं चाहता था। हमने शाम को मिलने का वादा किया और मैंने सोने के दोनों सिक्के, जो मेरी साहित्यिक जीविका की पहली आमदनी थी, वापस अपने बटुवे में डाल लिए।

यह बहुत पुरानी बात है और तब से मुझे प्रायः प्रकाशकों से, बौद्धिक लोगों से और पुस्तकों का व्यवसाय करनेवाले यहूदियों से धन प्राप्त हुआ है—उन जीतों के लिए, जो वास्तव में हार थीं और उन पराजयों के लिए, जो विजय में परिवर्तित हो गईं।

जीवन के लिए और मृत्यु के लिए उन्होंने मुझे धनराशि दी है। किन्तु यह धनराशि उसकी तुलना में, जो मेरी प्रथम पाठिका ने मेरे यौवन-काल में मुझे दी थी, सदा ही तुच्छ रही है लेकिन मुझे इसका दुख नहीं है क्योंकि मैं जानता हूँ कि मेरी मृत्यु तब तक नहीं होगी, जब तक मैं एक और स्वर्ण-मुद्रा, अपना अन्तिम स्वर्ण, प्यार के हाथों से प्राप्त नहीं कर लूँगा।

# रोटी की तलाश में भटकते लोगों की कहानी

*यह स्लाव कहानी 'जड़ें' 'कहानी' पत्रिका के 1956 के वार्षिकांक में छपी थी। मैं तब काशी हिन्दू विश्वविद्यालय का छात्र था और गुर्टू छात्रावास में रहता था। यह कहानी मैंने और मेरे सहपाठी कवि केदारनाथ सिंह ने मिलकर साथ-साथ पढ़ी थी। कहानी की शुरुआत में मुख्य पात्र एक किसान अपने खेत में फावड़े से काम कर रहा है। घर से भोजन की टोकरी लिए उसकी पत्नी आती है और उससे कुछ दूरी पर इस प्रतीक्षा में खड़ी रह जाती है कि पति उससे बोले। अपनी पत्नी के नितम्बों को आकाश की पृष्ठभूमि में देखते हुए वह उससे पूछता है, "क्या लाई हो ?" मुझे बहुत अच्छी तरह यह बात याद है कि इस वर्णन को पढ़ते हुए केदार के मुँह से निकला था, "वह अपनी पत्नी को देख रहा है।" मतलब यह कि इस तरह के वर्णन को कतई आपत्तिजनक नहीं माना जा सकता।*

*यह उन बेशुमार लोगों की कहानी है जो रोटी की तलाश में दर-दर भटकते फिरते हैं। फिर भी वे चाहते हैं कि वे किसी एक स्थान पर जम सकें। पिछले साल वह एक मजूर था, इस साल वह एक किसान बन गया है। वे उस जगह पर जड़ें जमाने की कोशिश कर रहे हैं। इस कहानी में मात्र दो पात्र हैं—एक पति और एक पत्नी। बेनाम लोग। उनके नाम नहीं मालूम। वे कहाँ से आए, नहीं मालूम। सिर्फ इतना स्पष्ट हो पाता है कि इस तरह आनेवाले वे सिर्फ दो लोग नहीं हैं। अनेक लोग उनकी ही तरह उस ओर चले आए हैं और उस जगह पहुँच जाने के बाद वे वहाँ पर अपनी जड़ें जमाना चाहते हैं। एक छिपकली की भी वहाँ जड़ें जमी हैं—एक दरार के बीच।*

*1956 में पढ़ी इस कहानी ने मुझे इस कदर प्रभावित किया कि मैं इसे कभी भूल नहीं पाया लेकिन मुझे इसके प्रकाशन के समय आदि की कोई निश्चित याद नहीं थी। 'कहानी' पत्रिका की मेरी फाइल के अधिकांश अंक दीमकों ने चट कर लिए थे। यह कहानी मुझे याद थी लेकिन पिछले एक साल से मैं पत्रिका का वह अंक कहीं खोज नहीं पाया। अन्त में मधुरेश काम आए। बरेली से 'कहानी' का जीरोक्स भेजते हुए उन्होंने लिखा, 'जीरो मूका की स्लाव कहानी 'जड़ें' की फोटो प्रतिलिपि*

*भिजवा रहा हूँ। 'कहानी' में यह 1956 के वार्षिकांक में छपी थी। कागज बिलकुल जर्जर और पीला पड़ गया है। बस अंक किसी तरह मेरे पास सुरक्षित रह सका है लेकिन इसे पढ़ा जा सकता है।' इस कहानी को पढ़ते हुए इसके अनुवादक जगत शंखधर की याद भी मेरे दिमाग में ताजा हो जाती है, जो उस जमाने में मेरे जैसे अनेक नए लेखकों के प्रेरणा-स्रोत और गुरु थे। उनका यह अनुवाद उनकी स्मृति को समर्पित कर रहा हूँ। मुझे बहुत खुशी है कि अपनी इस यादगार कहानी को अपनी प्रिय पत्रिका 'कादम्बिनी' के पाठकों तक पहुँचाने का सुअवसर मिल पाया है।*

मार्च, 2004 **–विद्यासागर नौटियाल**

# जड़ें

❒ *जीरो मूका*

एक बार फिर झुककर उसने अपना फावड़ा ढीली, ठंडी मिट्टी में मारा। ताजी खुदी मिट्टी को गन्ने के साथ ही सूखी घास में पड़े जंगली थाइम की घनी ढेरियों और हेजल की झाड़ियों से सड़ती पत्तियों की गन्ध उठी। उसने अपने पुट्ठों को तानकर, मिट्टी का एक ढेर उजाले में फेंककर अपना फावड़ा धरती में अटका दिया और अपनी हथेलियों को पतलून से पोंछा। तब वह ऐसे घूमा मानो उसने अपनी पत्नी को अभी-अभी देखा हो। वह कुछ दूर पर दोनों हाथों में भोजन की टोकरी लिए खड़ी थी। वह इस प्रतीक्षा में खड़ी रही कि उसका पति उससे बोले।

स्त्री का चेहरा गोल था और आँखें नीली जो तेज धूप के कारण आधी मुँदी थीं। वह मुस्कुराई। उसके उघड़े पाँव कोमल और दृढ़ थे।

अपनी पत्नी के नितम्बों को आकाश की पृष्ठभूमि में देखते हुए उसने पूछा, "क्या लाई हो ?" वह प्रसन्न था कि उसकी पत्नी बलिष्ठ है, जो खूब काम कर सकती है, बच्चों का पालन-पोषण कर सकती है और अपने बड़े-बड़े हाथों से सफेद आटा गूँथ सकती है।

ऊपर आकाश छाया था और सामने फैली हुई दृश्यावली, हरी, मोरवे के रंग की और क्षितिज तक चपटी फैली हुई, जहाँ कि दिन का आलोक बैंजनी हो रहा था और धूप से छलक रहा था। मटमैली, चमकती, गतिहीन सतह की नदी को भी वह चाँदी से चमकते सरपतों में से देख रहा था और अधिक समीप, ढलाव के ठीक नीचे, धूलभरी सड़क से लगे, ढेर की तरह एक-दूसरे में सटे गाँव के सफेद मकान दिखाई पड़ रहे थे। सभी मकान सफेद नहीं थे। कुछ चटक नीले या धानी थे या नींव के पास नीले और सफेद दीवारों के थे। यह वे मकान थे जिनमें नए बसनेवालों के सन्तुष्ट दैनिक जीवन ने जड़ें पकड़ ली थीं किन्तु अन्यत्र अभी तक बन्द खिड़कियाँ थीं और बगीचों में क्यारियों पर जंगली घास चढ़ गई थी। आदमी जहाँ खड़ा था, वहाँ से उसे अपने फार्म की छत भी दिखाई देती थी जिसमें लाल

टाइलों के बहुत से पैबन्द से धब्बे थे। छत की मरम्मत हो गई, यह देखकर अच्छा लगता था। फार्म के फाटक को चीरकर जलाने की लकड़ी के लिए बरौठे की दीवार के सहारे साफ-सुथरा ढेर बनाकर रख दिया था। जाड़े में अच्छी आँच के लिए उसे और बहुत-सी लकड़ी काटनी होगी पर उसके लिए अगले महीने समय होगा जब सवेरे ठिठुरन होगी और कुल्हाड़ी चलाने के लिए रक्त-संचार की अधिक आवश्यकता पड़ेगी।

घास पर बैठते-बैठते उसने मन-ही-मन सोचा कि बरसात के पहले उसे मुर्गीखाने जाना होगा। उसकी पत्नी कुछ कदम आगे बढ़ आई थी और उसने टोकरी जमीन पर रख दी थी। उसमें वही कल की और परसों की चीजें थीं–पनीर, रोटी और मदिरा। आदमी ने अपनी जेब में से चाकू निकाला और बोला, ''वहाँ मत खड़ी रहो। आकर घास पर बैठ जाओ।''

वह बोली, ''नहीं।'' एक हलकी सिहरन उसके शरीर पर व्याप गई, ''खड़े ही ठीक है'', उसने चारों ओर देखा, ''तुम खाओ, मैं खड़ी हूँ।''

आदमी ने पनीर का एक टुकड़ा काटकर मटमैली रोटी पर रखा। तब उसने बोतल की काग खोली और शराब पी।

इस साल शराब मीठी होगी। खूब धूप है। उनके चारों ओर, पहाड़ी के ढाल पर सर्वत्र अंगूर की बेलें चढ़ी थीं। गर्म शान्त हवा में वे सूखी, उष्ण और गाढ़े लाल रंग की थीं। उनके ऊपर आकाश वैसा ही नीला था जैसा सामने के मैदानों पर। जहाँ-जहाँ वह अंगूर की बेलों को लाल और अंबरी पत्तियों में से दिखाई पड़ता था, वहाँ आकाश का रंग और अधिक गहरा तथा सुन्दर था। धरती के निकट सोने के रंग के मधुर अंगूर उजाले में निकले पड़ते थे। वे पुरुष की उष्ण और दृढ़ हथेली में स्त्री के उरोजों की भाँति भरे और पुष्ट थे।

आदमी ने रोटी और पनीर का एक कौर काटकर अपने सामने की ताजी खोदी जमीन की ओर ताका।

ढेर की हुई मिट्टी के किनारे पर एक केंचुआ दो टुकड़े हो गया था और पीड़ा से ऐंठ रहा था, वहीं लाल और काले परवाले दो गौबरैले घास के पल्लव पर निःसंग बैठे हुए थे।

आदमी बोला, ''अंगूर की बेलों के लिए अच्छी जमीन है।''

स्त्री अपने वक्ष पर हाथ ऊपर-नीचे रखे हुए थी और मैदान की ओर ताक रही थी।

आदमी उसे ध्यान से देखता रहा। वह झेंपा। ''हमें बहुत-से धन की जरूरत है। छत की मरम्मत करानी ही है और नए फाटक बनवाने हैं और जाड़ों के पहले

हम शराब नहीं बेचेंगे। पर हाँ...वह अच्छा ही काम है। तुम्हें पसन्द है न ?" स्त्री ने पूछा। उसकी आँखें गाँव के दूसरे छोर पर नदी की ओर जाते हुए कलहंसों के झुंड पर लगी थीं। इनमें से चार, बीचवाले, कलहंस उनके थे। अगले वसन्त तक वे अंडे देने लगेंगे।

"हाँ, मुझे पसन्द है। तुम्हें खुशी होती होगी। धीरे-धीरे हम जड़ें जमा रहे हैं कि पहले ही झोंके में न उड़ जाएँ।" उसने उत्तर दिया, "लोग कह रहे हैं कि बहुतेरे जाड़ों में चले जाएँगे", वह उसे यह नहीं दिखाना चाहती थी कि वह बेचैन है।

"वह तो जाएँगे ही पर धीरे-धीरे, एक-एक कर, हम जड़ें जमा लेंगे। हम सब अलग-अलग जगहों से आए हैं, हर एक की अलग बोली है पर हमारे बच्चे सब एक ही बोली बोलेंगे। लोग उनकी बात सुनकर कहेंगे यह अमुक गाँव के हैं। वहीं इस रंग के या उस रंग के घाघरे पहने जाते हैं। वह हमारा गाँव होगा और कुछ दिनों बाद लोग भूल जाएँगे कि हमें यहाँ आए थोड़े ही दिन हुए हैं...इन खाली खलिहानों में, खाली अस्तबलों में और फफूँदी लगे शराब के तहखानों में।"

स्त्री उसे रोटी और पनीर चबाते देख रही थी और यदि इतना स्पष्ट न होता तो वह कह देती कि वह ठीक कह रहा है। सालभर पहले वह खेतों पर काम करनेवाला मजूर था, अब उसने उसे किसान की पत्नी बना दिया। एक दिन के बाद दूसरा। वह मदिरालय के बाहर अपना हैट पीछे की ओर किए निकला था। उसके घुँघराले काले बाल ललाट पर लटक रहे थे। नशे से वह उत्तेजित था और उसने उस स्त्री का हाथ थाम लिया और तब उसने कहा था, "हम लोग यहाँ से चले चलें। चलकर हम दक्षिण के अंगूर के बगीचों में खेती करेंगे", और तब वह एकाएक रुक गया था। बोला, "तुम समझी, उस गाँव में, जहाँ एक भी आदमी नहीं है", और तब उसने तुरन्त ही कहा, "बहुत-से लोग साथ ही वहाँ जा रहे हैं। कस्बे से मुश्किल से पन्द्रह मील होगा और अगर दोनों ही काम में लग जाएँ..." और आज अंगूर के बगीचों में अंगूर अभी पक ही रहे थे, मकान पर रंग की नई तहें चढ़ रही थीं, नीली, पीली और सफेद, तीन दुकानें सड़क के किनारे खुल गई थीं और सप्ताह में एक बार बिसाती गाँव में आता था, अपने सामान को कुछ तख्तों को ठोंककर बनाई हुई भद्दी-सी मेज पर फैला देता था और व्यापार करता था। सब रंगों के फीते, बच्चों की कमीजें, मोजे, बटन और जूते के फीते रहते थे।

राह पर किसी के गाने की आवाज अब सुनाई दे रही थी। शायद कोई अंगूर के बगीचों में टहल रहा था, जेबों में हाथ डाले, आसमान की ओर देखते हुए, जहाँ बादल का निशान तक न था। उसी तरह जैसा कल था और परसों था और जैसा

कल हो, परसों हो और शायद कई दिनों रहे। तब शराब और भी मीठी होगी और अंगूर उँगलियों में और अधिक चिपचिपे लगेंगे और यही बात थी, जिसके कारण आदमी गा रहा था। एक दिन सवेरे-सवेरे गाड़ियाँ रास्ते पर झकोले खाती आएँगी और घूमकर ढाल पर चरमर करेंगी, छोटे-छोटे घोड़े चढ़ाई पर जाएँगे, उनके तेज टाप लीक पड़ी राह पर पत्थर के टुकड़ों से टकराएँगे जबकि औरतें झुककर अपने हाथों से अंगूर की पत्तियों के नीचे टटोलती हुई, अंगूर की बेलों में धीरे-धीरे आगे बढ़ेंगी।

वह रास्ते की आवाज सुनती खड़ी रही, जब तक कि वह दोपहर की गर्मी में खो न गई और तब उसने चाहा कि उसका पति उसे फिर देखे क्योंकि उसे लगा कि क्षणभर पहले से अब वह बहुत अधिक सुन्दर थी। उसे अपने नितम्बों पर उष्णता लग रही थी, अपने उरोजों का उतार-चढ़ाव अनुभव हो रहा था, मानो जाते हुए युवक की दृष्टि उन पर बैठ गई हो...और बस घबराहट में उसने जल्दी में कुछ शब्द कहने का प्रयत्न किया, जो इन आवेगों में प्रत्येक को छूते हों।

"हमें कुछ और बच्चे पैदा करने ही होंगे", कहकर वह हँसने लगी।

आदमी ने कौर समाप्त किया और चाकू को जेब में डाल लिया, "हाँ, जरूर। तमाम काम करने हैं। वह उठ खड़ा हुआ और अपने हाथ पतलून पर पोंछे। अब इस काम को खत्म कर दूँ", वह बोला और एक बार फिर उसने फावड़ा मारा।

फावड़ा धरती में एक पत्थर से टकराकर बज उठा और मिट्टी में गहरा घुस गया। ज्यों ही वह आगे की ओर झुका, उसने तिरछी नजरों से अपनी पत्नी के पैरों को देखा, जो घास और जंगली थाइम के पौधों में दृढ़ता से जमे थे। तब उसने ध्यानपूर्वक उसे झुककर टोकरी उठाते देखा, उसके बालों को चेहरे पर आते देखा और एक प्रकार की दीनता से अपने काम करने के झुके ढंग से उसको लम्बे खड़े देखा। उसने अपनी कमर को सीधा किया और बोला, "रुको, मैं खत्म कर लूँ।"

वह हिचकिचाई, पर तब सन्तुष्ट होकर बोली, "अगर तुम चाहते हो कि मैं..."

उसने सोचा नहीं, पर उसे केवल यह लगा कि वह आसमान के बड़े भारी गुम्बद के नीचे बँधी खड़ी है, संसार के छोर पर, जो कि एक ओर अंगूर की बेलों के ढालू बगीचे से और दूसरी ओर मोरवा के रंग के मैदान पर छाई बैंजनी गर्मी से सीमाबद्ध है। वह इसके अतिरिक्त और कुछ करने में असमर्थ है कि खड़ी रहकर फावड़े की पत्थर से नियमित टक्करों को सुनती रहे, वे टक्करें, जिनकी आवाज विस्तृत मौन में खो जाती है और अधिकाधिक निष्ठुरता से यह अनुभव

करती रहे कि किस तरह उसकी उपस्थिति और उसका जीवन शरीर-कामना को जाग्रत कर रहा है।

नीचे गाँव में, गिरजे की मीनार में, एक घंटा बजने लगा। उसके टन-टन शब्द साफ सुनाई दे रहे थे। वे शब्द पहाड़ी पर आकर चारों ओर फैल रहे थे। मानो वे नीले आकाश से प्रतिबिम्बित हो रहे हों। पक्षियों का एक झुंड दूर के एक बगीचे से निकलकर हवा में जाल की तरह फैल गया।

औरत बोली, ''वे लोग चल पड़े हैं,'' एक हाथ से वह टोकरी पकड़े हुए थी और दूसरे से अपने बालों पर शाल खींच रही थी, जो उसके कन्धों पर खिसक गया था।

''हाँ, वे लोग चल पड़े हैं'', आदमी बोला और उसने काम रोक दिया। फावड़े पर टिककर वह गाँव की ओर देखने लगा।

''अब घर जाने का समय हो गया।''

कुछ देर और वह ताकता रहा। तब उसने फावड़ा धरती में खोंसकर अपना हाथ फैलाया। आप ही आप स्त्री ने उसे थाम लिया और आदमी को खींच लिया।

''अच्छा, तुम घर जाओ'', कहकर उसने सन्तोषपूर्वक अपने काम को देखा, ''मैं अंगूर के बगीचों में होता हुआ आ रहा हूँ। तुम्हारे लिए कुछ अंगूर ले आऊँगा।''

स्त्री ने देखा कि वह सन्तुष्ट है और उसका चुम्बन कर तब वह बोली, ''बिसाती कल आएगा। बच्चे के लिए एक कमीज मोल ले लेंगे।''

वह बोला, ''हाँ, कमीज और सीटी खरीदेंगे या बहुत ज्यादा महँगा न हुआ तो मुँह का बाजा।'' स्त्री ने उत्तर दिया,''वह हर वक्त उसे बजाता रहेगा और बच्ची सो न सकेगी।'' कहने को तो उसने कहा पर वास्तव में उसका यह मतलब न था।

आदमी हँस पड़ा और स्त्री को छोड़ दिया। जब वह हलके पैर रखती जा रही थी तो वह उसे देखता रहा और सुहावने रंग के लहँगे के नीचे ढँके उसके दोलायमान नितम्बों पर टकटकी लगाए रहा।

तब घूमकर वह एक छोटी पत्थर की नीची दीवार पर बैठ गया। उसने एक छोटी छिपकली को चौंका दिया। वह दो पत्थरों के बीच एक दरार में घुस गई और उस सायेदार छिपने की जगह से उसे अपनी काली आँखों से ताकने लगी। मीनार में घंटा अब तक बज रहा था। नदी के पानी के धुँधले दर्पण पर कलहंस धीमे-धीमे तैरकर सरपत के नीचे के छायादार मोड़ की ओर बढ़ रहे थे।

अब उसने रास्ते पर नीचे की ओर फिर देखा, तो उसे दिखाई पड़ा कि लोग धीरे-धीरे कदम रखते हुए ऊपर बढ़ रहे थे। उनके आगे एक लड़का क्रास पर लगी

ईसा मसीह की मूर्ति लिए चल रहा था। उसके पीछे पादरी प्रार्थना-पुस्तक हाथ में लिए था। तब धूपदान झुलाता हुआ दूसरा लड़का और तब कन्धों पर शव लिए लोग। उनके पीछे-पीछे काले कपड़े पहने एक भीड़ थी। औरतें अपने सिरों पर कसकर शाल बाँधे थीं, आदमी अपने हैट हाथों में थामे थे, उन सबकी आँखें धरती की ओर झुकी हुई थीं। नीचे गाँव से श्रमपूर्वक हाँफते हुए चलकर वे लोग धीरे-धीरे चुपचाप चल रहे थे और छोटी-सी मूर्ति लिए लड़का अपने चारों ओर गौरव से देखता हुआ उन्हें गन्तव्य की ओर लिए चल रहा था।

आदमी कब्रिस्तान की दीवार से हटकर अपने पतलून पर से धूल झटक रहा था। वह चपलता से ढीली मिट्टी के ढेर की ओर बढ़ा और अपना फावड़ा उठा लिया और उसे लेकर वह दूसरी पगडंडी के पास थोड़ा हट गया और वहाँ इस आसरे में खड़ा रहा कि लोग उसे काम समाप्त करने के लिए बुलाएँ।

*कहानी के बारे में*

## मानवीय संवेदना और उदात्त समझ से समृद्ध कहानी

*अच्छी कहानी की एक खरी कसौटी यह भी है कि वह लम्बी उम्र जिए। प्रस्तुत कहानी मैंने लगभग चालीस वर्ष पूर्व पढ़ी थी। सन् 1962 में प्रगतिशील प्रकाशन, दिल्ली से हिन्दी, उर्दू और पंजाबी की श्रेष्ठ कहानियों का एक संकलन शाया हुआ था, जिसके पंजाबी खंड में उक्त कहानी शामिल थी। 'कादम्बिनी' के पाठकों के लिए जब एक यादगार कहानी संस्तुत करने की जिम्मेदारी दी गई, तो यह कहानी मेरी स्मृति की छोटी-सी दुनिया में अपनी साँसों, स्पन्दनों और गन्धों के साथ जी रही रचनाओं में से डग बढ़ाकर सामने आ खड़ी हो गई। इसका कहन बहुत सीधा-सादा है। सादगी का भी एक अपना सौन्दर्य होता है, बशर्ते वह छूनेवाली मानवीय संवेदना और उदात्त समझ से समृद्ध हो। पेश की गई यह कहानी ये दोनों ही शर्तें बखूबी पूरा करती है। ड्राइवर ने जब एक निर्जन पहाड़ी रास्ते पर अपने नशे से उखड़े होश में एक मासूम बच्चे को कुचल ही नहीं दिया, अपना जुर्म छिपाने की बदनीयती से, उसे हमेशा खामोश रखने के इरादे से तलहटी में फेंक भी दिया, तो साथ चल रहा क्लीनर भय और दर्द से हिल गया और शान्त करने के लिए ड्राइवर की दी गई, इस दलील पर भी कि वह कलैक्टर का बच्चा तो था नहीं, उसने उस ट्रक की नौकरी से विदा ले ली। कहानी में आया यह एक मोड़ है। दूसरा मोड़ वह है—जब बच्चे की वृद्धा माँ बच्चे को कुचलकर तलहटी में फेंककर मार डालने के लिए ट्रक के ड्राइवर को घेरती है, उसके कपड़े फाड़कर नोचती-काटती है और यह घेराव हर दिन इतना उग्र होता जाता है कि ड्राइवर वह क्षेत्र छोड़कर, एक अन्य प्रदेश में ट्रक चलाना सुरक्षित समझता है। एक और मोड़ तब आता है, जब अन्य प्रदेश के रास्ते पर भेड़-बकरियों के रेवड़ हाँकते उसी उम्र के एक बच्चे को बचाने की खातिर ड्राइवर ट्रक को एक वृक्ष से टकरा बैठता है और खुद चोटिल हो जाता है और फिर पहले हादसे के समय साथवाले क्लीनर को लिखने का निश्चय करता है कि वह कलैक्टर का बच्चा नहीं था—मनुष्य का बच्चा था। कहानी में डाले जानेवाले मोड़ यों गन्तव्य से ही जुड़ते हैं किन्तु औत्सुक-रस तेज करते रहने के लिए ये जरूरी होते हैं। कहानीकार का*

*इस बिन्दु पर मौन कि अपने बच्चे के हत्यारे को वृद्धा ने कैसे चीन्ह लिया था, कहानी में कोई खास झोल नहीं डालता है। यह एक सर्वमान्य सत्य है कि अपराधी का अपना अपराध-बोध ही इसे कठघरे में खड़ा करने लगता है और यह बोध बहुधा उसकी बाहरी चेष्टाओं में भी झलक आता है।*

*मैंने जो इतना कुछ कहा, ज्यादा ही है। कहानियाँ अपने दम-खम से ही पाठकों के बीच लम्बी और बड़ी यात्राएँ करती हैं। अशक्त रचनाओं को ही खड़ी होने के लिए व्याख्या की बैसाखियों की जरूरत होती है। बकौल कवि शमशेर बहादुर सिंह–'बात बोलेगी हम नहीं, भेद खोलेगी बात ही।'*

जून, 2003 **–हृदयेश**

# मनुष्य का बेटा

❑ *प्रीतमसिंह पंछी*

खुला सपाट मैदान था। ट्रक को चाहे किसी तरफ मोड़ ले जाओ, कहीं भी आदमी का नामो-निशान नहीं था। मैं राजस्थान पहली बार आया था। कहाँ वे शिमला की घाटियाँ, हरियाली, बर्फ से ढँकी पहाड़ों की चोटियाँ और कहाँ थीं—ये मरुस्थल की प्रलयंकारी आँधियाँ—वह भी जैसलमेर का प्रदेश।

मुझे वह दिन भूला नहीं है, जब मेरे ट्रक के नीचे आकर एक बच्चा कुचला गया था। उसकी भोली, मासूम सूरत अब भी मेरी आँखों के आगे नाच उठती है। उस बच्चे ने अपने बचाव की बहुत कोशिश की थी पर मैं ही शराब के नशे में अन्धा हो रहा था। कालका से खूब पीकर चला था। एक हलकी-सी चीख मुझे सुनाई दी। ट्रक एक झटके के साथ खड़ा हो गया। सवेरे की बेला थी। चहुँ ओर इतना कोहरा छा रहा था कि हाथ-को-हाथ नहीं सूझता था। मेरा क्लीनर सज्जन घबराहट और भय से पीला पड़ गया था। कहने लगा, "उस्ताद ! अब क्या होगा ?" मैंने उसे डाँटकर कहा, "साले ?...यह कौन-से कलैक्टर का बच्चा है !"

इतना कहकर मैंने बच्चे को उठाकर पहाड़ की तलहटी में दे फेंका। एक हलकी-सी चीख के साथ वह पुतला कहीं-का-कहीं जा पहुँचा। इधर-उधर लहू के छींटे बिखरे पड़े थे। मैंने पलभर में कुछ सोचा और ट्रक में से दूध का मटका उठाकर वहाँ गिरा दिया। अब उस जगह को देखनेवाला यही सोच सकता था कि वहाँ पर किसी दूधवाले का एक्सीडेंट हो गया है। ट्रक अपने अड्डे पर पहुँच गया था। आसपास की दुकानों के बाहर लगी भट्टियों से पक्के कोयलों का धुआँ उठ रहा था। इतनी बड़ी घटना हो जाने के बाद भी मुझमें कोई परिवर्तन नहीं आया था। मैं सन् चौदह की बड़ी लड़ाई में मौत के भयंकर दृश्य देख चुका था।

मेरी बात छोड़ो। सज्जन बहुत उदास था। इस घटना ने उस पर बहुत बुरा प्रभाव डाला था। उस दिन न तो उसने चाय पी और न ही रोटी खाई। सारा दिन वह खोया-सा रहा।

ट्रक चलने के समय वह मेरे पास आकर बोला, ''उस्तादजी, मैं ट्रक के साथ नहीं जाऊँगा। मैंने एक दूसरे लड़के का बन्दोबस्त कर दिया है। ट्रक ले जाओ।''

सज्जन मेरे साथ किसी तरह भी जाने को तैयार नहीं हुआ। मैं उसकी मूर्खता पर हँस दिया, ''कल का छोकरा है, ड्राइवर बनने के सपने अभी से देखने लगा है।''

एक हफ्ता...दो हफ्ते, तीसरे हफ्ते क्या सुना कि एक बुढ़िया यहाँ कहीं भी ड्राइवर की वरदी पहने कोई आदमी देख लेती तो, उसे गले से पकड़कर चिल्लाती, ''बताओ, मेरे बच्चे का क्या कसूर था ? दारू पीकर अन्धों की तरह चलते ट्रक के नीचे देकर मेरा बच्चा कुचल दिया। ओ मरदूदों, मेरा बच्चा बच सकता था। वह जरूर बच जाता, अगर...''

एक दिन मैं चाय पीकर पीछे मुड़ा ही था कि जो कुछ सुना था, सामने आ गया। एक पचास साल की बुढ़िया मेरी ओर लपकी और उसने मुझे गले से पकड़ लिया। झटके देकर पूछने लगी, ''ओ मरदूदा, बता, मेरा बच्चा किसने मारा है...बता।''

उस दिन तो मैं बच गया—भगवान की मरजी। धीरे-धीरे उसने दूसरे ड्राइवरों का तो पीछा छोड़ दिया, पर मेरे ट्रक के आते ही वह मुझे गले से पकड़ लेती। कई बार मैं बच भी जाता।

एक दिन मैं ट्रक को अड्डे पर खड़ा करके नीचे उतरा ही था कि बुढ़िया ने मुझे घेर लिया और बुरी तरह से दाँतों से काटना और नाखूनों से नोचना शुरू कर दिया। मैं मुश्किल से अपना पीछा छुड़ाकर ट्रक में जाकर बैठ गया। मेरी ड्राइवर की वरदी फट गई थी। केश बिखर गए थे। मेरा कलेजा जोर-जोर से धड़क रहा था। बुढ़िया कह रही थी, ''मेरा लाल बच सकता था। डॉक्टर कहता था, ट्रक-ड्राइवर बहुत बेरहम होते हैं। पहाड़ से गिरने पर उसका सिर फट गया। बच्चा जिन्दा रह सकता था, अगर उसे दोहरी मार न पड़ती। ओ मरदूदा, मेरा लाल तूने मारा है। मैं तुझे जिन्दा नहीं छोड़ूँगी।''

अड्डे पर आदमियों का हुजूम जमा हो गया था। दो-एक क्लीनरों ने जरा हिम्मत करके उस बुढ़िया को दूर हटाने की कोशिश की। मुझे पसीना छूट रहा था। मैं जानता था कि बुढ़िया दूर नहीं हटेगी। वह नहीं हटी। जब जोर-आजमाइश शुरू हो गई तो बुढ़िया ने अपना सिर ट्रक पर जोर से दे मारा। खून का फव्वारा फूट पड़ा। फिर किसी तरह लोग उसे दूर हटाकर ले गए।

ट्रक के अन्दर लटक रही गुरु नानक की तस्वीर अब भी उसी तरह गम्भीर और शान्त मुद्रा में थी। मेरी आँखों के आगे अँधेरा छा गया था। मुझे लगा, जैसे

मेरी साँस घुटी जा रही हो। इस बला का सामने से हटना तो अलग रहा, मेरा दिल ही मुझे धिक्कार रहा था, "ओ पापी ! भगवान से क्या छिपा है। देख, अपनी करतूत देख।" बात बहुत लम्बी है। लोग मुझे सन्देह की नजर से देखने लग गए थे। इस घटना ने मेरा स्वास्थ्य बिगाड़ दिया। अब मुझे कुछ भी अच्छा नहीं लगता था। शराब से घृणा हो गई। मैं कहीं भी ड्राइवरों की महफिल देख लेता, तो भाग खड़ा होता। अब मेरे ट्रक की रफ्तार कानूनी चाल से भी कम हो गई थी। मेरी जिन्दगी में पहला मौका था, जब मैंने सावधानी से ट्रक चलाना सीखा। एक दिन शिमला से लौटते हुए वह बुढ़िया फिर मिल गई। मैंने उसे देखते ही भागने की कोशिश की, पर उसने मुझे पकड़ लिया। मेरे कपड़े फाड़ डाले। मुझे लहू-लुहान कर दिया। मैं बेहोश हो गया।

दो दिन बाद मुझे होश आया। मैं चलने की तैयारी कर ही रहा था कि बुढ़िया फिर आ गई। मेरे हाथ-पैर फूल गए। ट्रक के अन्दर बैठा मौत की घड़ियाँ गिन रहा था कि कई ड्राइवर और क्लीनर दौड़कर आए। उन्होंने सोचा था, अगर यह आज पकड़ा गया, तो बुढ़िया जिन्दा नहीं छोड़ेगी। बुढ़िया दौड़कर ट्रक के सामने आ गई थी और उसने ट्रक का बम्पर पकड़ लिया। उसे छुड़ाने की बहुत कोशिश की गई, पर वह उसी के साथ चिपटी रही। आखिर लहू से लथपथ होकर वहीं गिर गई। कुछ लोग उसे उठाकर अस्पताल में भरती करा आए। सभी ने मुझे समझाया कि मेरा वहाँ रहना ठीक नहीं है। कहीं कोई घटना न हो जाए। कुछ ड्राइवर बोले, "घबराने की क्या बात है ? हम अब तक तो खामोश थे। अब वह इधर आए, ट्रक के नीचे देकर न कुचल दिया तो..."

फिर जब एक ड्राइवर ने आकर बताया कि बुढ़िया अस्पताल से आ रही है, तो मेरे जैसे प्राण ही सूख गए। मुझे और कुछ न सूझा, कम्पनी के मालिक को ट्रक सँभालकर राजस्थान की ओर भाग आया। फिर भी मैं किसी तरह उस बुढ़िया के आगे अपना जुर्म मानकर अपने दिल का भार हलका करना चाहता था, पर मेरा हौसला नहीं पड़ा।

राजस्थान में आते ही मुझे ट्रक मिल गया था। बीकानेर से गुड़ लेकर जैसलमेर की ओर जा रहा था। कोलायत के आगे खुला मैदान क्या मिला कि अचानक भेड़-बकरियों का एक रेवड़ आगे आ गया। उसके साथ एक लड़का था–बिलकुल छोटी उम्र का। रेवड़ को हाँके जा रहा था। जब मैंने देखा कि शिमला-घाटी की घटना फिर से दुहराई जाने को है, तो आव देखा न ताव, ट्रक को एकदम मोड़कर ब्रेक लगा दी। ट्रक काबू से बाहर होकर एक बियाबान में खड़े वृक्ष से जा टकराया। जब मेरी आँख खुली तो मैं एक छोटे-से गाँव के किसी

घर में घायल हुआ पड़ा था। ट्रक मालिक को बहुत मामूली चोट आई थी।

मेरी आँखों के सामने वह रेवड़वाला बच्चा घूम रहा था और मुझे ऐसा लग रहा था कि जैसे वही शिमला-घाटीवाला बच्चा मेरे ट्रक का रास्ता रोकने के लिए सामने आ खड़ा हुआ हो।

उस दिन मैं फफककर रो दिया। मैंने निश्चय कर लिया था कि ठीक होते ही सज्जन क्लीनर को लिखूँगा, कि सज्जन !...वह कलैक्टर का बच्चा नहीं था–वह मनुष्य का बच्चा था !...

*कहानी के बारे में*

# आज के हालात के ऊपर चमचमाता आईना

*इतने में किसी ने बाँके से कहा, "मुला स्वाँग खूब भर्‍यो !"*

*भगवती बाबू की 'दो बाँके' कहानी का यह वाक्य पढ़कर क्या लक्ष्मण के कार्टून का वह आम आदमी याद नहीं आता, जो हर घटना की चकित भाव से समीक्षा करता है ? भगवती बाबू की यह कहानी 'माधुरी' में सितम्बर, 1936 में छपी थी। जुलाई में मैं जन्मा था। पढ़ी थी, तब मैं आठवीं क्लास में रहा हूँगा। इस कहानी को तब दूसरे अन्दाज से देखा जाता था। रईस लोग झूठी शान में लमतरानी हाँक तो देते थे लेकिन उससे बाहर निकलना मुश्किल हो जाता था। उसका बाँकपन यही था। बाँके का मतलब था, लीक से हटकर चलना। इस कहानी में उस्ताद शब्द का प्रयोग तकिया कलाम के रूप में है। जैसे इलाहाबाद में गुरु, मेरठ की तरफ खलीफा। आज इस कहानी का पूरा सन्दर्भ बदल गया है। अन्तरराष्ट्रीय स्तर पर लगभग एक-डेढ़ दशक पूर्व अमेरिका तथा सोवियत संघ दो बाँके थे, जो गाजे-बाजे, फौज-फर्रा व बैंडों के साथ जोर करने के लिए बढ़ते थे और फिर यह बताते हुए हट जाते थे कि दूसरा पहले के डर से भाग गया जबकि दोनों का पंजा ढीला पड़ जाता था। इसी तरह भारत और पाकिस्तान दो बाँकों की तरह ही पंजा लड़ाए हैं। लाठियाँ बाईं बगल में दबा ली हैं। यह राजनीति का हिसाब है। हर राजनीतिक पार्टी सिद्धान्तों की लाठी बगल में दबाए 'या अली' या अली न सही 'जय बजरंगबली' कहकर 'जय श्रीराम' की ध्वनि गुंजरित करते हुए एक-दूसरे से जोर कर रही है। दूसरे, किसी और का नाम लेकर गांधी, अम्बेडकर, मार्क्स से भिड़े हैं। ताशे वाले हैं कि मारू बाजा बजाए जा रहे हैं। जब हार-जीत का सवाल होता है तो लड़ाई बराबर पर छूट जाती है। सबके गुर्गे अपने नेता की जयकार करते लौट जाते हैं। यह बाँकपन जिन्दगी का हिस्सा बन गया है। तब मजा था, अब वास्तविकता है। साहित्य हर बदलते समय के साथ अपनी नई व्याख्या करता है। भगवतीचरण वर्मा की 'दो बाँके' हो या 'मुगलों ने सल्तनत बख्श दी' हो। आज के हालत के ऊपर ये चमचमाता आईना हैं। वैसे*

*भी यह वर्ष भगवती बाबू का शताब्दी वर्ष है। इस कारण शायद इसकी अर्थवत्ता और भी बढ़ जाती है।*

*हाँ, उसका सवाल तब भी था और अब भी उसी तरह बरकरार है—'मुला स्वाँग खूब भर्‌यो !' है जवाब ?*

अगस्त, 2003

**—गिरिराज किशोर**

# दो बाँके

❒ *भगवतीचरण वर्मा*

शायद ही ऐसा कोई अभागा हो, जिसने लखनऊ का नाम न सुना हो और उक्त प्रान्त में ही नहीं, बल्कि सारे हिन्दुस्तान में और मैं तो यहाँ तक कहने को तैयार हूँ कि सारी दुनिया में लखनऊ की शोहरत है। लखनऊ के सफेदा आम, लखनऊ के खरबूजे, लखनऊ की रेवड़ियाँ—ये सब ऐसी चीजें हैं, जिन्हें लखनऊ से लौटते समय लोग सौगात के तौर पर साथ ले जाया करते हैं लेकिन कुछ ऐसी भी चीजें हैं, जो साथ नहीं ले जाई जा सकतीं और उनमें लखनऊ की जिन्दादिली और लखनऊ की नफासत विशेष रूप से आती है।

ये तो वे चीजें हैं, जिन्हें देशी और परदेशी सभी जान सकते हैं पर कुछ ऐसी भी चीजें हैं, जिन्हें लखनऊवाले तक नहीं जानते और अगर परदेशियों को इनका पता लग जाए तो समझिए कि उन परदेशियों के भाग खुल गए। इन्हीं विशेष चीजों में आते हैं, लखनऊ के 'बाँके'।

'बाँके' शब्द हिन्दी का है या उर्दू का, यह विवादग्रस्त विषय हो सकता है और हिन्दीवालों का कहना है—इन हिन्दीवालों में मैं भी हूँ—कि यह शब्द संस्कृत के 'बंकिम' शब्द से निकला है पर यह मानना पड़ेगा कि जहाँ 'बंकिम' शब्द में कुछ गम्भीरता है, कभी-कभी कुछ तीखापन झलकने लगता है, वहाँ 'बाँके' शब्द में एक अजीब बाँकापन है। अगर जवान बाँका-तिरछा न हुआ तो आप निश्चय समझ लें कि उसकी जवानी की कोई सार्थकता नहीं। अगर चितवन बाँकी नहीं तो आँख का फोड़ लेना अच्छा है; बाँका शब्द उठ जाए तो कुछ दिलजले लोग खुदकुशी करने पर आमादा हो जाएँगे। और इसीलिए मैं तो यहाँ तक कहूँगा कि लखनऊ बाँका शहर है और इस बाँके शहर में कुछ बाँके रहते हैं, जिनमें गजब का बाँकापन है। यहाँ पर आप लोग शायद झल्लाकर यह पूछेंगे—म्याँ यह 'बाँके' है क्या बला ? कहते क्यों नहीं ? और मैं उत्तर दूँगा कि आप में सब्र नहीं; अगर इन बाँकों की एक बाँकी भूमिका नहीं हुई तो फिर कहानी किस तरह बाँकी हो सकती है ?

हाँ, तो लखनऊ शहर में रईस हैं। तवायफें हैं और इन दोनों के साथ शोहदे भी हैं। बकौल लखनऊवालों के, ये शोहदे ऐसे-वैसे नहीं हैं। ये लखनऊ की नाक हैं। लखनऊ की सारी बहादुरी के ये ठेकेदार हैं और ये जान ले लेने तथा जान दे देने पर आमादा रहते हैं। अगर लखनऊ से ये शोहदे हटा लिए जाएँ तो लोगों का यह कहना–'अजी लखनऊ तो जनानों का शहर है,' सोलह आने सच्चा उतर जाए।

जनाब, इन्हीं शोहदों के सरगनों को लखनऊवाले 'बाँके' कहते हैं। शाम के वक्त तहमत पहने हुए और कसरती बदन पर जालीदार बनियान पहनकर उसके ऊपर बूटेदार चिकन का कुरता डाले हुए जब ये निकलते हैं, तब लोग-बाग बड़ी हसरत की निगाहों से इन्हें देखते हैं। उस वक्त इनके पट्टेदार बालों में करीब आध-पाव चमेली का तेल पड़ा रहता है। कान में इत्र की अनगिनत फुरहरियाँ खुँसी रहती हैं और एक बेले का गजरा गले में तथा एक हाथ की कलाई पर रहता है। फिर ये अकेले ही नहीं निकलते, इनके साथ शागिर्द-शोहदों का जुलूस रहता है, एक-से-एक बोलियाँ बोलते हुए, फबतियाँ कसते हुए और शेखियाँ हाँकते हुए। इन्हें देखने के लिए एक हजूम उमड़ पड़ता है।

तो उस दिन मुझे अमीनाबाद से 'नख्खास' जाना था। पास में पैसे कम थे इसलिए जब एक नवाब साहब ने आवाज दी–'नख्खास' तो मैं उचककर उनके इक्के पर बैठ गया। यहाँ यह बतला देना बेजा न होगा कि लखनऊ के इक्केवालों में तीन-चौथाई शाही खानदान के हैं और यही उनकी बदकिस्मती है कि उनका वजीफा बन्द या कम कर दिया गया और उन्हें इक्का हाँकना पड़ रहा है।

इक्का 'नख्खास' की तरफ चला और मैंने मियाँ इक्केवाले से कहा, "कहिए नवाब साहब ! खाने-पीने भर को तो पैदा कर लेते हैं ?"

इस सवाल का पूछा जाना था कि उद्‌गारों के बाँध का टूट पड़ना था। बड़े करुण स्वर में बोले, "क्या बतलाऊँ हुजूर, अपनी क्या हालत है, कह नहीं सकता। खुदा जो कुछ दिखलाएगा, देखूँगा ! कभी वे दिन थे, जब हम लोगों के बुजुर्ग हुकूमत करते थे। ऐशो-आराम की जिन्दगी बसर करते थे लेकिन आज हमें–उन्हीं की औलाद को–भूखों मरने की नौबत आ गई है और हुजूर, अब पेशे में कुछ रह नहीं गया। पहले तो ताँगे चले, जी को समझाया-बुझाया, म्याँ, अपनी-अपनी किस्मत ! मैं भी ताँगा ले लूँगा, यह तो वक्त की बात है, मुझे भी फायदा होगा लेकिन क्या बतलाऊँ हुजूर, हालात दिनों-दिन बिगड़ते ही गए। अब देखिए, मोटरों-पर-मोटरें चल रही हैं। भला बतलाइए हुजूर, जो सुख इक्के की सवारी में है, वह भला ताँगे या मोटर में मिलने का ? ताँगे में पलथई मारकर

आराम से बैठ नहीं सकते। जाते उत्तर की तरफ हैं, मुँह दक्खिन की तरफ रहता है। अजी साहब, हिन्दुओं में मुरदा उलटे सिर ले जाया जाता है लेकिन ताँगे में लोग जिन्दा ही उलटे सिर चलते हैं और जरा गौर फरमाइए ! ये मोटरें शैतान की तरह चलती हैं; जहाँ जाती हैं, वहाँ बला की धूल उड़ाती हैं कि इंसान अन्धा हो जाए। मैं तो कहता हूँ कि बिना जानवर के आप चलनेवाली सवारी से दूर ही रहना चाहिए, उसमें शैतान का फेर है।''

इक्केवाले नवाब और न जाने क्या-क्या कहते, अगर वे 'या अली !' के नारे से चौंक न उठते।

सामने क्या देखते हैं कि आलम उमड़ा पड़ रहा है। इक्का रकाबगंज के पुल के पास पहुँचकर रुक गया।

एक अजीब समाँ था। रकाबगंज के पुल के दोनों तरफ करीब पन्द्रह हजार की भीड़ थी लेकिन पुल पर एक आदमी नहीं। पुल के एक किनारे करीब पच्चीस शोहदे लाठी लिए हुए खड़े थे और दूसरे किनारे भी उतने ही। एक खास बात और थी कि पुल के एक सिरे पर सड़क के बीचोंबीच एक चारपाई रखी थी और दूसरे सिरे पर भी सड़क के बीचोंबीच दूसरी। बीच-बीच में रुक-रुककर दोनों ओर से 'या अली !' के नारे लगते थे।

मैंने इक्केवाले से पूछा, ''क्यों म्याँ, क्या मामला है ?''

म्याँ इक्केवाले ने एक तमाशाई से पूछकर बतलाया, ''हुजूर आज दो बाँकों में लड़ाई होनेवाली है, उसी लड़ाई को देखने के लिए यह भीड़ इकट्ठी है।''

मैंने फिर पूछा, ''यह क्यों ?''

म्याँ इक्केवाले ने जवाब दिया, ''हुजूर, पुल के इस पार के शोहदों का सरगना एक बाँका है और उस पार के शोहदों का सरगना दूसरा बाँका। कल इस पार के एक शोहदे से पुल के उस पार के दूसरे शोहदे का कुछ झगड़ा हो गया और उस झगड़े में कुछ मार-पीट हो गई। इस फिसाद पर दोनों बाँकों में कुछ कहा-सुनी हुई और उस कहा-सुनी में ही मैदान बद दिया गया।''

चुप होकर मैं उधर देखने लगा। एकाएक मैंने पूछा, ''लेकिन ये चारपाइयाँ क्यों आई हैं ?''

''अरे हुजूर ! इन बाँकों की लड़ाई कोई ऐसी-वैसी थोड़ी ही होगी; इसमें खून बहेगा और लड़ाई तब तक खत्म न होगी, जब तक एक बाँका खत्म न हो जाए। आज तो एक-आध लाश गिरेगी। ये चारपाइयाँ उन बाँकों की लाश उठाने आई हैं। दोनों बाँके अपनी बीवी-बच्चों से रुखसत लेकर और कर्बला के लिए तैयार होकर आएँगे।''

इसी समय दोनों ओर से 'या अली' की एक बहुत बुलन्द आवाज उठी। मैंने देखा कि पुल के दोनों तरफ हाथ में लाठी लिए हुए दोनों बाँके आ गए। तमाशाइयों में एक सकता-सा छा गया; सब लोग चुप हो गए।

पुल के इस पारवाले बाँके ने कड़ककर दूसरे पारवाले बाँके से कहा, ''उस्ताद !''

और दूसरे पारवाले बाँके ने कड़ककर उत्तर दिया, ''उस्ताद !''

पुल के इस पारवाले बाँके ने कहा, ''उस्ताद, आज खून हो जाएगा, खून !''

पुल के उस पारवाले ने कहा, ''उस्ताद, आज लाशें गिर जाएँगी, लाशें !''

पुल के इस पारवाले बाँके ने कहा, ''उस्ताद, आज कयामत बरपा हो जाएगी, कयामत !''

चारों ओर एक गहरा सन्नाटा फैला था। लोगों के दिल धड़क रहे थे, भीड़ बढ़ती ही जा रही है।

पुल के इस पारवाले बाँके ने लाठी का एक हाथ घुमाकर एक कदम बढ़ते हुए कहा, ''तो फिर उस्ताद होशियार !''

पुल के इस पारवाले बाँके के शागिर्दों ने गगन-भेदी स्वर में नारा लगाया, ''या अली !''

दोनों तरफ से दोनों बाँके, कदम-ब-कदम लाठी के हाथ दिखलाते हुए तथा एक-दूसरे को ललकारते आगे बढ़ रहे थे, दोनों तरफ के बाँकों के शागिर्द हर कदम पर 'या अली !' के नारे लगा रहे थे और दोनों तरफ के तमाशाइयों के हृदय उत्सुकता, कौतूहल तथा इन बाँकों की वीरता के प्रदर्शन के कारण धड़क रहे थे।

पुल के बीचोबीच, एक-दूसरे से दो कदम की दूरी पर दोनों बाँके रुके। दोनों ने एक-दूसरे को थोड़ी देर गौर से देखा। फिर दोनों बाँकों की लाठियाँ उठीं और दाहिने हाथ से बाएँ हाथ में चली गईं।

इस पारवाले बाँके ने कहा, ''फिर उस्ताद !'' उस पारवाले बाँके ने कहा, ''फिर उस्ताद !'' इस पारवाले बाँके ने अपना हाथ बढ़ाया और उस पारवाले बाँके ने अपना हाथ बढ़ाया और दोनों के पंजे गुँथ गए। दोनों बाँकों के शागिर्दों ने नारा लगाया, ''या अली।''

फिर क्या था ! दोनों बाँके जोर लगा रहे हैं; पंजा टस-से-मस नहीं हो रहा है ? दस मिनट तक तमाशबीन सकते की हालत में खड़े रहे। इतने में इस पारवाले बाँके ने कहा, ''उस्ताद, गजब के कस हैं।''

उस पारवाले बाँके ने कहा, ''उस्ताद, बला का जोर है !'' इस पारवाले बाँके ने कहा, ''उस्ताद, अभी तक मैंने समझा था कि मेरे मुकाबिले का लखनऊ में कोई दूसरा नहीं है।''

उस पारवाले बाँके ने कहा, "उस्ताद, आज कहीं जाकर मुझे अपनी जोड़ का जवाँ मर्द मिला।"

इस पारवाले बाँके ने कहा, "उस्ताद, तबीयत नहीं होती कि तुम्हारे जैसे बहादुर आदमी का खून करूँ।" उस पारवाले बाँके ने कहा, "उस्ताद, तबीयत नहीं होती कि तुम्हारे जैसे शेर दिल आदमी की लाश गिराऊँ !" थोड़ी देर के लिए दोनों मौन हो गए; पंजा गुँथा हुआ, टस-से-मस नहीं हो रहा है।

इस पारवाले बाँके ने कहा, "उस्ताद, झगड़ा किस बात का है ?" उस पारवाले बाँके ने कहा, "उस्ताद, यही सवाल मेरे सामने है !"

इस पारवाले बाँके ने कहा, "उस्ताद, पुल के इस तरफ के हिस्से का मालिक मैं !"

उस पारवाले बाँके ने कहा, "उस्ताद, पुल के इस तरफ के हिस्से का मालिक मैं !"

और दोनों ने एक साथ कहा, "पुल की दूसरी तरफ से न हमें कोई मतलब है और न हमारे शागिर्दों को।"

दोनों के हाथ ढीले पड़े, दोनों ने एक-दूसरे को सलाम किया और फिर दोनों घूम पड़े।

छाती फुलाए हुए दोनों बाँके अपने शागिर्दों से आ मिले। बिजली की तरह यह खबर फैल गई कि दोनों बाँके बराबर की जोड़ छूटे और उनमें सुलह हो गई।

इक्केवाले को पैसे देकर, मैं वहाँ से पैदल ही लौट पड़ा क्योंकि देर हो जाने के कारण 'नखखास' जाना बेकार था।

इस पारवाला बाँका अपने शागिर्दों से घिरा हुआ चल रहा था, शागिर्द कह रहे थे, "उस्ताद इस वक्त बड़ी समझदारी से काम लिया, वरना आज लाशें गिर जातीं। उस्ताद हम सबके-सब अपनी-अपनी जान दे देते। लेकिन उस्ताद, गजब के कस हैं।"

इतने में किसी ने बाँके से कहा, "मुला स्वाँग खूब भर्‌यो !"

बाँके ने देखा कि एक लम्बा और तगड़ा देहाती, जिसके हाथ में एक भारी-सा लट्‌ठ है, सामने खड़ा मुस्कुरा रहा है।

उस वक्त बाँके खून का घूँट पीकर रह गए। उन्होंने सोचा–एक बाँका दूसरे बाँके से ही लड़ सकता है, देहातियों से उलझना उसे शोभा नहीं देता।

और शागिर्द भी खून का घूँट पीकर रह गए। उन्होंने सोचा–भला उस्ताद की मौजूदगी में उन्हें हाथ उठाने का कोई हक भी है ?

# भयानक समसामयिक चिन्ताओं की गाथा

मेरी स्मृति में कई यादगार कहानियाँ हैं। वैसे मेरी स्मृति लाजवाब नहीं है, ज्यों-त्यों है। बेन ओकरी की कहानी 'गुप्त इतिहास' को इस स्तम्भ के लिए चुनने का सबब यह है कि हमारे भूमंडल पर सबसे भयानक समसामयिक चिन्ताओं की गाथा इसमें बुनी गई है। वास्तव में यह कहानी विकास की मौजूदा विचारधारा को अस्वीकार करती है। इसकी बेचैनी हमारी सभ्यता की दिशा या ब्रह्मांड की दिशा से उपजी बेचैनी है। बहुत-से लोगों को यह भ्रम है कि दुनिया उनके लिए फैलती जा रही है, बड़ी हो रही है, जबकि सच यह कि वह सिकुड़ती जा रही है। शायद सरामागो के महान उपन्यास 'केव' का सारतत्त्व इस कहानी में पहले ही प्रस्तुत कर दिया गया था। तमाम बड़े रचनाकार हमारे समय के सबसे भयानक 'विकास' या उसके उपद्रव को अपनी तरह से रच रहे हैं।

लोग हैं जो दूर कहीं, इतिहास से दूर जरा-सा स्थान पाने के लिए चीख रहे हैं, चिल्ला रहे हैं, करतब कर रहे हैं और अन्ततः आत्मघात कर रहे हैं।

नौकरियाँ पाने में असफल हजारों लोग देख रहे हैं कि भव्य सुन्दरताएँ भवनों के रूप में ऊपर उठ रही हैं और कुछ लोग हैं कि वे जो चाहे कर लेते हैं। यह दुनिया उन्हीं के खूँटे से बँधी है। क्या यह साम्राज्यवादी अमेरिका की तरफ इशारा तो नहीं है?

चीजें धीरे-धीरे बनती हैं, फिर तपाक से उजड़ने लगती हैं, वे धूसरित भौगोलिक खंडों में बदल जाती हैं। वहाँ बच्चे नहीं दीखते, बिजली गुल हो गई है, स्मृति का भट्टा बैठ गया है। कहानी इस प्रकार हमारी सम्पूर्ण दुनिया के ऊपर एक गहरा प्रश्नचिह्न है।

बेन ओकरी ने पिछले एक दशक में, विश्व-कथा में गहरी दिलचस्पी रखनेवाले भारतीय पाठकों का ध्यान तीव्रता से आकर्षित किया है। नाइजीरिया में जन्मे ओकरी अब लन्दन में रहते हैं। वे 'बुकर पुरस्कार' प्राप्त कथाकार हैं और उन्हें विश्व के अनेक प्रतिष्ठित सम्मान मिले हैं। लेकिन उन्हें विश्व आर्थिक फोरम से मिला सम्मान इसलिए उल्लेखनीय है कि एक विश्व प्रसिद्ध गैर-साहित्यिक सांस्कृतिक संस्थान ने कला में

*उनके अद्वितीय अवदान को रेखांकित करते हुए माना है कि बेन ओकरी हमारे समय के बने-बनाए खाँचों से बार-बार बाहर जाते हुए एक विशाल पाठक वर्ग को स्पर्श करते हैं। यही गुण है बेन ओकरी का कि आज तीसरी दुनिया के वे चहेते कथाकार बन गए हैं।*

*कई बार उनकी कहानियों को पढ़ते हुए मुझे लगता है कि वे लन्दन में नहीं, भारत में रह रहे हैं। उनकी कहानी 'पूजा स्थल की घटनाएँ' ('पहल' पत्रिका में प्रकाशित) एक ऐसी कहानी है जिसमें बाबरी मस्जिद विनाश की दुर्घटना की छाया दिख रही है। पता नहीं अपनी कहानियों में वे किन-किन देशों की भौगोलिक सीमाओं को लाँघ रहे हैं।*

अक्टूबर, 2003 **–ज्ञानरंजन**

# गुप्त इतिहास

❒ *बेन ओकरी*

स्मृति से कुछ भी छिपा नहीं रहता। सड़क पर बने मकान खंडहरों में परिवर्तित हो चुके थे। उनके अन्तिम निवासी शरणार्थियों में परिवर्तित हो चुके थे, वे सभ्य समाज के घरेलू नौकरों के रूप में अपने शासकों के आदेश पर यहाँ आए थे। शुरुआत में वे सड़क पर हँसी के ठहाकों को लेकर आए थे। उनके लिए सारी दुनिया के द्वार खुल जाएँ इस कल्पना के साथ यहाँ आए थे। फुटपाथ पर लगे काँच के टुकड़ों पर सूरज की कौंध से वे चकाचौंध हो जाते थे। लेकिन वसन्त की पहली बयार के उस चमत्कार के बाद उनकी संवेदनाएँ उतनी सजग और जाग्रत नहीं रह गई थीं।

उनके बच्चे वहाँ जन्म लेते रहे। वे सड़क पर बड़े होते रहे लेकिन दुनिया को उनकी आवश्यकता नहीं थी। सप्ताहान्त में वे बच्चे फुटबाल खेलते थे और खुली खिड़कियों से सुनाई देते लोकप्रिय गीतों को सुना करते थे। लोगों ने सेकेंड हैंड कारें खरीद ली थीं (जो अधिक दूर तक कभी नहीं जाती थीं) और वे उन्हें पूरे परिवार के साथ मिल शनिवार को धोया करते थे। इतवार को वे दरवाजों को पेंट किया करते थे, गमलों में लगे मुरझाए फूलों को सँवारने के साथ देवताओं की पूजा-अर्चना किया करते थे। वे दोस्तियाँ किया करते थे, जो विपरीत परिस्थितियों में खत्म हो जाया करती थीं। उन लोगों ने अपने घरों के सामने छोटे-छोटे लकड़ियों के गेट भी बना लिए थे।

तब सड़क के निवासियों की सोच यह थी कि दुनिया उनके लिए फैलती जा रही है, बड़ी हो रही है, जबकि सच यह था कि वह सिकुड़ती जा रही थी। देश के अदृश्य स्थानों ने उन्हें खोज लिया था। एक सुबह उन सभी को सरकारी पत्र प्राप्त हुए। उन्होंने पत्र पढ़े और अस्पष्ट-सी धुन्ध में अपने भविष्य को विलीन होते देखा और फिर शान्त हो गए। उस बरस उन लोगों ने ईसा का जन्मदिन एकान्त में मनाया।

अभी सर्दियाँ खत्म ही हुई थीं कि दो भवन तोड़ू दस्ते सड़क के मुहाने पर डट गए। सेकेंड हैंड कारों को बेच दिया गया। सड़क पर परछाइयाँ लम्बी होने लगीं, खिड़कियों से संगीत के स्वर आने बन्द हो गए और बच्चों ने बाहर निकलकर खेलना बन्द कर दिया। कुछ घरों की बिजली काट दी गई और उन घरों में सीलन तेजी से फैलने लगी। सड़क के दोनों ओर बने मकान जो पहले ही टूटने की कगार पर पहुँच चुके थे, वे तेजी से रहस्यमय तरीके से बर्बादी की ओर बढ़ने लगे। वहाँ के निवासी या तो अलस-सुबह दिखाई देते, जब घना स्याह कोहरा छाया रहता था या फिर रात में दिखाई देते, जब गलियों का चक्कर लगाकर बाहर आते थे, ताकि किसी को यह पता न चले कि वे उस सड़क के निवासी हैं, जिन्हें स्मृति से मिटा दिया गया है। वे खिड़कियों के भीतर निराश दिखते थे। मैं उन्हें कभी-कभार ही देखा करता था। वे मिले-जुले कुचले हुए चेहरों के साथ ऊँची होती बिल्डिंगों को आश्चर्य से देखते रहते थे। फिर वे एक-एक कर शर्मशार हो, अपमानितों जैसे वहाँ से चले गए। खाली हुए मकानों पर बोर्ड लगाकर उन्हें जालीदार तारों से घेर दिया गया। सड़क पर लैम्पों का जलना बन्द हो गया। यह अच्छा ही हुआ, अब उन्हें एक-दूसरे को न देखने का बहाना बनाने की आवश्यकता नहीं रही थी। जो वहाँ अभी भी रह रहे थे, वे इन खंडहरों को वैसे ही देखते थे, जैसे सड़क के मुहाने पर खड़े लोग देखा करते थे। भवन-तोड़ मशीनों में खड़े-खड़े जंग लग रही थीं। धातु की गेंदें हवा में वजनदार हो गई थीं।

और फिर शहर की बिल्डिंगों और अन्य इलाकों से झुंड-के-झुंड वहाँ पहुँचने लगे, एक ऐसी नई पीढ़ी जो नौकरियाँ पाने में असफल हो गई थी, उसने इस सड़क को खोज निकाला और साथ ही उसमें रहनेवाले अन्तिम निवासियों को भी। उन्होंने एक मकान को जलाकर राख कर दिया और अन्य दो मकानों के साथ कुछ नए प्रयोग किए। लेकिन यह भीड़ मुख्य कारण नहीं थी, उस सड़क के निवासियों के गायब होने का। उन्हें तो वहाँ से जाना ही था क्योंकि वहाँ के वीरान मकानों में उगे जंगली बगीचों से एक नकारात्मक राक्षसी ऊर्जा लगातार उठ रही थी। सड़कों पर बच्चे अजीब-सी आवाजें आने की कल्पना किया करते थे और वहाँ के लोगों को धातु की गेंदें आसमान जैसी विशाल दिखने लगी थीं। औरतें और बच्चे पूरी रात जागते रहते थे क्योंकि यह सड़क इसके चारों ओर रहनेवालों की अदृश्य घृणा का कूड़ादान हो गई थी।

जब उनका अन्तिम जत्था अपने बड़े परिवारों के साथ वहाँ से रवाना हुआ, तब मैंने अपनी खिड़की से उन्हें जाते देखा था। मैंने उन्हें सुबह की ठिठुरती सर्द हवाओं के बीच सड़क पर अपने रेडियोग्राम, कपड़ों से भरे बड़े-बड़े सन्दूक, फोटो

एल्बम और चाइनीज क्राकरी ले जाते देखा था। एक लारी उनके इन्तजार में वहाँ खड़ी थी। अपनी बिल्डिंग से उतरकर मैं उनके पास सांत्वना देने के लिए चला गया। जैसे ही उन्होंने मुझे देखा तो उनकी साँस भय के मारे रुक गई और वे मुँह फाड़े मुझे देखने लगे। क्या मैं इतने दिनों तक दूर रहा था ? मुझे डर लगा कि मेरे वहाँ रहने से उनका बोझ और बढ़ जाएगा, इसलिए मैं आगे बढ़ गया। लारियाँ उन्हें लेकर चली गईं। वे उन सपनों को भूल चुके थे, जिनके साथ वे वहाँ आए थे। वे सड़कें जिन पर वे चलते रहे थे, खून से भरी थीं। भला उन्होंने यह कल्पना कैसे की थी कि वे सोने से भरी होंगी !

जब वे छोड़कर चले गए, तब चूहों ने उस सड़क को खोज लिया। जब चूहों ने कबर्ड में छोड़ दी गई बासी सख्त खाद्य सामग्री को देखा तो वे प्रसन्नता से भर गए, इतनी सम्पन्न दुनिया को देख वे जोर-जोर से प्रसन्नता के साथ चिचियाने लगे।

ऊँची होती बिल्डिंगों में कैद लोगों की घृणा में कोई कमी नहीं आई थी, तब भी नहीं, जब सड़क के निवासी वहाँ से गायब हो गए थे बल्कि उनकी घृणा में तीव्रता बढ़ी थी, क्योंकि अब उनमें वे मनुष्य नहीं रह रहे थे, जिन्हें मार डालने की उन्हें सन्तुष्टि मिला करती थी। प्रतिशोधस्वरूप वे अपने यहाँ का कूड़ा-करकट, खंगार उसी खाली हुई सड़क में डालने लगे। साथ ही कुत्तों के झुंडों को वहाँ आराम से मल-त्याग करने के लिए प्रेरित करने लगे। उन कुत्तों में बहुत-से पागल थे। उनकी पूँछ सीधी तनी रहती थी और उनका कोई मालिक नहीं था। मैं प्रायः इन कुत्तों को देखता रहता था, जो कभी मिल-जुलकर नहीं रहते थे और हमेशा एक-दूसरे पर भौंकते रहते थे। वे हमेशा शातिर निगाहों के साथ दौड़ते रहते थे और जरा-सी आवाज पर अपनी पूँछ खड़ी कर लिया करते थे। कभी-कभार मैं उनके बीच चला जाया करता था और मुझे वे सदैव विश्वसनीय लगे थे। आदमियों के गैंग भी वहाँ आया करते थे। उनके लिए भी सड़क शौच करने का उपयुक्त स्थान बन चुकी थी। पूरी सड़क पर वे इधर-उधर बैठे शौच-कर्म करते रहते थे। बैठे-बैठे वे एक-दूसरे पर वहाँ पड़ा सामान फेंका करते थे। वे सदैव सड़क के पुराने वासियों को कुछ इस अन्दाज में गरियाते रहते थे, जैसे वे अभी भी वहीं हों। मैं प्रायः ही उनके पास से निकला करता था मगर उन्होंने सदैव मेरी उपेक्षा की।

पाखी-पखेरू वहाँ आया करते थे। हवा में चक्कर लगा वे प्रायः सड़क पर बैठ जाया करते थे। काले कौए और स्टारलिंग पक्षी और पता नहीं कौन-कौन से पक्षी वहाँ आते रहते थे। कभी-कभार तो उनकी संख्या इतनी ज्यादा हो जाती थी

कि सड़क और खंडहर होते मकानों के ओने-कोने—सभी उनसे भर जाया करते थे और वहाँ जरा-सी भी खाली जगह नहीं बचती थी। वे कूड़े-करकट के ढेरों को जिन्दगी से भर देते थे। जाने से पहले वे पंखों को फड़फड़ाकर उड़ जाया करते थे। साथ ही अपने पीछे सड़क और मकानों पर सफेद बीट के ढेर के ढेर छोड़ जाया करते थे।

फिर भवन तोड़ू मशीनों को, उस कचरे से वापस ले जाया गया क्योंकि सड़क को जमींदोज करने का अब कोई फायदा नहीं था। उसे मवाद से भरने, सड़ने के लिए छोड़ दिया गया था। जो लोग वहाँ कचरा फेंकने आते थे, उन्होंने कभी इसकी आवश्यकता नहीं समझी कि वे कचरों के आसपास लगे ढेरों पर एक नजर तो डाल लें। उन्होंने मल के ऊपर मल करने से उत्पन्न अजनबी तत्त्वों पर जमते कफ और सड़क से रिसती बू पर ही ध्यान दिया।

उस कचरे से गन्धक की बू उठती रहती थी। गुलाबी कुकरमुत्ते वहाँ उगने लगे थे। अनजाने पौधे वहाँ उगने तथा पनपने लगे थे। फिर वनस्पति ने गुलाबी-हरे फूलों से उस सड़क को भर दिया था। नीली आँखोंवाले फेटा मोरगाना की तरह वे खूबसूरत दिखने लगे थे लेकिन उनसे ऐसी बदबू आती थी, जिससे कुत्ते सीमित इलाके में बँधकर रह गए थे—कुत्ते और मैं दोनों। जहाँ मैं रहा करता था वहाँ से उन फूलों और उन परिस्थितियों को देखता रहता था, जिनसे वे जन्म ले रहे थे। गन्दगी से बजबजाती धरती में जन्मे उन फूलों को एक रात से दूसरी रात तक लगातार देखना, दुःस्वप्नों भरे हृदय को देखने जैसा था।

उस सड़क के चारों ओर बनी इमारतों से लगातार बिलखने के तीखे स्वर निकलते रहते थे। सुबह नन्हे शिशु जोर-जोर से रोया करते थे। कभी-कभी आदमी और औरतें इमारतों की ऊँचाई से नीचे सीमेंट के लॉन में कूदकर अपनी देहों का कचूमर बना लिया करते थे। हर कहीं वे इतिहास से दूर, जरा-सा स्थान पाने के लिए चीखते-चिल्लाते रहते थे। इमारतों की ऊँचाइयाँ बढ़ रही थीं। सड़क गन्दगी में जीवित थी।

और तभी एक रात को सड़क के ऊपर चाँदी-सी चमकती सर्द लहर लटकने लगी। बहुत-से लोग इमारतों से दूर जाने लगे। वे थे कौन ? वे कौन से नए निष्कासन का प्रतिनिधित्व कर रहे थे ? वे शिकायतें कर रहे थे और शाप दे रहे थे। उनकी श्वासों से हरे कोहरे का जन्म हो रहा था। क्या उन्होंने अपने कचरे का नया उपयोग करना जान लिया था ? वे न तो रुक ही रहे थे और न ही देख ही रहे थे। मैंने पाया कि उनमें से एक भी उस दबी-कुचली मगर भरी हुई सड़क पर अपना सम्मान बनाए रखने में समर्थ नहीं था। उनमें से एक भी नहीं।

कभी-कभी टूटे-फूटे फुटपाथ पर गिरने से पहले ही मैं बरसात की आवाज को सुन लिया करता था। उस रात अच्छी बरसात हुई थी। चाँदी-सी बूँदें सड़क पर तेजी से गिर-गिरकर बिखर रही थीं। बरसात में कुछ भी दिखाई नहीं दे रहा था। ऐसी रातों को ही मुझे धरती से बँधे होने का अहसास होता है। मैं पास और दूर कुछ भी देखने में समर्थ नहीं रह जाता। सच है कि बरसात भेंगा बना देती है। बौछारें छतों को तोड़े डाले रही थीं। मकान काँप रहा था और तभी मेरे पीछे की दीवार का एक हिस्सा ढह गया। अनुमान से कहीं ज्यादा तेजी से पानी गिर रहा था। कैसी बरसात थी वह। कैसी बरसात थी कि पानी के सिवाय और कुछ दिखलाई ही नहीं दे रहा था। सड़क पर बाढ़ थी। चूँकि पानी बहकर और कहीं जा नहीं सकता था, अतः झील बन गई थी—अपनी सड़ान्ध को अपने में ही बाँधे हुए।

दूसरी सुबह मैंने छत की टाइलों को गायब पाया। कुछ मकान ढह गए थे। सड़क पर लगे लैम्पों के खम्भे झुककर सड़क के समानान्तर हो गए थे। जब सड़क का पानी धीरे-धीरे बहकर निकल गया तो सड़क चमकने लगी थी। सड़क के मुहाने पर इकट्ठा ढेर इतना ऊँचा हो गया था कि वहाँ से मेरी कुर्बानी पूरी होती दिख रही थी।

मैं गलत था। बाद में उसी दिन मैंने एक अजीब-सी घुरघुराहट सुनी—कार एंजिन की खाँसी से मिलती-जुलती। फिर वह दर्दभरी आवाज लगातार उस कचरे पर चढ़ती चली गई। फिर वह आवाज ऊँचाई से आने लगी, छप्परों-छतों से या फिर स्वर्ग से। कुछ ही देर में स्पष्ट हो गया कि किसी को नाक से कफ निकालने में कष्ट हो रहा है। वह जोर लगाए जा रहा है। फिर वह गाना गाने लगा। एक भयानक गीत। मुझे ऐसा लगा कि वह उन लोगों में से है, जिसने कभी गाया ही न हो। इस रहस्यभरी जगह में उसने अपनी बेसुरी आवाज का उपयोग करना सीख लिया था। मैंने खिड़की के बाहर झाँका। क्षितिज पर भविष्यवक्ता बिजूका-सा दिख रहा था, वह जीर्णशीर्ण आकार का एक व्यक्ति था, जिसे मैंने सूची-निर्माता नाम दे दिया।

वह नाटा व्यक्ति था। उसके सिर पर पतले काले बालों का गुच्छा था। कचरे के अम्बार से वह किसी तरह अपने सिर को कचरे से बचाते हुए नीचे उतरा। वह सधे कदमों से सड़क को पार करने लगा। उसने अपने को नए शहर का खोजी मान लिया होगा। उसने सड़क को पहले से बेहतर स्थिति में देखा था, इसलिए मैं उसके आनन्दित होने को क्षमा कर सकता हूँ, जिसमें वह मगन था।

मुझे

उससे एक प्रकार की ईर्ष्या हो रही थी क्योंकि सड़क इस समय एक ताजी नई स्लेट-जैसी लग रही थी, जिसे वह अपने मन के अनुसार खरोंच सकता था।

उसकी एक आँख में गाँठ थी और दूसरी लगातार फड़कती रहती थी। उसे वहाँ की वस्तुओं में कुछ अतिरिक्त रुचि थी–जैसे पत्थरों, मूँगों, काँच के टुकड़ों, जीवाश्म बन चुकी कुत्तों की सूखी लेंड़ियों। उसने इन वस्तुओं को सूँघने की कोशिश की, उन्हें सूँघा। उन पर वह हँसा। उसने एक अधगिरे मकान के पिछवाड़े के कमरे में रहने का निर्णय किया। धरती के सारे कीड़े-मकोड़े में से केवल पिस्सू ही मुझे परेशान कर सकते हैं। यहाँ पहले पिस्सू नहीं थे। वही इन्हें यहाँ लेकर आया था। रोज सुबह उसकी देह से चूहों की गन्ध आती थी। सुबह की पहली किरण के आने के साथ वह अपने कोट को फटकारा करता था। उसके कोट से निकली धूल के बादल पंखहीन दुःस्वप्नों का आकार लेकर मेरा पीछा किया करते थे। जब उसमें तीव्र इच्छा जाग्रत हो जाती थी तो वह कोट को सड़क पर फटकारता था, उसे लैम्प पोस्ट पर कोड़े की तरह फटकारा करता था या फिर उसे अपने सिर के ऊपर चारों ओर दानवी हंटर की तरह घुमाया करता था। वह इतनी धूल भर देता था कि कभी-कभी मैं अपेक्षा करता था कि वह अपनी गन्दगी के साथ अपनी ही बनाई तीव्र गति से उड़ जाएगा। लेकिन ऐसा कभी हुआ नहीं।

उसके कारण पखेरुओं ने आना ही बन्द कर दिया था। सड़क के आवारा कुत्तों का आना भी वहाँ बन्द हो गया था। उसकी पागलपन की बू से पशु भी डरे-सहमे रहते थे।

दुनिया ने हम तक पहुँचने की बहुत कोशिश की। लोग गन्दगी के पहाड़ पर चढ़ हमें हकाला करते थे। जब इन खोजियों ने 'सूची-निर्माता' को देखा तो वे उसे पीटने के लिए आगे बढ़े। वे शहर के अन्य इलाकों तथा इमारतों की भीड़ की उस अगली पीढ़ी से थे, जिसे कोई काम-धन्धा नहीं मिल पाया था। उन्होंने 'सूची-निर्माता' को कोने में धकेल दिया।

हर दिन 'सूची-निर्माता' यह भूल जाया करता था कि सड़क पर कुछ खोजने का उसका एकाधिकार अब नहीं रह गया है। वह अकेला नहीं रह गया था, जो वहाँ धूमता था। उसने इस पर भी ध्यान नहीं दिया कि परिस्थितियाँ अब खतरनाक मोड़ ले चुकी हैं। जब उन्होंने कचरे के पहाड़ पर चढ़कर उस पर पत्थर फेंकने शुरू किए, तब मैंने उसकी विक्षिप्त हँसी और चीखें सुनीं। उसे सांत्वना देने के लिए मैं उससे मिलने गया।

सैकड़ों बड़े-बड़े काले चूहे अपनी लम्बी पूँछों के साथ मुझे देखते ही तितर-बितर हो गए। 'सूची-निर्माता' के कमरे की दीवारें हरी और फफूँद से भरी

थीं। दीवारों पर दरारें आँतों की तरह फैली थीं। छत पर कुकरमुत्ते उग रहे थे। जेस्मीन और क्रिस थीमस के फूल, जो मुरझाकर बर्बाद होने के लिए छोड़ दिए गए थे, उनकी बू आ रही थी। क्रिसमस का पेड़ बेडौल और बड़ा हो गया था। उसके महल को देख मैं थकान का अनुभव करने लगा। वहाँ से बाहर जाने के लिए बेताब हो रहा था। दूसरे कमरे में उसकी खाँसने और नाक छिनकने की आवाज सुनकर मैं वहाँ से भागा क्योंकि वहाँ होना धरती से दुगनी गति से जुड़े रहना था। मैं उसके कमरे में गया। उसकी मिचमिचाती आँखों ने मेरी ओर कड़वाहट से देखा। उसे खुजली होने लगी थी। उसने अपना कोट ढूँढ़ा और उसे फर्श और दीवार पर जोर-जोर से पटक, मुझे भगा दिया।

जब उसे महसूस होता कि उसके शत्रु वहाँ नहीं हैं तो वह सड़क पर ऊपर-नीचे, गोल-गोल घूमता रहता था और काल्पनिक सेलरों में रेंगता रहता था किन्तु वे लोग कचरे के ढेर पर खड़े हो चुपचाप उसे काल्पनिक सूची बनाने और कचरे को खोजते देखते रहते थे। फिर एक दिन उन लोगों ने वहाँ जाँचने के लिए कचरे का एक बोरा बीच सड़क पर छोड़ दिया।

फिर वे कचरे के ढेर के ऊपर से उसे देखते रहे। वे उसे यह याद करते एकदम देखते रहे कि वह शैतान का वंशज है, जिसे बाइबिल में शाप दिया गया है। और यह भी याद किया कि वह उनमें से है, जिसने उनकी और उनके पिताओं की नौकरियों को छीना है, वह उनकी औरतों को ले गया है। वह इतना नीच है कि मानव जाति को उस पर शर्म आ जाए।

साँस रोके वे उसे बोरे के पास जाते देखते रहे, उसने बोरे को खोल उसमें हाथ डाल दिया। उसकी आँखें फड़क रही थीं। उसने अपना एक रक्तरंजित पैर बाहर निकाला, जिसका अँगूठा बड़ा और सफेद-काला हो रहा था। उसका पंजा सड़ रहा था। उसने गाँठों से भरा एक हाथ बाहर निकाला था, जो सूखी टहनी की तरह हो गया था। उसने एक बाँह बाहर निकाली, जो कन्धे से कटी थी और उसकी रक्तवाहिनी नसें लटकी हुई थीं। फिर उसने एक काली स्त्री का सिर निकाला, जिसे बेरहमी से काटा गया था। उसकी आँखें बड़ी और खुली थीं। उसकी नाक खरगोश के ओंठ की तरह कटी हुई थी। उसने उन्हें सूँघा और सुनता रहा। अपनी सूची बनाने की लालसा में वह बढ़ता गया।

उसके विरोधी कचरे के ढेर पर खड़े उसे देखे जा रहे थे। उनके चेहरे लगातार साँस रोके रहने से लाल हो रहे थे।

'सूची-निर्माता' स्त्री की देह के अंगों को उठा-उठाकर ध्यान से देख रहा था। वह उन्हें एक आकार देना चाहता था लेकिन उसकी स्मृति उसका साथ नहीं दे

रही थी। मैं तेजी से नीचे उतरा। आखिर क्यों ? भला मैं क्या कर सकता था ? जब तक मैं सड़क पर चलकर उसके पास पहुँचा, तब तक उसने स्त्री के अंगों को बोरे में भर दिया था। उसकी आँखें अजीब-सी हो रही थीं। ऐसा लगता था कि उनका उसके सिर से कोई सम्बन्ध नहीं रह गया था। वह तेजी से बोरे को घसीटता हुआ आगे बढ़ रहा था। वह आड़ा-तिरछा, गोल-गोल घूमता-सा चल रहा था। मैं उसे इस आशा और उम्मीद के साथ देख रहा था कि आखिर कब तक मैं इस सड़क की जेल में कैद रहूँगा, जो सदैव नई-नवेली हो उठती है और जिसके नीचे से पुरानी वस्तुएँ रिसकर निकलती रहती हैं।

ऊपर खड़े उसके विरोधियों में से एक को अचानक मितली उठी। दूसरा भी उल्टी करने लगा और फिर सारे विरोधी हाँफते हुए कै करने लगे। कचरे के अम्बार से वे किसी तरह नीचे उतरे, साँस लेने में परेशान हो, वे सभी तेजी से दूर चले गए।

'सूची-निर्माता' औरत के अंगों को याद कर ठीक-ठीक लगाने की कोशिश करता रहा। इसी में वह बहुत देर तक सिर खपाता रहा। कुछ समय बाद उसका सड़क पर आना बन्द हो गया। उसकी खोज में मैं आगे बढ़ा। वह कहीं था ही नहीं और मैं उसे खोजने में असफल रहा। लगता था कि सड़क ने उसे निगल लिया था।

फिर कुछ समय बाद वे वहाँ आए और बचे-खुचे, रहे-सहे मकानों को उन्होंने ढहा दिया। अपने ढेरों बोझ के साथ मैंने खुला आसमान और एक छोटे से सूर्य की आकांक्षा की थी, जो सुनहरी आँख की तरह मुझे हमेशा देखता रहे। मैं सो गया था। उस नींद में हजारों बरसातें हुईं, हजारों सूरज तपे। उस नींद के लम्बे अन्तराल में मैं जागा तो काले देवदूत की तरह।

जैसा मैं हमेशा से था।

मेरे पंख वजनदार और काले हो चुके थे, उन पापों की तरह, जिनका बोझ उन्होंने अपनी-अपनी भाषा में मुझ पर लाद दिया था।

दानवाकार बिल्डिंगें बन चुकी थीं। आकाश जल रहा था। सूर्य हमेशा के लिए निकट आ चुका था। दानवाकार बिल्डिंगें खाली पड़ी थीं। रातों को मैं बिल्लियों के रोने की आवाजें सुनता रहता था। स्मृति के तल में अब कुछ भी सरकाया नहीं जा सकता था। जहाँ सड़क हुआ करती थी, अब वहाँ एक 'हरी झील' है।

## इस करुण कथा ने हमेशा मुझे गहरी टीस दी है

*वान्का ताड़ना, तिरस्कार और उपेक्षा के शिकार एक अनाथ बच्चे की मर्म-भेदी कथा है। मैंने अनेक बार इस कहानी को पढ़ा है और बालश्रमिकों की फजीहत से दुखी हुआ हूँ। सौ वर्ष पहले दिवंगत हुए एंटन चेखव की इस करुण कथा ने मुझे हमेशा गहरी टीस दी है। आज सौ वर्ष बाद भी बेसहारा बच्चों की दुर्गति जस की तस है।*

*इस कथा का एक अन्य पक्ष भी दृष्टव्य है। कहानी के बच्चे वान्का की दिल हिला देनेवाली करुण दास्तान चाहे कभी भी अपने गन्तव्य पर नहीं पहुँची पर अपनी पीड़ा को प्रेषित कर देने भर से ही वह सुकून की नींद सो गया। शायद कहानी यह भी कहती है कि हम अपना मर्म खोलकर रख देते हैं तो पीड़ा से मुक्ति पा जाते हैं। अभिव्यक्ति हमें कितने ही कष्टों से मुक्त करने में समर्थ होती है।*

अप्रैल, 2004

**–से. रा. यात्री**

# वान्का

*❒ एंटन चेखव*

जूते बनानेवाले अल्दाखिन के यहाँ तीन माह से काम सीखनेवाला नौ वर्षीय वान्का जुकोव-क्रिसमस की रात सोने नहीं गया। वह अपने मालिक, मालकिन तथा अन्य काम सीखनेवाले छोकरों और नौकरों का चर्च जाने का इन्तजार करता रहा। उनके चले जाने पर उसने ताक पर से रोशनाई की दवात और घिसे हुए निबवाली कलम उठाया और मुड़े-तुड़े कागज पर लिखने की तैयारी करने लगा। लिखने से पहले उसने कई बार दरवाजों और खिड़कियों को आशंका की नजरों से देखा। फर्श पर सब तरफ चमड़े के टुकड़े बिखरे हुए थे और हर ओर सन्नाटा पसरा था।

वान्का फर्श पर घुटने के बल बैठकर सिर नीचे झुकाए लिखने लगा–

''प्यारे दादा कांसतेंतीन मेकेरिच,

मैं आपको पत्र लिख रहा हूँ और बड़े दिन की बधाई भेज रहा हूँ। मैं आशा करता हूँ कि ईश्वर आप पर दयालु होकर आशीर्वाद देगा। मेरी तो न माँ है न बाप–मेरे लिए संसार में केवल आप ही हैं।''

वान्का ने खिड़की के उस पार बढ़ते हुए अन्धकार में अपनी आँखें गड़ा दीं। हवा से मोमबत्ती की लौ काँप-काँप उठती थी। उसने कल्पना में अपने दादा कांसतेंतीन को बहुत स्पष्ट रूप से देखा जो जिवारेव एस्टेट में चौकीदार थे। वह दुबली-पतली काया के पैंसठ साल के बूढ़े थे पर वह अपने काम में बड़े जीवन्त और मुस्तैद थे। उनके चेहरे पर सदा मुस्कान बनी रहती थी और आँखें हमेशा नशे से लाल और गुड़हल के फूल-जैसी दिखती थीं।

दिन में वह रसोई के पिछले हिस्से में सोते अथवा रसोइए और जवान नौकरानियों से दिल्लगी करते रहते थे। रात को भेड़ की खाल का कोट अपने चारों तरफ लपेटे उन्हें एस्टेट की रखवाली करते देखा जा सकता था। उनके भारी जूतों की खट-खट काफी दूर से सुनाई पड़ जाती थी। उनके पीछे-पीछे सिर को हिलाती-डुलाती बूढ़ी कुतिया कासंतका और कुत्ता एल भी चक्कर काटते रहते थे।

एल कुत्ते का शरीर नेवले जैसा था। वह बहुत समझदार कुत्ता था। एल दोस्तों और दुश्मनों पर समान नजर रखता था। वह किसी का यकीन नहीं करता था। उसे चोरी-चोरी चुपके से कटवाने और किसानों के झोपड़ों से मुर्गा उड़ा लाने की खातिर पाला गया था। उसकी भरपूर कुटम्मस होती रहती थी मगर वह फिर भी सही-सलामत था।

सम्भवतः इस वक्त कांसतेंतीन दरवाजे पर खड़ा चर्च से आनेवाली चमकदार लाल रोशनी देख रहा होगा या अपने भारी जूतों को पहने घूम-घूमकर नौकरों को बेवकूफ बना रहा होगा। वह जल्दी-जल्दी बोलते हुए अपनी पेटी कस रहा होगा या सर्दी से बचने के लिए अपनी बाँहों को एक दूसरी से कस रहा होगा। वह अपनी सुँघनी की डिब्बी किसी औरत की ओर बढ़ाकर कह रहा होगा, 'एक चुटकी लो' औरत एक चुटकी नसवार लेगी और तड़ातड़ छींकना शुरू कर देगी। इस पर बूढ़ा खुशी से फूल जाएगा। खूब ठठाकर हँसेगा और यह कहने से नहीं चूकेगा 'जकड़ी हुई नाकों के लिए सर्वोत्तम है।'

यहाँ तक कि कुत्तों को भी नसवार सुँघाई जाएगी। कासंतका छींकने लगेगी–अपना सिर हिलाएगी और क्रुद्ध होकर बाहर निकल जाएगी। एल छींकने के लिए हमेशा तैयार रहता है। वह खुशी से पूँछ हिलाता रहेगा। मौसम बड़ा खुशगवार होगा। अँधेरी रात में चिमनियों से धुआँ निकल रहा होगा। गाँव में सोता पड़ गया होगा। वान्का को गिरती हुई बर्फ की परतें साफ दिखाई दीं। तारों से भरा आकाश जगमगा रहा था। आकाश-गंगा ऐसी प्रतीत हुई मानो बड़े दिन की खुशी में रगड़-रगड़कर चमका दी गई हो। वान्का ने एक गहरी साँस ली। कलम को रोशनाई में डुबोया और लिखने लगा–"और कल मैं सारे दिन छुपा रहा। मालिक ने मेरे बाल पकड़े और मुझे घसीटते हुए बाहर यार्ड में ले जाकर पटक दिया। चमड़े की रस्सी से मुझे खूब उधेड़ा क्योंकि मैं गलती से बच्चे को पालने को हिलाते-हिलाते सो गया था। पिछले हफ्ते एक दिन मालकिन ने मुझसे एक मछली की अँतड़ी निकालने को कहा था। मैंने मछली को पूँछ की तरफ से चीरना शुरू कर दिया तो मछली मेरे हाथ से छीनकर उसे वह मेरे मुँह पर रगड़ने लगी।

"दूसरे नौकर ऐसी बातों पर मेरी खिल्ली उड़ाते हैं। कभी मुझे सराय से वोदका लाने के लिए विवश करते हैं, कभी ककड़ियाँ चुरा लाने के लिए। चोरी की बात जानकर मालिक के हाथ जो कुछ भी पड़ जाता है उसी से पीटने लगता है। मुझे खाने को भी कुछ नहीं मिलता। ये लोग मुझे सुबह को रोटी देते हैं और साँझ को सिर्फ माँड़। मुझे न कभी चाय देते हैं न बन्द गोभी का सूप। ये चीजें वे खुद ही सटक जाते हैं। वह मुझे खुले रास्ते पर सुला देते हैं और जब इनका

बच्चा चीखता है तो मेरा सोना बिलकुल हराम हो जाता है क्योंकि मुझे उसका पालना झुलाना पड़ता है। प्यारे दादा ! ईश्वर के लिए मुझे घर ले जाओ। ये यन्त्रणाएँ अब मेरे लिए असह्य हैं। ओह दादा ! मैं विनती करता हूँ और आपके हाथ जोड़ता हूँ। तुम्हारे लिए मैं ईश्वर से सदैव प्रार्थना करूँगा। तुम मुझे यहाँ से ले जाओ वरना मैं यहाँ मर जाऊँगा।''

वान्का के होंठ तन गए। उसने मैले हाथों से अपनी आँखों को रगड़ा और सुबक उठा। उसने आगे लिखा–''प्यारे दादा मैं तुम्हारा नसवार पीसकर तैयार कर दिया करूँगा। मैं तुम्हारे लिए प्रार्थना किया करूँगा और अगर मैं जरा भी बदमाशी करूँ तो तुम मुझे चाहे जितना उधेड़ लेना। अगर तुम यह समझते हो कि वहाँ मेरे लिए कुछ भी करने को नहीं है तो मैं जमींदार मालिक से अपने ऊपर दया करने को कहकर उनके जूते साफ कर दिया करूँगा, कोदिया की जगह मैं ही भेड़ें चरा लाया करूँगा। प्यारे दादा ! अब मैं यहाँ ज्यादा दिनों तक नहीं रह सकता। यहाँ तो सब मुझे जान से मार रहे हैं। मैंने कई दफा पैदल ही गाँव भाग आने के बारे में भी सोचा लेकिन मेरे पास बूट नहीं हैं। रास्ते में पाँव जम जाने के डर से मैं गाँव नहीं आ सका। और प्यारे दादा–जब मैं बड़ा हो जाऊँगा–तो आपकी देखभाल किया करूँगा। आपको किसी तरह की तकलीफ नहीं होने दूँगा और जब आप मर जाएँगे तो आपकी आत्मा के लिए उसी तरह प्रार्थना किया करूँगा जैसे कि मैं अपनी मृत माँ की आत्मा के लिए करता हूँ।

''मास्को बहुत बड़ा शहर है। इसमें कई तरीकों के मकान हैं। यहाँ घोड़े, भेड़ें, कुत्तों की संख्या का कोई ठिकाना नहीं है। यहाँ बच्चे भी बड़ी तादाद में हैं। वे मछली पकड़ने के काँटे बेचते हुए घूमते हैं। मैंने ऐसी दुकानें देखी हैं जहाँ सब तरह की बन्दूकें बिकती हैं। गाँव में जमींदार के पास जैसी बन्दूकें हैं वैसी यहाँ सौ रूबल में मिलती हैं। कसाइयों की दुकानों में शिकार किए हुए जंगली मुर्गे और खरगोश लटके रहते हैं लेकिन कोई भी यह नहीं बतलाता कि इनका शिकार कहाँ किया गया है ? प्यारे दादा ! जब गाँव में क्रिसमस का पेड़ लगाया जाए तो मेरे लिए आप अखरोट उठाकर रख लेना। मिस ओल्गा इवनात्येवना से कहना कि वह मेरे लिए क्रिसमस की मिठाई और भेंटें सँभालकर रख लें।''

वान्का के मुँह से बेसाख्ता एक लम्बी साँस निकल गई। वह खिड़की के सींखचों से बाहर की ओर ताकने लगा। वान्का को साथ लेकर गाँववालों के लिए क्रिसमस का पेड़ लाते हुए अपने दादा का चित्र उसकी आँखों में उभर उठा। उसे अपने दादा की बहुत याद आई। आह ! वे दिन भी कितने सुन्दर थे, उसके नेत्रों में मुस्कुराते हुए दादा की तस्वीर घूम गई। सनोवर का पेड़ काटने से पहले उसका

दादा पाइप पीता था और एक चुटकी नसवार सूँघकर ठंड से काँपते हुए वान्का की ओर देखकर मुस्कुराता था।

ओस से ढँके हुए सनोवर के पेड़ निश्चल खड़े थे। शायद इन्तजार कर रहे थे कि देखो उनमें से कौन धराशायी होता है और तभी अचानक एक खरगोश कूदता हुआ निकल जाता है–तीर की मानिन्द ओझल हो गए खरगोश को लक्ष्य करके उसका दादा बड़े जोर से चीखता है, "रोको ! इसे रोको–ओह खूँटीदार पूँछवाले पिशाच, तू कहाँ भागा जाता है।"

दादा सनोवर के पेड़ को घसीटकर गाँव में एक बड़े मकान के सामने लाते और फिर उसको सजाया जाता। वान्का को सबसे ज्यादा प्यार करनेवाली मिस ओल्गा इवनात्येवना पेड़ को सजाने में सबसे अधिक व्यस्त रहती थी। जिन दिनों वान्का की माँ पेलागेया जीवित थी–ओल्गा इवनात्येवना वान्का को मिठाइयाँ देती थी। उसे पढ़ा-लिखाकर खुश होती थी। उसने वान्का को सौ तक गिनती सिखा दी थी और उसके लिए नाचने तक में एतराज नहीं करती थी। पर जब वान्का की माँ पेलागेया की मृत्यु हो गई तो अनाथ बच्चे को दादा के साथ रहने के लिए रसोई के पिछवाड़े भेज दिया गया और वहाँ से उसे मास्को में जूते बनानेवाले अल्याखित के पास भेज दिया गया।

वान्का ने आगे लिखा–"प्यारे दादा ! मुझे यहाँ से ले जाओ। ईश्वर के लिए तुरन्त ले जाओ। मुझ अनाथ पर रहम करो। यहाँ ये लोग मुझे हमेशा मारते-पीटते रहते हैं और मैं हमेशा भूखा रहता हूँ। मैं यहाँ इतना दुखी हूँ कि आपसे क्या कहूँ ? मैं सदा व्यथित होकर रोता रहता हूँ। एक दिन तो मालिक ने मुझे जूतों से पीटा और मैं यह सोचते हुए ढेर हो गया कि अब कभी भी नहीं उठ पाऊँगा। मेरी जिन्दगी एक कुत्ते से भी गई गुजरी है। एक आँखवाले अल्योना को मेरा प्यार देना और कोचवान येगोर को मेरी याद दिलाना। और हाँ मेरी इस दुर्गति का जिक्र किसी से मत करना। प्यारे दादा। मुझे इस नर्क से छुटकारा दिलाओ।

"मैं हूँ सदैव आपका पोता<br>इवान जुकोव"

वान्का ने खत की चार तहें कीं और उसे एक लिफाफे में रख दिया। लिफाफा पिछले दिन वह एक 'कोयेक' में खरीदकर लाया था। फिर वह कुछ देर तक सोचता रहा और बाद में निब को दवात में डुबोकर उसने लिफाफे पर पता लिखा–

'दादा'

इतना लिखकर वान्का ने अपना सिर झुका लिया और कुछ सोचने लगा–और अन्त में पते में इतना और जोड़ दिया–"कांसतेंतीन मेकेरिच का गाँव'

पत्र समाप्त करके वह बहुत खुश हुआ। चलो किसी ने उसे पत्र लिखने से नहीं रोका। सिर पर टोपी रखकर बिना कोट पहने वान्का गली में भाग खड़ा हुआ। पिछले दिन कसाई ने पूछने पर उसे बताया था कि खतों को लेटरबॉक्स में डाला जाता है और इन बक्सों से डाक निकालकर सारी दुनिया को भेजी जाती है। तीन घोड़ोंवाली गाड़ी में–जिसमें घंटियाँ टुनटुनाती रहती हैं–शराब के नशे में धुत्त कोचवान इस गाड़ी को हाँककर ले जाता है।

वान्का तेजी से दौड़कर करीब के लेटरबॉक्स की संध में अपना खत छोड़ आया।

इसके एक घंटे बाद वह स्वप्निल आशाओं में डूबकर सो गया। उसने सपने में एक चूल्हा देखा और चूल्हे के पास अपने दादा को नंगे पाँव हिला-हिलाकर रसोइए और बाकी लोगों को अपना खत सुनाते हुए देखा।...एल नाम का कुत्ता चूल्हे के आसपास अपनी दुम हिलाता घूम रहा था।

# चुनाव के समय यह मुझे ज्यादा प्रासंगिक लगती है

*तब हिन्दी कहानी में 'एंटी स्टोरी' और 'एब्सर्ड कहानी' का दौर चल रहा था। इधर 'ओपन एंडेड स्टोरी' के आधुनिकतावादी सिद्धान्त के आधार पर कथानक-विहीन, ऊल-जलूल, आधी-अधूरी या बिलकुल ही समझ में न आनेवाली–'अकहानी' लिखी जा रही थी और उधर दक्षिण भारतीय भाषाओं के लेखक कथानक की दृष्टि से चुस्त-दुरुस्त, घटना-प्रधान, यथार्थवादी कहानियाँ लिख रहे थे। इधर हिन्दी के लेखक 'अकहानी' लिखकर पाठकों से कटते जा रहे थे। उधर दक्षिण भारतीय भाषाओं के लेखक 'कहानी' लिखकर लोकप्रिय हो रहे थे। 1970 के आसपास जब हिन्दी कहानी में पुनः यथार्थवाद की जरूरत महसूस की जाने लगी तो पुनः प्रेमचन्द की यथार्थवादी परम्परा को आगे बढ़ानेवाली कहानियाँ लिखी जाने लगीं तथा अन्य भाषाओं की यथार्थवादी कहानियों के अनुवाद होने लगे।*

*उन्हीं दिनों की बात है, मेरे एक तेलुगुभाषी किन्तु हिन्दी में लिखनेवाले कहानीकार मित्र इब्राहीम शरीफ ने, जो दिल्ली की एक संस्था में मेरे साथ काम करते थे, तेलुगु कथाकार ईश्वर की कहानी–'आदमी' का हिन्दी में अनुवाद किया और मुझे सुनाया। मेरी पहली प्रतिक्रिया थी–'बड़ी नाटकीय है, पर कहानी अच्छी है।' यह सुनते ही शरीफ ने कहा, "तो तुम इस पर नाटक लिखो न !" मैं उस समय कहानी-उपन्यास लिखने के अलावा नाटक भी लिखने लगा था और मेरा नाटक 'पेपरवेट' हिट हो चुका था। शरीफ के बार-बार प्रेरित करने पर मैंने 'आदमी' कहानी पर नाटक लिखा, जो 'भारत-भाग्य-विधाता' के नाम से प्रसिद्ध हुआ।*

*नाटक लिखने से पहले और लिखने के दौरान मैंने इस कहानी को बार-बार पढ़ा और जितनी बार पढ़ा, हर बार उसके नए-नए सामाजिक, आर्थिक, राजनीतिक और सांस्कृतिक अर्थ मेरे सामने खुलते गए। तब महसूस हुआ कि ऊपर से बहुत सीधी-सादी और परम्परागत ढंग की नजर आनेवाली यह कहानी वास्तव में अपनी संरचना में बहुत जटिल, संश्लिष्ट तथा बहुआयामी है। इसके समाजशास्त्रीय, अर्थशास्त्रीय, नीतिशास्त्रीय,*

*राजनीतिशास्त्रीय, सौन्दर्यशास्त्रीय आदि अनेक पाठ किए जा सकते हैं। व्यक्तिगत और सामाजिक नैतिकता मेरा प्रिय विषय रहा है और उस दृष्टि से भी मैंने इस कहानी को अत्यन्त महत्त्वपूर्ण पाया।*

*आज, तीन दशकों से अधिक का समय बीत जाने पर भी मुझे यह कहानी पसन्द है और जब चुनाव होते हैं तब तो यह मुझे कुछ ज्यादा ही प्रासंगिक लगने लगती है।*

जून, 2004 **–रमेश उपाध्याय**

# आदमी

❒ *ईश्वर*

"गोपू..."

"जी, हुजूर..."

रामपुर के जमींदार रायबहादुर श्रीमान् सिंहाद्री राजा अपनी आलीशान हवेली के अकेले कमरे में आरामकुर्सी पर बैठे ह्विस्की की हलकी-हलकी चुस्कियाँ लेते हुए पिछले पन्द्रह-बीस मिनट से इसी तरह गोपू को बार-बार आवाज दे रहे हैं और वह बार-बार इसी तरह जवाब दे रहा है। बात फिर भी गोपू के पल्ले नहीं पड़ी है।

राजा साहब ने चुरुट का जोरदार कश खींचा और आवाज दी, "गोपू !" हाथ बाँधे पास ही खड़े हुए गोपू ने हुँकारा भरा, "जी, सरकार !" सफेद रोशनी में राजा साहब की आँखें सुर्ख लाल नजर आ रही हैं।

"गाँव में हमारा दबदबा कैसा है ?" साहब ने पूछा।

"पूछिए नहीं जनाब, हर कहीं हमारी 'तलवार' की ही धाक है।"

कसा हुआ आबनूसी जिस्म है गोपू का। फैली हुई आँखें। माथे पर छुरे का निशान। तनी हुई मूँछें। कुल मिलाकर एक तरह की डरावनी आकृति। फटी हुई बनियान और धारीदार लुँगी पहने हू-ब-हू गुंडा लग रहा है।

"हम जीत जाएँगे न गोपू...?" राजा साहब ने गिलास में ह्विस्की उँड़ेलते हुए पूछा। गोपू कुछ नहीं बोला।

"रे गोपू...नामीनेशन वापस लेने की आखिरी तारीख कल ही है, क्या खयाल है, वह पापैया अपना नाम वापिस लेगा कि नहीं ?" राजा साहब ने दुबारा पूछा और आरामकुर्सी पर पैर पसारकर ऊपर घूमते हुए पंखे की ओर देखने लगे।

"उसका क्या, उसका बाप भी हो, सारे वोट तो हमारे ही हैं हुजूर...।"

"यानी...यानी...उस पापैया की बीवी और लड़की के वोट भी हमें ही मिलेंगे ?" थोड़े-से गुस्से के साथ राजा साहब ने गोपू की ओर देखा। गोपू लटके हुए चेहरे से राजा साहब को देखने लगा।

शानदार कपड़े, मोटी-मोटी मूँछें, घुँघराले बाल, नुकीली नाक, लापरवाह आँखें, हमेशा माथे पर बल, चालीस साल की उम्र को छिपाने की कोशिश में की गई राजा साहब की साज-सजावट और उनके हाथ में चमकते हुए गिलास को देखता हुआ खड़ा रह गया गोपू। उसके मुँह से बोल नहीं फूट रहे थे।

"गोपू, मेरी तारीफ की जा सकती है लेकिन याद रख, इसमें मेरे लिए कोई खतरा न हो।"

"जी, सरकार।" गोपू सविनय खड़ा रह गया।

चारों तरफ चुप्पी उतरने लगी है। पंखा घर्र-घर्र घूम रहा है। रामपुर के थाने में घंटा बज उठा है छह बजे का। खिड़की में से ठंडी हवाओं के झोंके आ रहे हैं। अँधेरा धीरे-धीरे उतरने लगा है। राजा साहब की गर्मी बढ़ रही है।

"गोपू !! तेरी एक बहिन थी न, उसकी शादी हो गई है ?"

गोपू जैसे चौंक उठा, "जी नहीं सरकार," उसे कँपकँपी छूटने लगी।

"तू डरता क्यों है ?" बुझा हुआ चुरुट सुलगाकर कश खींचते हुए राजा साहब बोले।

"डर की कोई बात नहीं हुजूर, बहिन के साथ आज ही रामू ने छेड़छाड़ की थी, मैंने उसका सिर फोड़ दिया। मेरी बहिन चाहे काली-कलूटी ही हो, उसकी तरफ कोई उँगली उठाएगा तो हड्डी-पसली तोड़ दूँगा।" अपनी बहिन का सन्दर्भ आते ही गोपू की आँखें उबलने लगीं।

"मैं जानता हूँ, तू अव्वल दर्जे का बदमाश है इसीलिए तो मैंने तुझे बुलाया है। हा-हा-हा...!" राजा साहब ने ठहाका लगाया।

बात गोपू की समझ में कुछ नहीं आई लेकिन वह भी हँस पड़ा। राजा साहब ने गोपू को अपने पास बुलाया और फुसफुसाकर कहने लगे, "देख, मुझे अपनी जीत की ज्यादा आशा नहीं है फिर भी मुझे जीतना है, इसके लिए मेरे रास्ते में रोड़ा बना हुआ है वही पापैया चौधरी। अगर हमारी तलवार उसके सीने में उतर गई तो फिर हमारी जीत पक्की है। यह काम आज रात को ही हो जाना चाहिए। वह खत्म हो जाएगा तो मैं मतदान के बिना ही जीत जाऊँगा, समझा...?"

पत्थर की तरह खड़े हुए गोपू के और पास जाकर राजा साहब ने उसके कन्धे पर हाथ रखा और बोले, "तू समझ रहा है न ?"

"जी सरकार, लेकिन...लेकिन..." गोपू कुछ अनमनाया।

"तुझे डरने की कोई बात नहीं, पुलिस-वुलिस का मामला मैं देख लूँगा और सुन तेरी बहिन की शादी शान से होगी।" राजा साहब ने जेब से सौ रुपए का नोट निकालकर गोपू के हाथ में रखा और कहने लगे, "यह तू अपने पास रख,

काम कर आएगा तो ऐसे और चार नोट मिलेंगे। सोच-समझकर...वैसे तेरी मार से कौन बचता है...?''

गोपू के मुँह से बात नहीं निकली। उसे अपने चारों तरफ कोई अदृश्य छाया घिरती हुई महसूस हुई।

गोपू हवेली के बाहर आ गया। उसने कमर में खोंसे हुए नोट को एक बार और दबाकर देख लिया और मन-ही-मन सोचने लगा, 'ओह ! कितनी चमक है इसमें ! कह रहा था, ऐसे चार और दूँगा लेकिन...इससे तो आराम से बहिन की शादी हो जाएगी...मैं भी कुछ दिन आराम से खा-पी सकता हूँ लेकिन सबसे पहले तो उस पापैया के बच्चे को खत्म करना है। ये राजा साहब क्या आदमी हैं ? काम भी बताया है तो ऐसा...मतलब...खून करना है...कमबख्त आज तक ऐसा काम नहीं किया लेकिन जो हो, अब तो करना ही है। यह पापैया भी तो कम नहीं है न। पिताजी की जमीन इसी ने तो धोखे से छीन ली थी...मेरे पिताजी की जान लेनेवाला वही तो है। जमीन की फिक्र में ही तो वे मर गए थे। ऐसे हरामी को मारने में बुराई क्या है ? बुराई का बदला बुराई ! साथ में मुझे पैसा भी तो मिलेगा। मजा आएगा लेकिन उसे मारना है...पापैया का खून करना है...।'

गोपू हाथ की लाठी घुमाता हुआ पोखर तक आ गया। ठंडी हवा चल रही है। चाँद बादलों में छिपा जा रहा है। चारों तरफ शान्ति छाई हुई है। कोई मेंढ़क किसी साँप के जबड़े में फँसकर चीख रहा है। बीच-बीच में उसी की आवाज आ रही है।

गोपू ने पोखर में से पानी पिया। ठंडा मीठा। और उसी मस्ती में आगे बढ़ने लगा। इसी बीच उसे लक्ष्मी की याद हो आई। मुँह से पानी-सा छूटने लगा। कितने दिन हो गए उसे देखे ? मेरी प्यारी लक्ष्मी !!

गोपू चौंककर रुक गया। गजभर का एक साँप सरसराता हुआ उसके आगे से निकल गया। मेंढ़क को इसी ने निगला होगा। गोपू ने आव देखा न ताव, हाथ की लाठी उस पर दे मारी। एक और लाठी। साँप ढेर हो गया।

गोपू लाठी घुमाता हुआ पोखरवाले रास्ते से खेतों को पार कर सड़क पर आ गया। दूर पर बड़ के पेड़ के बगल में उसने देखा, लक्ष्मी की झोंपड़ी में दीया टिमटिमा रहा है। थाने में सात का घंटा बज उठा।

गोपू अपने घर आ गया। बगल की झोंपड़ी की बीमार बुढ़िया उसकी आहट पाकर चीखकर बोली, ''बेटे...तेरी बहिन मन्दिर में भजन सुनने गई है।'' उसे कुछ गुस्सा आया लेकिन फिर सोचने लगा, 'चलो, अच्छा ही हुआ।' उसने ढिबरी जलाई। टूटे बक्से में रखा हुआ रामपुरी चाकू बाहर निकाला। उसकी तरफ

एकटक देखता रहा। कुछ सोचकर होंठों से लगा लिया। "मेरी जान, तूने बहुत आराम कर लिया है...अब चल...तुझे मैंने एक रुपए में खरीदा था..अब तो तुझसे ही पाँच सौ मिलनेवाले हैं..." गोपू को हँसी आ गई।

उसने चाकू कमर में खोंस लिया। छींके पर रखे खाने पर उसकी नजर पड़ी। फिर भी उसे भूख महसूस नहीं हो रही थी। उसने चटखनी चढ़ा दी और बाहर आ गया।

"भैया, खाना खा लिया ? अब इतनी रात में कहाँ जा रहे हो ?" पीछे से गोपू की बहन भागी आ रही थी।

"आ गई तू...जा, तू जाकर सो जा...मैं थोड़ा उधर से ही आऊँगा, अन्दर से दरवाजा बन्द कर ले।"

"बेचारी को मेरा कितना खयाल है ? हमेशा मेरी फिकर करती रहती है... इसका ब्याह किसी अच्छी जगह कर देना है उसके लिए पैसा चाहिए, पैसे के लिए पापैया को खत्म करना है।" तरह-तरह की बातें सोचते हुए गोपू का हाथ अचानक कमर पर चला गया। उसने चाकू और सौ रुपए के नोट को दबाकर देखा। "अब सीधे पापैया के घर पहुँचना है" वह मन-ही-मन सोचता हुआ रेलवे लाइन पार करके सड़क के दूसरी तरफ पहुँच गया। पापैया का घर निकट आ रहा था और गोपू के दिल की धड़कन बढ़ने लगी। अगर कोई मेरी आहट सुन लेगा तो ?

उसने बाहर के दरवाजे की तरफ कान लगाकर कुछ सुनने की कोशिश की। उसे लगने लगा कि हर पल बोझिल होता जा रहा है। अँधेरे की परतें डूबने-उतराने लगीं।

"कौन है वहाँ ?" गोपू घबराकर पीछे को मुड़ा। नारियल के पेड़ों की छाया में से एक सफेद आकृति दिखाई दी।

"कौन...अरे गोपू...तू, मैंने सोचा कोई और होगा ?" पापैया चौधरी उसके पास पहुँच गए।

'यही बढ़िया मौका है। आसपास कोई नहीं है। घर का दरवाजा भी बन्द है। घर में किसी को पता नहीं चलेगा।' यही सब सोचते हुए गोपू ने अपनी कमर पर हाथ रखा लेकिन पापैया उसके बहुत पास पहुँच गए और उसके कन्धे पर हाथ रखकर कहने लगे, "अरे भाई, मैं तेरी ही खोज में था, कितने दिन हो गए। दिखाई ही नहीं दिया। चल आखिर तू मिल ही गया। तुझसे बहुत-सी जरूरी बातें करनी हैं।"

पापैया अपने घर का दरवाजा खोलकर अन्दर घुसने लगे। गोपू की समझ में कुछ नहीं आया। कमर पर धरा हुआ हाथ धरा ही रह गया। पापैया एक बार

और उसे अपने साथ चलने को कहते हुए, उसका हाथ पकड़कर खींचते हुए, सीधे अपने कमरे में ले गए और भीतर से दरवाजा बन्द कर लिया। गोपू की समझ में कुछ नहीं आ रहा था। वह पापैया की तरफ एकदम घूरता हुआ खड़ा रह गया।

"अरे, तू खड़ा क्यों रह गया है ? बैठ कुर्सी पर। यह तेरा ही घर है। देख गोपू...तुझे मुझ पर गुस्सा भी हो तो यह मौका थोड़े ही है यह सब दिखाने का।" पापैया ठहाका मारकर हँसने लगे।

गोपू चौंक उठा।

"इसे कैसे पता चला है ?" उसके दिमाग की नसें फटने लगीं।

"ऐसे क्या देखता है ? तुझे पता नहीं, यह इलेक्शन का समय है। मैं जानता हूँ, तेरे बाप की जमीन मुझे नहीं लेनी चाहिए थी, अब वह सब भूल जा, जो भी हो गया सो हो गया लेकिन इसी बात से तू उस राजा के साथ हो जाए, यह कहाँ की बात है ? तू जानता नहीं वह कैसा आदमी है ? अव्वल दर्जे का बदमाश, रंडीबाज, कुर्सी उसके हाथ लग जाएगी तो गाँव ही डूब जाएगा। ठीक है न ?"

गोपू की समझ में फिर कुछ नहीं आया। उसने गर्दन हिला दी।

"मैं जानता हूँ, उस राजा के बच्चे के लिए तेरे मन में प्यार है। पैसे के बल पर वह सबसे वोट खरीदकर मुझे हराने के चक्कर में है। इस बेइंसाफी को खत्म करने का एक ही रास्ता है...एक ही...।"

गोपू ने उनकी तरफ ध्यान से देखा।

पापैया ने अपने कुर्ते की जेब से सौ-सौ के दो नोट निकाले और गोपू के हाथ में रखते हुए फुसफुसाए...

गोपू चौंक उठा।

"डर की कोई बात नहीं, थानेदार हमारा ही आदमी है। ये दो सौ अपने पास रख, काम हो जाने पर चार ऐसे नोट और दूँगा, तेरे बाप की जमीन तुझे वापस कर दूँगा। जो हो, कल सबेरे तक उस राजा की जान बची न रहे। जैसे तू यहाँ घूमता-घामता आया है न, उसी तरह वहाँ पहुँच जा और एक ही वार में... बस... !"

गोपू को जैसे काठ मार गया।

"तू डर नहीं, तुझे कुछ हुआ तो मेरी जान तेरे लिए है, जा...जा...जल्दी कर...।"

पापैया चौधरी गोपू की बाँह पकड़कर बाहर ले आए और उसी तरह के रहस्यात्मक स्वर में बोले, "देख गोपू। काम खत्म करके तू सीधे यहीं चला आ। इस बात की गवाही हो जाएगी कि तू यहीं था, घबराने की कोई बात नहीं है।"

पापैया गोपू के साथ बाहर गली तक आए और उसे होशियारी से अपना काम करने की ताकीद कर घर के अन्दर चले गए। दरवाजा बन्द कर लिया। अप्रयत्न गोपू के पैर आगे बढ़ने लगे। उसके सिर के ऊपर से कोई पक्षी हवा को चीरता हुआ आगे निकल गया। गोपू अपनी मुट्ठी में बँधे दोनों नोटों को उस अँधेरे में ही ध्यान से देखने लगा। 'कैसी अजीब बात है ? एक और दो...तीन...तीन सौ !! राजा साहब को खत्म कर दूँ तो चार और मिलेंगे, कुल सात सौ रुपए !! बाप रे !! कितना सारा पैसा ? सात सौ रुपए !! पापैयाजी ठीक ही कह रहे थे, राजा साला गाँव की बहू-बेटियों को भी नहीं छोड़ता, उसका लड़का भी तो वैसा ही हरामी है। खेतों में काम करनेवाली किसी लड़की को बचने नहीं देता है। इन लोगों की जात ही ऐसी है, चाहे जितना पढ़े-लिखे हों। जो हो...राजा को मारने में ही फायदा है। दोनों में से किसी को तो मारना है, उसी को खत्म कर दिया जाए, हाँ ठीक है... ।'

गोपू रेलवे लाइन पार करके इस तरफ आ गया।

'ठीक ही तो कह रहे थे–पापैयाजी की इसमें क्या गलती है ? कर्जा लिया था, चुका नहीं सके, जमीन ले ली और कोई होता तो भी यही करता, वह भले आदमी हैं, जरूरत पर जान देते हैं। उनकी भी तो सयानी लड़की है लेकिन उसे बाहर निकलने भी नहीं देते हैं, इज्जत का इतना खयाल है। ऐसे ही तो आदमी गाँव के बड़े हो सकते हैं। गाँव का भी भला होगा और मेरा भी। किसी तरह राजा का काम तमाम कर देना है, चोर साला ! बड़ा जमींदार बनता है।'

घड़घड़ाती हुई एक मालगाड़ी उधर से गुजर रही है। गोपू ने पीछे मुड़कर गाड़ी की तरफ देखा। 'राजा के बच्चे को खत्म करके रेल की पटरियों पर डाल दूँ तो ?' उसे हँसी आ गई। उसे मारने से पहले ही ये सारे विचार ? पोखर के किनारे से होता हुआ गोपू जमींदार की हवेली के द्वार पर पहुँच गया। उसे अपने पैर कुछ बोझिल लगने लगे। पहरेदार रंगन्ना और बगल के चबूतरे पर लेटे हुए सुब्बैया में से किसी ने भी उसकी आहट नहीं सुनी। वह सीधे भीतर घुस गया और सीढ़ियाँ चढ़कर तीसरी मंजिल तक पहुँचा।

पंखा उसी तरह धीरे-धीरे घूम रहा है। राजा साहब आरामकुर्सी पर आँखें मूँदे पड़े हैं। बगल में एक खाली बोतल पड़ी हुई है। बस, ऐसे में छुरा घोंप दूँ तो ?

"हाँ, आ गया तू, काम हो गया न ? मैं जानता हूँ, तू बहादुर आदमी है।" राजा साहब कनखियों से देखते हुए बोले।

गोपू चौंक गया, "नहीं सरकार, काम नहीं बना है, पापैया को मार नहीं सका।" गोपू बड़बड़ा उठा।

"क्या कहा ? अभी तक नहीं मारा है ?" राजा साहब झट-से उठे और लड़खड़ाते कदमों से चलकर पास की दीवार पर टँगी हुई बन्दूक हाथ में ले ली।

गोपू का हाथ कमर पर धरा ही रह गया।

"विश्वास करने का यही नतीजा दिखा रहा है तू ?" राजा साहब की आँखों से चिंगारियाँ फूटने लगीं।

गोपू की समझ में कुछ नहीं आया कि क्या किया जाए ?

"पापैया को मारा क्यों नहीं तूने ? बोल हरामजादे !"

"वह घर पर नहीं है हुजूर, कहीं बाहर गया हुआ है। फिर उसे मारने की बात से न जाने मुझे कैसा लग रहा है ?" गोपू ने पान चबाया।

राजा साहब ने बन्दूक बगल की मेज पर रखी और चुरुट निकालकर सुलगा लिया, "यह बात तूने पहले ही क्यों नहीं बताई और इसमें डरने की क्या बात है ? थानेदार के प्राण सूखे जाते हैं मेरे नाम से, समझा ? अरे गधे...उसके मरने की बात तेरे मुँह से सुनकर तेरे चार सौ ही नहीं, दो सौ और देने के खयाल से मैंने रुपए अपने पास रख लिए थे, देख छह सौ रुपए।"

गोपू की आँखें मानो चुँधिया गईं।

"तू तो अपने खानदान के नाम पर ही बट्टा लगा रहा है, जिसने तेरे खानदान के साथ धोखा किया, उसे मारने में इतनी हिचक ? ऊपर से तेरे कितने फायदे होंगे और तुझे किसी से डरने की भी जरूरत नहीं। याद रख, किसी से कोई वादा किया तो जान देकर भी उसे निभाना चाहिए। रामायण के मारीच का तुझे पता नहीं ?" राजा साहब ने ह्विस्की से गिलास भरा और गोपू की तरफ बढ़ा दिया।

गोपू ने आँखें बन्द करके गिलास खाली कर दिया। "बहुत बढ़िया है साहब !!" उसकी आँखें टिमटिमाने लगीं।

"समझा क्या है तूने, कायर कहीं के !"

"सरकार, दुबारा ऐसा मत कहिए। इस बार तो उसकी चिंदियाँ करके ही आऊँगा।" वह जोश से काँपने लगा।

"शाबाश ! यह है मर्दानगी !"

गोपू ने राजा साहब की तरफ देखा।

"देख !! इस बार खाली हाथ आएगा तो फिर ?" राजा साहब बन्दूक तौलने लगे।

गोपू के दिमाग में तरह-तरह के विचार लोट-पोट होने लगे, 'राजा साहब ठीक ही तो कहते हैं, मैंने उनसे वादा किया है न ! अब जो भी हो, चौधरी को मारना

ही है। गाँव के भले के बारे में मैं क्यों सोचूँ ? गाँव ने मेरे लिए क्या किया है ? राजा साहब औरतों के भूखे हैं तो क्या हुआ ? पहले के राजा भी तो ऐसे ही थे ? वाह, कितने सारे रुपए मिलेंगे, पूरे नौ सौ रुपए, अब पापैया किसी हालत में नहीं बचेगा।'

गोपू झूमती हुई चाल के साथ चाँदनी में आगे बढ़ने लगा।

राजा साहब चुरुट फूँकते हुए गहरी सोच में पड़ गए हैं, 'पता नहीं यह हरामजादा गोपू क्या करेगा ? जो हो, इस बार इलेक्शन जीतना जरूरी है।' पंखे की घरघराहट के सिवा और कोई आवाज नहीं है। राजा साहब सोचते हुए टहलने लग गए हैं। सीढ़ियों पर किसी के आने की आहट। पहरेदार सामने आकर अदब-से खड़ा हो गया, "सरकार ! आपसे मिलने के लिए पापैया चौधरी आए हैं। आपसे कोई जरूरी बात करना चाहते हैं। बहुत घबराए हुए हैं।"

"कौन वही, हमारा शत्रु पापैया चौधरी ? क्या अकेला आया है ? भेज उसे यहाँ।" राजा साहब आरामकुर्सी पर लेट गए। बन्दूक अपने बगल में रख ली और ऊपर घूमते हुए पंखे की तरफ देखने लगे। थाने में नौ के घंटे बज उठे।

"राजा साहब ! मैं लुट गया हूँ राजा साहब !! आप ही मेरी रक्षा कर सकते हैं।" राजा साहब ने शान से देखा। पापैया चौधरी दोनों हथेलियों में चेहरे को छिपाए खड़े थे।

"रामपुर के जमींदार से इलेक्शन में टक्कर लेनेवाले महान जननेता का इतनी रात गए इस हालत में यहाँ आना, मेरी समझ में कुछ नहीं आ रहा है।" राजा साहब की आवाज में हिकारत साफ थी।

"आप क्या कह रहे हैं, मेरी समझ में कुछ नहीं आ रहा है।" राजा साहब ने उत्सुकता से देखा।

"और क्या है राजा साहब, मेरी लड़की भीतर से दरवाजा बन्द करके कमरे में बैठी है। कहती है, आपके लड़के से उसका प्यार है। आपके लड़के से उसकी शादी नहीं होगी तो वह जिन्दा नहीं रहेगी। मेरी अकेली लड़की है राजा साहब, आप उसकी और मेरी रक्षा कीजिए। मेरे खानदान की इज्जत बचाइए। बहुत ढीठ लड़की है जो कहती है वह करके ही रहती है। आप कुछ कीजिए राजा साहब।"

राजा साहब काफी देर तक कुछ सोचते रहे। बोले, "लेकिन एक शर्त पर।"

"जी हाँ, मैं जानता हूँ...मैं कल ही चुनाव से अपना नाम वापस ले लूँगा, अपनी सारी जायदाद बेटी-दामाद के नाम लिख दूँगा और आज्ञा कीजिए।"

"वाह, चौधरी साहब, आपके क्या कहने ! आपने अपने आपको आदर्श पिता साबित किया है।"

"आपने भी अपने लड़के की खुशी के लिए क्या नहीं किया, यह रिश्ता कबूल कर लेना भी तो...।"

दोनों जोर-से हँस पड़े।

पापैया चौधरी पास की कुर्सी पर बैठकर आराम से चुरुट के कश खींचने लगे।

"देखिए चौधरी जी, परिस्थितियाँ भी कैसी करवट लेती हैं ? आप जानते हैं, मैं दिल की बात छिपा नहीं सकता हूँ, सच्चाई मेरे मुँह से निकल ही आती है, अभी कुछ देर पहले आपकी जान के लिए मैंने गोपू को आपकी ही तरफ भेजा है, उसे पाँच सौ रुपए देने का वायदा भी किया है। देखिए, इतने में क्या कुछ हो गया ?" राजा साहब ने शिद्दत के साथ कहा।

"आप कह क्या रहे हैं ? मेरी तरफ से छह सौ का वायदा लेकर वही गोपू मेरे कहने पर आपको मारने निकला था !"

राजा साहब चौंक उठे, "इतनी बदमाशी ? इतना बड़ा धोखा ? आपने उसे कितने बजे भेजा था ?"

"साढ़े आठ बजे...।"

"हरामजादा कहीं का ! नौ बजे फिर मेरे पास से सात सौ रुपए पाने की बात सुनकर हर हालत में आपकी जान लेने का वायदा करके वह यहाँ से गया है, देखा आपने !"

"ओह, कितना कमीना आदमी है वह ! जिन्दा रहेगा तो गाँव में हमारी आबरू पानी में बहा देगा।"

"आप फिकर मत कीजिए, ऐसे धोखेबाज का जिन्दा रहना हमारे लिए हमेशा खतरनाक है।"

राजा साहब ने चौधरी जी को आश्वस्त किया और अपने पहरेदार को आवाज दी। पहरेदार के ऊपर आने पर उसके कान में कुछ ताकीद की और आराम से चौधरी जी से बातें करने लगे।

गोपू रेल की पटरियों के पास ही बैठा छोटे-छोटे कंकड़ पोखर में फेंकता हुआ सोच रहा है, 'पता नहीं, इतने में वह कहाँ चला गया है ? लेकिन लौटेगा तो इसी रास्ते से न ? अब घर तो क्या पहुँचेगा ? चौधरी का बच्चा सीधे भगवान के पास पहुँच जाएगा, फिर बहन की शादी हो जाएगी और लक्ष्मी मेरी प्यारी लक्ष्मी।'

वह इन्हीं विचारों में डूबा हुआ है कि उसे अपने पास किसी की आहट सुनाई दी। वह कुछ पूछ भी नहीं पाता है कि लाठी का भरपूर वार होता है, ''हा।''

खट्...खट् और लाठियाँ बरसने लगीं। खून की धारा बहने लगी। गोपू के हाथ कमर तक उठे और उठे ही रह गए। उसे कहीं बहुत गहरे में लगा कि कोई उसे बुरी तरह पीट रहा है और वह जाने कहाँ के लिए प्रस्थान कर रहा है। उसके मुँह से एक भयानक चीख निकल पड़ी और वह वहीं ढेर हो गया।

''अब काँटा रास्ते से हट गया।'' वे तीनों लोग गोपू के शरीर को पटरियों पर लिटाने और लाठियाँ पोखर में फेंकने के बाद जाते हुए आपस में बातें करने लगे।

सवेरे खबर गाँव में बिजली की तरह फैल गई। दर्शकों का ताँता लग गया। गोपू की मुट्ठी में बन्द तीनों नोट लोगों को जैसे चिढ़ा रहे थे। गोपू की बहन बिलख-बिलखकर रोई।

राजा साहब, चौधरी जी आदि गाँव के बड़े लोगों की पंचायत की मीटिंग में यह तय पाया गया कि गोपू प्रमादवश रेल के नीचे आकर कुचल गया है।